la falsa verdad

MARTA SEBASTIÁN PÉREZ

ISBN: 978-84-09-38161-6
Depósito legal: M-5290-2022

Título original: *La falsa verdad*

Corrección: *Javier Arroyo*

Diseño de portada: *Sara Sebastián Pérez*

Maquetación: *Lander Arteaga Egiluz*

*A todos los que no dudan en buscar la verdad,
que no se ocultan en mentiras...*

*A mis padres que me enseñaron con su ejemplo
a ser fiel a mí misma.*

INDICE

Agradecimientos

Biografía

Mis Redes Sociales

Mis otras obras

PRÓLOGO

por Eva María Fraile Rodríguez (La Reina Lectora)

Amistad, generosidad y talento.

Cuando Marta Sebastián me pidió que realizase el prólogo de esta novela, pensé en estas tres palabras. Tenía que elegir si escribir el prólogo desde la amistad que nos une, desde la admiración que le tengo como persona o por su talento como escritora. No siendo capaz de decidirme por ninguna, me he quedado con las tres.

Marta Sebastián es escritora, de eso no cabe duda. Una escritora con talento. Si tuviésemos que usar un adjetivo para describir su carrera literaria sería «comprometida». Porque Marta Sebastián no solo escribe para entretener, sino que lo hace para concienciar acerca de todas esas causas sociales que muchas veces no queremos mirar a la cara: maltrato, abusos, machismo... Y lo hace desde una perspectiva feminista, resaltando siempre el papel de la mujer sin querer menospreciar el del hombre. Todas estas causas sociales las enmarca Marta dentro de un contexto romántico, porque ella no puede escribir sin hablar sobre el amor. Este libro es realmente especial para mí, y, por ello, se hace tan especial escribir este prólogo, porque sé que ha hecho grandes esfuerzos por conseguir que la trama policiaca prevalezca por encima de las relaciones amorosas. Y lo ha hecho en parte porque yo se lo llevo pidiendo desde hace mucho tiempo. Soy comedida a la hora de leer novelas románticas, y tenía muchas ganas de leer a una Marta Sebastián metida de lleno en una novela tipo *thriller*, como la que ya dejó entrever en *Miradas perdidas*. Con esta nueva novela, creo que Marta nos demuestra que es capaz de describir todo lo que se proponga, con amor, sin amor, con investigaciones policiacas o sin investigaciones policiacas.

El lector está, desde mi punto de vista, ante la mejor obra de la autora. Su estilo ya está pulido del todo, ha conseguido domar a su propio género y ha creado una trama adictiva con una resolución maestra. Y, por supuesto, no ha dejado de mirar de frente a esas realidades en las cuales las mujeres estamos puestas en entredicho.

Pero continuemos, porque Marta Sebastián es también generosa. Es generosa porque nunca duda en tenderte una mano de ayuda, pero también es generosa porque siempre escribe por y para el lector. Sus historias dejan de ser suyas en cuanto pone el broche final y las entrega al lector, con todo su cariño, para que este las haga suyas. Es generosa porque comparte su propia visión de la vida, porque da voz a quienes más lo necesitan, y porque no se deja nada en el tintero cuando tiene que escribir.

Y Marta Sebastián es amiga. Es amiga porque hace ya tres años que no hay un solo día en que no intercambiemos un mensaje, y no ha habido un solo momento en el cual me haya dejado de demostrar su apoyo y confianza. Hoy, como todos los días, nos escribiremos para contarnos cómo hemos pasado nuestro día, qué cosas nos han ocurrido, o cómo nos sentimos. Pero hoy el mensaje más importante que le voy a mandar a esta gran amiga no será enviado por WhatsApp, sino que lo escribiré en su propio libro, en una intimidad compartida con todos sus lectores: «Marta, si alguien merece triunfar en la vida es precisamente la que tantas veces nos ha repetido al resto que no dejemos de soñar. Enhorabuena, lo has conseguido».

Eva Mª Fraile Rodríguez

Agente literario, asesora editorial, escritor
y creadora de la web La Reina Lectora.

Odiaba esa situación. La odiaba a muerte. Quieta en ese coche, escuchando lo que pasaba en el edificio que se levantaba ante sus ojos. Abrió la guantera del coche. Había tenido suerte. Un maldito paquete de tabaco. Bajó un poco la ventanilla mientras se encendía el cigarro. Llevaba siglos sin fumar, pero en esos momentos lo necesitaba como el aire que respiraba.

La noche caía sobre Madrid. Se encontraban a las afueras. En un pequeño polígono medio vacío. Se sonrió. Era un lugar tan peliculero. Tan propio de Hollywood (o de una serie de policías). Solo faltaba una falsa alarma, una trampa. Una explosión. Dio una larga calada mientras desterraba esos pensamientos de su cabeza. ¿Cómo se le ocurrían esas cosas en momento?

«Aquí hay una puerta».

La voz de uno de los policías a través de la radio llegó hasta ella. Notó cómo el aire se le iba de los pulmones. Muriéndose de ganas de estar ahí dentro. De acompañarlos en esa expedición. Odiaba quedarse atrás. *«Pues haberte hecho policía»*. Esa era la voz de su madre, que nunca comprendería su decisión. Un fracaso como hija. Eso era.

Pero era muy buena en lo suyo. Por mucho que sus progenitores no quisieran verlo. Si estaban allí, era por ella. Si no hubiera sido por su trabajo, seguramente no habrían llegado hasta allí. Hubiera sido otro nombre en la lista de desaparecidos sin localizar.

Prestó atención al ruido que procedía de aquella maldita radio. Se oía tan mal. Con tantas interferencias. Se encendió un cigarro con la colilla del anterior. Ya se arrepentiría al día siguiente. Esa tarde no podía evitarlo. Era eso o destrozarse las uñas, o salir corriendo hacia aquel garaje por el que habían entrado.

«Por aquí... hay algo».

¿Algo? ¿Qué narices significaba algo? Se estaba quedando sin aire. Y de pronto, ya no estaba en ese polígono, estaba en el descampado que la perseguía en sus sueños. No. Se obligó a volver. Esa vez no le podía pasar. No. Esa vez tenían que haber llegado a tiempo. No soportaría dos caras acosándola en sus pesadillas.

«Veo un cuerpo... Sí. Hay alguien tirado en el suelo. Parece una mujer... No consigo adivinar si está viva o no».

¿Un cuerpo? ¿Viva o muerta? Cerró los ojos y, sin poder evitarlo, le pidió a Dios que estuviera viva. Por favor...

1

—Me llamo Áurea Rodríguez y soy detective privada.

Guardó unos segundos de silencio. Conocía muy bien la reacción de la gente cuando hacía esa declaración. Primero se sorprendían. Se preguntaban si habían escuchado bien. Luego la miraban de arriba a abajo. Analizándola. Tenía el pelo largo, castaño, ondulado. Solía recogérselo en una coleta para trabajar, pero ese día lo llevaba suelto, cayéndole armoniosamente por su espalda cual cascada. No era muy alta y, aunque a simple vista podía parecer delgada, era, más bien, pura fibra, debido a su afición a las Artes Marciales Mixtas. Sí, de eso también podría hablar largo y tendido. *«Tú y tu manía de ir siempre por los caminos difíciles y conflictivos»*, le solía decir su madre. *«No hace falta que rompas tú todas las barreras»*, le repetía su padre. Bueno, al menos estaba casada. Eso provocaba que sus progenitores no se murieran de la pena pensando que la marimacho de su hija se iba a morir sola y rodeada de miles de gatos.

Tenía el pelo castaño, estatura media y delgada.

Además, llevaba un vestido estilo *babydoll* que utilizaba precisamente en ese tipo de eventos. Para romper aún más los esquemas de los asistentes.

—Sí. Lo sé. No soy precisamente la imagen que tenéis formada en la cabeza sobre los detectives. No llevo gorro ni fumo en pipa... —Esa broma no solía fallarle—. De los aproximadamente 800 detectives privados que hay en España, solo un cuarto de ellos somos mujeres. Poco a poco ese número va creciendo. Sin embargo, no es un camino fácil. Os voy a contar mi experiencia. Lo mío es vocacional. Sí. Lo sé. Soy un bicho raro. O, quizás, es que siempre me fascinó el cine negro. —La gente volvió a reírse—. Me saqué el título y empecé a buscar trabajo. Al igual que otros compañeros. Hasta ahí todo normal. Lo curioso es cuando llegas a una entrevista de trabajo, junto a otros colegas masculinos, y a la única a la que le piden que haga una prueba de conducir es a mí... Me negué. O todos o nadie. En otro sitio me dijeron que cómo iba a hacer vigilancias si seguro que tenía que abandonar mi puesto para ir al baño cada poco tiempo.

La sala se llenó de murmullos. La gente solía escandalizarse cuando contaba esas cosas. También había gente que se reía, como si aquello fuera un chiste. Pero todo eso eran historias que le habían pasado a ella. Y aunque delante de los entrevistadores se había mostrado desafiante y había mostrado su parte más dura y hostil..., lo cierto era que, al volver a casa, no había podido evitar llorar de rabia.

Pero eso había sido varios años atrás. Al final había encontrado el sitio perfecto. Al menos perfecto para sus planes. En sus planes de futuro estaba ahorrar mucho y montar su propia agencia de detectives. Nunca le había gustado depender de nadie, y aunque estaba muy cómoda en su puesto de trabajo, sabía que ahí no tenía opciones de ascender. Trabajaba en una agencia familiar. Su jefe era el hijo del jefe, del fundador de la agencia. Siempre le asombraba lo bien que funcionaba, la cantidad de clientes que tenían con los pocos detectives que trabajaban ahí. Al final, lo que importaba era organizarse bien. Y en eso tenía mucho que aprender.

Terminó su discurso. Participaba en un ciclo de conferencias, en su antigua universidad, sobre la mujer en el puesto de trabajo. Una bonita iniciativa que quería vender una imagen que no era del todo real. Se suponía que tenía que darles esperanzas, que tenía que decirles que no tendrían problemas al incorporarse a la vida laboral. Ojalá llegara ese día. Ojalá esos chicos y chicas que tenía delante pudieran cambiar las cosas. Pero primero había que concienciarlos.

Llegó el turno de preguntas. Pocas, como era habitual. Y ella no podía evitar preguntarse si era por timidez o porque habían sido incapaces de motivarlos aunque fuera un mínimo. ¿Realmente esos muchachos de mirada perdida eran los que iban a cambiar el mundo?

—Yo tengo una pregunta para la mujer detective.

Una voz dulce la sacó de su ensimismamiento. Se volvió en la dirección desde donde había llegado la frase. Buscó a su dueña entre los rostros apagados. Y sonrió. Era una chica joven, morena, de ojos claros y una sonrisa en el rostro. Le hizo un gesto para que continuara.

—¿Fue usted quién ayudó a la policía en el caso de Lucía Jiménez?

Lucía Jiménez. Pobre chica. Diecisiete años. Desapareció una noche que volvía a su casa de una fiesta. De la noche a la mañana. Hija de padres separados y adinerados. Popular en las redes sociales. Carne de cañón para los medios. Supuestos medios de comunicación que, más que ayudar, entorpecían el trabajo de la policía. Por ese motivo se habían puesto en contacto con ella. Bueno, con su agencia. Esa fue la primera vez que había colaborado, mano a mano, con la policía. Y no había sido la última. A partir de ese momento, solían llamarla para casos parecidos.

Lucía Jiménez, por desgracia, apareció días después, semienterrada en un descampado. La imagen de su cuerpo semidesnudo, lleno de barro que no conseguía tapar las múltiples heridas que le habían hecho... Aquella imagen aún la atormentaba por las noches.

Lo positivo, si es que había algo positivo en toda esa historia, era que habían conseguido desmantelar y apresar a toda una cuadrilla de jóvenes que tenían ese «divertido» entretenimiento. Vigilaban a las chicas por las redes sociales, las secuestraban, las violaban, maltrataban... Y luego se deshacían de ellas. En unos días comenzaría el juicio. Y ella esperaba que se pudrieran en la cárcel. Y su parte menos racional deseaba que los sacaran de las zonas de protección en las que se encontraban hasta ese momento. A ver si eran tan gallitos...

—Sí. Yo fui una de las detectives que colaboró con la policía en ese caso. No puedo dar muchos datos porque, como ya sabréis, el juicio empieza en nada. Fue un trabajo muy duro. Era mi primer caso de chica desaparecida y, aunque todo señalaba que no tendría un final feliz, la esperanza no se pierde... Todos tenemos en la mente las escenas de las películas de secuestro, en las que los malos llaman por teléfono para pedir un rescate, en las que siempre acaban metiendo la pata de alguna manera... Desgraciadamente, no suele ser tan fácil.

El silencio se adueñó durante unos instantes de la sala. Conocía ese silencio. Tan intenso. Tan cargado de emociones. Tan triste. Miró a todos los asistentes. Sabía que tenía que levantar el ánimo. Que esa charla no podía quedarse con ese triste mensaje. Pero... ¿cómo? Ella aún sentía cómo el corazón se le rompía un poco más al recordar a Lucía.

No era de las que llevaban su foto en la cartera para recordarla. No. No le hacía falta. No necesitaba tener, además, un recordatorio de que no había conseguido salvarla. Cualquiera que se dedicara a eso sabía que esas «espinas» te acompañan toda la vida. Y si sirven para algo es para luchar con más fuerza la próxima vez.

Se sonrió levemente a sí misma. Ahí tenía la frase final. El mensaje con el que acabar esa charla. La idea que quería dejar a los asistentes. Y eso fue lo que les dijo.

. . .

La luz del salón estaba apagada cuando llegó a su casa. No le extrañó. Era bastante habitual. Se quitó los zapatos. No solía llevar tacones, y esos, aunque eran bajitos, le estaban destrozando los pies. ¿Cómo podían otras mujeres andar (¡incluso correr!) con tacones de más de ocho centímetros? Era algo que le asombraba y horrorizaba al mismo tiempo. ¡Claro que a ella le gustaba vestirse bien y sentirse atractiva! Pero no creía que eso fuera necesario, que ese tipo de tortura a la que las mujeres se sometían de manera voluntaria fuera imprescindible para ser *sexy*.

Se quitó los zapatos y no pudo evitar lanzar un leve gemido de placer al poner sus pies descalzos sobre el suelo de madera. Fue al despacho que Juan utilizaba. Allí se lo encontró. Sentado frente al ordenador. *Viciando* a algún videojuego. Se acercó y le dio un leve beso en los labios. Breve, para no molestarlo. Estaba habituada a encontrárselo así. No podía recriminárselo. Pasaba muchas horas solo en esa casa. Algún entretenimiento tenía que tener. Eso sí… No olía a nada. Miró hacia la cocina de donde no procedía ninguna luz ni ningún olor.

—¿Y la cena?

—Había pensado en pillar unas pizzas.

—Me parece bien.

En esos momentos se comería hasta un elefante. Estaba cansada. Más de lo que se esperaba. ¿Quién le iba a decir que esas charlas podrían agotarla tanto o más que una vigilancia?

—¿Llamas?

Eso ya no le hacía tanta gracia.

—¿No has llamado aún?

—No. Quería esperar. No sabía cuánto ibas a tardar. Y así escoges lo que quieras.

No se había vuelto ni un segundo para mirarla mientras hablaba. La mirada pegada al ordenador. No protestó. No le dijo nada. Fue primero a la cocina, abrió la nevera y se pilló una cerveza. Luego cogió su teléfono, que dormitaba en su bolso. Lo último que le apetecía en ese momento era discutir. Y menos por una tontería así. Aunque al deslizar su dedo por la aplicación tuvo que reprimirse las ganas de escoger lo que sabía que menos le gustaba a Juan. Dudó mucho. Luego decidió que no le apetecían movidas tontas y escogió otra cosa.

Una ducha en el tiempo que tardaba en llegar la pizza. Mientras el agua caía por su cuerpo, se dio cuenta de que hacía mucho que no lo invitaba a acompañarla mientras se duchaba. Y se escudaba en que estaba muy cansada. Sobre todo psicológicamente. Llegar a casa y estar sola era algo que echaba de menos, aunque lo cierto era que muchas veces se sentía muy sola a pesar de estar él. Cada uno en una habitación, más como compañeros de piso que como pareja. Y, para estar así, casi prefería que no estuviera en la habitación de al lado. Sabía que sonaba fatal, pero no podía evitarlo. Quería a Juan. Eso lo tenía claro, pero sentía que necesitaba más. Una eterna contradicción.

A veces no podía evitar pensar que se casó más por tranquilizar a sus padres que por propia seguridad en lo que estaba haciendo. Y, quizás, demasiado joven. Tenía 30 años y una vida matrimonial más propia de personas más mayores. Giró el grifo y dejó solo el agua fría. Su contacto le erizó momentáneamente la piel. Apoyó la frente en la mampara mientras intentaba parar de pensar. Luego cerró el grifo.

Quizás le daba demasiadas vueltas a todo. Quizás simplemente era la rutina que se había instalado entre ellos. Sus diferentes trabajos, sus diferentes horarios… ¿Horarios? Como si ella tuviera un horario fijo. Ya nunca hacían nada juntos. Tal vez, ese era el problema.

En esos momentos no tenía ningún caso pendiente. A lo mejor, era el momento para intentar recuperar esa chispa que estaba segura de que aún existía, que aún vivía entre los dos. Oyó cómo llamaban al telefonillo y cómo Juan se levantaba para ir a abrir al repartidor.

Salió de la ducha. Se secó. Se puso el pijama y, tras mirarse levemente en el espejo, se decidió a salir.

Comían mientras en la televisión se dibujaba una serie. No le estaba haciendo mucho caso. Pero tampoco conseguía encontrar un tema de conversación que no se convirtiera en un intercambio de monosílabos. Mejor ir directamente al grano.

—Ahora estoy sin ningún caso. Quizás podríamos hacer algo un fin de semana. O un par de días más, si puedes pillarlos.

—Estaría bien. Podríamos pensar en ir a visitar alguna ciudad.

Antes solían hacerlo. Escaparse un fin de semana largo. Perderse por una ciudad. Emborracharse. Hacer turismo. Reírse. Se reían mucho. Muchísimo. Lo echaba de menos... No se había dado cuenta hasta ese momento de cuánto.

Miró a los ojos a Juan. Brillaban. Parecía que algo se había iluminado también dentro de él. Como si él hubiera tenido los mismos pensamientos lúgubres sobre ellos y, de pronto, un rayo lo iluminase todo. Le dio un beso dulce en los labios. Sabía a salsa barbacoa. Sabía a ilusión. Sabía a ganas de más. No lo dudó. Se levantó de su silla sin dejar de besarlo y se sentó encima de él. Lo pilló desprevenido. Sí. Pero reaccionó con rapidez. En un solo instante, el beso se hizo mucho más intenso, y sus manos, las de ambos, empezaron a desnudar al otro.

• • •

Se llevó el café a los labios. Ardía. Pero eso le encantaba. Café solo, bien caliente, para empezar el día. Revisó su correo mientras se terminaba la taza. Nada interesante. Solo el mismo *mail* que llevaba recibiendo varios días seguidos para recordarle su citación para el caso de Lucía, y remarcándole que, si tenía alguna duda sobre su testimonio, se pusiera en contacto con ellos.

¿Alguna duda? Tenía bien claro qué era lo que vio,

las pruebas que recabó..., todo. Y no podía borrarse la imagen del cuerpo de aquella chica, muerto, inerte, sin vida... Ojalá pudiera olvidarse de algo de todo aquello. Y sabía que necesitaba que todo eso se acabara. Que los cabrones culpables de esa locura fueran condenados. Sí, la habían educado con la frase «todos somos inocentes hasta que se demuestre lo contrario». Pero ella ya había visto las pruebas. Ya sabía que eran culpables. La sociedad necesitaba que fuera un juez quien lo dijera. Ella ya no.

Se levantó y se fue a mirar por la ventana. En esos momentos, echaba de menos tener un cigarrillo entre los labios. Podría ir al despacho de algún compañero. Sabía que tendrían. Por mucho que estuviera prohibido fumar en el lugar de trabajo, pasaban muchas horas entre esas cuatro paredes cuando estaban sumergidos en un caso, y el jefe solía hacer la vista gorda.

De pronto, alguien llamó a la puerta. Era Jorge, el recepcionista. Ese fue uno de los factores que más le gustaron cuando fue a hacer su primera entrevista. No tenían una rubia despampanante dando la cara al público. Bueno, tenía que confesar que se le pasó por la cabeza si el jefe sería gay. Y se echó la bronca a sí misma. Tantos años luchando contra los prejuicios y luego lo hacía ella. Aunque suponía que era inevitable.

—Perdona, Áurea, hay un chico joven en la puerta preguntando por ti.

—¿Por mí? ¿Sabes qué quiere?

—Está muy nervioso. No para de repetir que quiere hablar contigo.

—Vale. Déjalo pasar.

Jorge le sonrió con ternura. Se sonrió al recordar su pensamiento al conocerlo, sobre si sería o no gay. Tardó poco en darse cuenta de que no lo era. Más o menos lo que tardó en percatarse de que le miraba el culo. Ella se volvió y le dijo que, si quería seguir yendo al baño sin que le doliera, que, al menos, disimulara. Desde entonces, habían compartido cafés y risas mientras él le contaba sus líos amorosos... Que no eran precisamente pocos.

En su puerta apareció un chico joven, de veintipocos años. Moreno, de ojos oscuros y aspecto desaliñado. Parecía nervioso. Era alto. Ni muy delgado, ni muy gordo. Uno de esos chicos como tantos otros, que nadie definiría como guapo, pero tampoco como feo precisamente. Se quedó quieto, como si tuviera miedo a entrar, como si no supiera qué estaba haciendo ahí, como si no estuviera seguro de lo que hacía en ese sitio. No era su tipo de cliente habitual. Casi le dio un ataque de ternura al verlo.

—Entra. Siéntate...

El chico obedeció en silencio. Ni una palabra salió

de su boca. Y ella se exasperó levemente. Suspiró. Tenía que ser paciente. Seguramente fuera una tontería que podría resolver en cinco minutos.

—No tengas miedo. Dime... ¿Querías hablar conmigo?

—Sí. Ayer estuve en su charla...

Vale, un estudiante con ganas de ser detective. Se relajó en su silla mientras él dudaba unos segundos.

—Usted dijo que participaba en casos de desaparecidas.

Eso le extrañó. Mucho. Algo resonó en su cabeza. Algo que le indicaba que eso no era una visita de un aprendiz de detective.

—Sí. Es una de las cosas a las que me dedico.

No estaba acostumbrada a tratar con veinteañeros y nunca había tenido mucha paciencia.

—Mi novia ha desaparecido.

Lo dijo a toda velocidad. Como si necesitara quitárselo de encima. Como si no se lo creyera aún. Ella lo miró fijamente. Luego cogió un cuaderno y un bolígrafo que reposaban en su mesa. Era consciente de que muchas denuncias de desaparición no lo eran y de que, probablemente, no habría nada, pero no quería cerrar la puerta. Y tampoco quería herir los sentimientos del chico, que parecía realmente preocupado.

—¿Cómo te llamas?

—Miguel.

—¿Cuánto hace que ha desaparecido?

—Unas 48 horas. Pero no me di cuenta hasta ayer por la noche...

El tono de tristeza que embargaba la voz del muchacho le llegó muy adentro. Pero las cosas tenían su proceso.

—¿Lo has denunciado a la policía?

Por desgracia, mucha gente, engañados por las series y las películas, se creía que había que esperar al menos dos días para denunciar la desaparición de un adulto.

—Sí. Lo hice.

—¿Y qué te dijeron?

No le contestó. No le hizo falta. Conocía perfectamente lo saturados que estaban los departamentos de policía y cómo, muchas veces, se encontraban en la dura situación de tener que descartar algunos casos. Decidió darle una oportunidad. No sería la primera vez que se confundían.

—¿Qué razones te dieron?

Le costaba muchísimo hablar. Lo comprendía. No debía de ser fácil. Nada fácil. Se levantó. Tenía una jarra de agua y unos vasos de plástico preparados para esas ocasiones. Le llenó uno, se lo dio y el tragó muy despacio.

—No es la primera vez que desaparece. Pero aquella vez fue distinto...

—¿Por qué?

—Porque nos fugamos juntos. La situación en su casa era un infierno. Teníamos 17 años. Éramos unos críos. No sabíamos qué hacer. Ahora todo iba bien...

—¿Qué pasaba en su casa?

—Su padrastro la pegaba. Nos fugamos. Su madre reaccionó. Dejó a su marido. Se dio cuenta de lo que pasaba en su casa... Y volvimos.

—¿Eso se lo explicaste a la policía?

—Sí. Pero dicen que marca un precedente...

—¿Qué me ocultas?

Se le notaba a distancia que no estaba contando todo. Y ella nunca había tenido mucha paciencia con los jóvenes. Ni siquiera cuando ella misma era uno de ellos.

—La última vez que nos vimos, discutimos. Últimamente discutíamos a menudo.

—¿Por qué discutíais?

—Por tonterías... —Lo miró fijamente, seria, dura. No le gustaba que le dieran largas. Él pareció entenderlo—. Últimamente hacíamos pocas cosas juntos. Siempre estaba trabajando... Pequé de celoso. Tenía miedo de que ella estuviera con otro...

Por eso lo había descartado la policía. Antecedentes. Discusión. Posible amante. Un coctel que no solía fallar. Y según su experiencia, cuando alguien sospechaba de una infidelidad, algo había. Quizás no una relación en firme, pero un tonteo, un flirteo nada inocente...

—¡No estaba con otro! No se ha ido con otro —Miguel le leyó la mente.

—¿Por qué estás tan seguro?

—Si se hubiera fugado, se habría llevado sus cosas, su portátil, su ropa… Está todo en casa.

Bueno, en eso tenía que darle la razón y el beneficio de la duda. Si la chica se hubiera fugado, se habría llevado la ropa y el ordenador. Tamborileó en silencio con el boli unos segundos, pensando. Miguel se revolvía nervioso en la silla, y ella observaba con disimulo cada una de sus reacciones.

El chico le producía diferentes emociones, había algo que le inspiraba una extraña ternura y, sin embargo, había algo que le hacía desconfiar. Y esa mezcla le llamaba mucho la atención.

—No me has dicho su nombre.

—¿Eso significa que acepta el caso?

—¿Tú sabes cuánto cuesta un detective? No voy a trabajar gratis ni bajar mis honorarios.

Le habló con dureza. No dejó que ni un atisbo de lástima se reflejase en su voz. Miguel tragó saliva, luego rebuscó en sus bolsillos. Sacó una foto y la dejó encima de la mesa, arrastrándola.

—No sé si esto es más típico de las películas o si realmente necesita una foto reciente. Esta es del fin de semana pasado. Por el dinero no se preocupe. Necesito encontrarla. Sé que no se ha fugado... Lo sé.

Las últimas palabras las dijo como si solo hablara consigo mismo. Áurea sonrió de medio lado y luego cogió la fotografía que él le había pasado. Era una chica guapa. Mucho. Pelo largo, negro. Rasgos exóticos. Labios carnosos. Y un extraño brillo en su mirada. Había desafío en ellos. Había confianza, casi desmesurada. Pensó en la historia que le había contado sobre su primera fuga. Si todo era cierto, lo que tenía claro era que se había recuperado muy bien. Y eso era admirable. Solo por eso merecía la pena echarle un vistazo a ese caso.

—¿Cuál es su nombre?

—Isabel Esteban.

. . .

—No lo veo claro, Áurea...

—Lo comprendo, yo tampoco lo he visto claro en un primer momento, pero mi instinto...

—Tú y tu instinto... Si hiciera caso cada vez que alguno de vosotros me viene con el famoso instinto...

—Pero sabes que el mío no falla... Y aquí hay algo...

Gómez tamborileó con los dedos en la mesa unos minutos mientras la miraba. Áurea sonrió. Tenía bien claro qué era lo que le iba a decir. Había entrado en el despacho de Gómez como una exhalación. Él levantó la vista con una mirada divertida. Ya la conocía bastante bien. A veces pensaba que él tendría (más de una vez) dudas sobre si hizo bien en contratarla o no. Nunca llamaba a su puerta, siempre le llegaba con casos que había aceptado por algún extraño impulso...

Lo cierto era que le estaba muy agradecida. Él había confiado en ella desde el primer momento. Vio mucho más allá de su género y le dio una oportunidad. Era un gran jefe. Ella sabía que él se sentía, en muchas ocasiones, dubitativo sobre su posición en la empresa. Al fin y al cabo, no había obtenido el puesto por méritos propios, sino por herencia. Pero esa sombra, esa losa sobre él, le hacía esforzarse el doble (incluso el triple) para demostrar que se merecía ese puesto. Sí, Gómez era un gran jefe.

—¿Vas a hacerme sufrir mucho?

—Dile a Jorge que rellene la ficha y le de todo el papeleo, tarifas y demás...

—Ya está con él.

Gómez lanzó una carcajada al aire, se levantó de la mesa y se acercó a ella.

—Algún día voy a tener que decirte que no a algo.

—¿Me subes el sueldo?

—Va a ser que no... Lo que me faltaba.

—¿Ves? Ya me has dicho que no a algo.

Se rio de su propia broma, acompañando las risas de su jefe. Él se giró para volver a su mesa, ella se disponía a volver sobre sus pasos y empezar la investigación cuando Gómez la interrumpió.

—Sabes perfectamente qué es lo primero que debes hacer.

Chasqueó la lengua. Por unos instantes, había soñado con que él se hubiera olvidado de ese asunto, de ese primer escalón que nunca le había hecho mucha gracia subir.

—Sí, no te preocupes. Ahora voy.

—No hace falta que vayas en persona. Tampoco tenemos que exagerar.

—Hay cosas que es mejor hablarlas cara a cara.

—Ya sabes quién es...

No era una pregunta, sino una afirmación. Le

gustaba que Gómez la conociera tan bien. Se rio y encogió los hombros mientras intentaba fingir cara de sorpresa.

—Pobrecito. No sabe el error que cometió el día que se colgó de ti.

—No digas tonterías…

—Ya… Anda, ve a trabajar… Que tienes que ganarte el sueldo que te pago. Y no —respondió rápidamente antes de que ella le replicara—, no voy a subirte el sueldo.

Salió del despacho de Gómez mientras soltaba una larga carcajada. Vio cómo algunos de sus compañeros miraban hacia ella con recelo. Sabía lo que algunos pensaban, sabía que las lenguas viperinas insinuaban (y alguna hacía algo más que insinuar) que le hacía «trabajitos» al jefe. Suspiró internamente y les regaló una sonrisa. No iba a dejar que pensaran que le afectaban sus comentarios machistas, pero tampoco iba a fingir que no se daba cuenta de que la observaban con tan poco disimulo.

• • •

No fue a la comisaría. Conocía bastante bien la rutina de la mayoría de los policías que se encargaban de los casos de desaparecidos. Gómez se había metido en más de una ocasión con ella por ese motivo. También le había echado la bronca por vigilarlos, por investigar un poco a los agentes de la ley. Y sí, ella sabía que no debía hacerlo y que, si la descubrían, podría traerle más de un problema... Pero, tras el caso de Lucía, no iba a dejar que otra muchacha perdiera la vida por culpa de un mal policía.

Detuvo su moto en las proximidades de un bar cercano a la comisaría, pero no bajó. Se quedó quieta. Con los ojos cerrados. No. No podía echarle la culpa al policía. Ella tampoco había conseguido encontrarla a tiempo...

Ya volvía la misma duda de siempre, esa que la atacaba con furia, esa que la golpeaba con dureza cada vez que se sumergía en el caso de una chica desaparecida. ¿Cuál era su principal motivación? ¿Había aceptado ese caso porque realmente creía que Isabel había desaparecido en contra de su voluntad, o el miedo a volver a perder a otra niña la llevaba a cegarse completamente?

Suspiró. Se quitó el casco y deseó que el aire se llevara los malos recuerdos y ese sentimiento de culpabilidad por no haber conseguido salvarla.

Se bajó de la moto y guardó el casco. Era un bar estilo irlandés. A esas horas no solía haber mucha gente. Localizó rápidamente a Sergio. Siempre rodeado de gente, siempre con ese don de gentes y esa sonrisa perenne que hacía que todas las mujeres fueran detrás de él. Bueno..., su sonrisa y lo bien que le sentaban esos vaqueros oscuros que solía llevar.

Lo miró fijamente mientras se acercaba a la barra y pedía una cerveza al camarero. No iba a acercarse a él. Sabía que, antes o después, él se daría cuenta de su presencia y se acercaría.

—¿A qué debo el honor de su visita?

Sonrió. El policía no había tardado ni un minuto en acercarse a ella. Sabía que no debía ser tan coqueta ni presumida, pero era agradable sentirse el centro de atención de un chico tan guapo como era Sergio.

—¿No puedo venir a tomarme una cerveza tranquilamente?

—Precisamente a mi bar.

—No sabía que eras dueño del local.

—Ya sabes a lo que me refiero...

Se volvió para mirarlo, divertida. Sergio apoyó las manos en la barra, pasando cada uno de los brazos al costado de su cuerpo, encerrándola. Con cualquier otra persona se hubiera puesto a la defensiva, pero sabía que Sergio nunca traspasaría esa línea. Ella estaba casada, y eso, para él, era sagrado. Aunque estaba convencida de que había sido la protagonista de alguno de sus sueños húmedos. Él mismo se lo había insinuado una noche, tiempo atrás, cuando habían salido a celebrar el final, positivo, de un caso de un menor desaparecido.

Aquella noche, el alcohol había corrido por todos lados. Ella tenía un sabor agridulce. El niño estaba ingresado en el hospital, pero no presentaba lesiones graves, al menos físicas. La emoción de ese hecho debería valerle más que nada, pero el visible rechazo de algunos compañeros de Sergio a celebrarlo con ella la había herido.

Los detectives privados siempre causaban recelo. Lo comprendía. Ella tampoco solía llevarse bien con los agentes de la ley. Y era una pena, porque todo sería más fácil si trabajaran en equipo. No eran enemigos, y sin embargo, no acababan de estar relajados cuando se encontraban en el mismo caso.

Pero no era solo su profesión. Ella los había visto tomándose copas con algunos compañeros suyos. Hombres.

—Deja de comerte la cabeza... Ellos se lo pierden.

Sergio intentaba animarla. Estaban sentados en la mesa más recóndita del bar irlandés. Lo miró, sonrió sin poder evitar el cinismo que sentía en su interior. Subió un pie al banco sobre el que estaba sentada, apoyó su brazo en su rodilla y le dio un trago a la copa.

—¿Te confieso una cosa? —Se giró hacia Sergio con la duda en la mirada—: Yo les he pedido que no vinieran.

Se rio.

—¿Y por qué ibas a hacer eso?

—Para estar un ratito a solas contigo.

Soltó una amplia carcajada.

—¿Por qué te ríes?

—Eres tonto... Cualquiera que te escuche puede pensar...

—Puede pensar, ¿qué? ¿Que, si no estuvieras casada, ahora mismo estaría tirándote los trastos y convenciéndote de que hiciéramos realidad mis sueños más morbosos?

Zarandeó la cabeza mientras se reía. Él se acercó y le habló al oído.

—Algún día asumirás que no bromeo cuando te lo digo, y entonces tendremos un problema.

Aquel día se rio. Aunque la seriedad de su rostro la dejó con la mosca detrás de la oreja. Y, desde aquel día, algo había cambiado. Flirteaba con ella, a ella le gustaba sentirse deseada, pero intentaba marcar una distancia; le *tiraba el hilo*, pero rápidamente lo recogía, recordándole que estaban trabajando.

—Tengo un caso.

Sergio sonrió y se echó para atrás, cruzando las manos sobre su pecho, expectante.

—¡Qué poco romántica eres! Dime...

—Isabel Esteban.

Como esperaba, Sergio mostró un gesto de duda en su rostro, no recordaba el nombre. No podía culparlo, muchos nombres pasaban por su mesa a diario... Bueno, no podía culparlo mentalmente. Aprovecharse de su desconocimiento era otra cosa.

—Cómo no... Si no es una chica adinerada, ni siquiera le dedicáis el tiempo suficiente como para que os suene su nombre.

—¿Vienes a echarme un sermón o a pedirme un favor?

—Vengo a informarte. Vosotros habéis rechazado el caso. Simplemente es cortesía de compañeros.

Le dio un trago largo a la cerveza. Sergio la examinaba fijamente. Estaba segura de que su mente no paraba de darle vueltas a todos los expedientes que habían pasado por su mesa en esas últimas horas. Luego sonrió.

—Isabel, seguramente, esté por ahí con otro tío. Ya

tiene antecedentes de huida. El propio novio reconoció que tuvieron una pelea, y que ni se preocupó cuando pasó más de un día sin noticias, porque no era tan infrecuente.

—Seguramente... ¿Y si no es así? Además, tú mismo lo has dicho... Un día... Nunca más de 48 horas. ¿Cuánto tiempo le has dedicado antes de rechazarlo? ¿Has mirado a los ojos de su chico?

—No todos podemos permitirnos el lujo de ponernos sentimentales.

Se estaba enojando. Y esa tampoco era su intención. Le dedicó una sonrisa dulce mientras inclinaba su rostro hacia un lado.

—Tienes razón... Ese es un privilegio de los detectives privados. Así que... ¿podrías dejarme echar un vistazo al expediente que tendréis muerto de asco en alguna montañita?

Sergio se rio, le cogió la botella de cerveza de su mano, le pego un trago y se la devolvió.

—Mañana te lo mando al *mail*. Ahora, ¿me dejas invitarte a otra cerveza?

—Otro día... Hoy te dejo, que tienes a tus admiradoras mirándome mal desde el otro lado de la barra.

Sonrió, le dio un rápido beso en la mejilla y se alejó de él, directa a la puerta, sin esperar su respuesta. Notó su mirada en su espalda (y en lo que no era su espalda) y se regañó por sentirse tan bien sabiéndose observada y deseada.

· · ·

Aparcó la moto en su garaje, al lado de su coche. Había ido directamente desde el bar. Podía trabajar perfectamente desde su casa. Aunque no solía hacerlo. Cuando investigaba, necesitaba centrarse, necesitaba aislarse del ruido… Y además, bastante tiempo le quitaba a su vida matrimonial como para encima llevarse el trabajo a casa.

Se quitó el casco y, mientras buscaba las llaves, empezó a ser consciente de que les esperaba una discusión en casa. No habían pasado ni 24 horas tras haberle hablado a Juan de hacer unas minivacaciones juntos, y ella ya había aceptado otro caso. Pero ¿qué podía hacer? No era ella la que elegía cuándo llegaba el trabajo. Igualmente, seguro que era un caso rápido. Si Sergio tenía razón y la chica se había ido por sus propios motivos, en unos días, como mucho, estaría todo resuelto…, y el corazón de Miguel hecho trizas. Al final, iba a tener razón Sergio y se ponía sentimental. Por mucho que intentara ir de mujer fría, en el fondo quería que todo tuviera un final feliz.

Para variar, Juan estaba en su despacho, ni se inmutó al escucharla, y ella ni se molestó en decirle nada. El momento vivido la noche anterior parecía que había sucedido meses atrás. ¿Cómo era posible que pasaran de estar tan unidos a ser viejos desconocidos? ¿Cuánto quedaba de aquellos chiquillos que se habían enamorado, que creaban sueños juntos, que se podían pasar horas y horas hablando? No tenían grandes discusiones, no se tiraban los trastos a la cabeza... Pero cada vez tenían menos en común.

Suspiró. No quería pensar en eso, sería una fase, un momento del que seguramente saldrían. Todas las parejas pasaban por baches, por momentos en los que necesitaban encontrarse a ellos mismos dentro de esa unión.

Entró en su cuarto, sacó su portátil de la mochila y lo encendió. Se puso los cascos, se sentó en la cama colocando varios cojines detrás de su espalda y, tras elegir algo de música, comenzó su pequeña investigación. Para trabajar, solía ponerse música clásica. Las melodías de Beethoven, Bach o Mozart solían relajarla y conseguían que se concentrase solo en lo importante.

Lo primero era fácil. Las redes sociales de Isabel. Se podían saber tantas cosas de la mayoría de las personas... Mucho más de lo que ellos querrían. E Isabel tenía cuenta en Instagram, Facebook y Twitter.

Facebook fue la primera red que localizó. Un perfil más que normal. A pesar de estar cerrado, averiguar sus contraseñas y navegar por sus más oscuros secretos era mucho más fácil de lo que la gente pensaba. Incluso para una aprendiz de *hacker* como ella.

Había aprendido, desde el principio de su carrera como detective, que una de las cosas más importantes era rodearse de gente capaz de hacerle más fácil su investigación, y sí, más de una vez, no de la manera más legal. Conocía personas que se movían por la red profunda y, poco a poco, le iban enseñando pequeños trucos. Sumergirse en las redes sociales de sus investigados fue de lo primero y, también, lo más fácil. Eso, además, le daba una ventaja que la policía no tenía. Ellos tenían que pedir autorización judicial.... Bueno, ella suponía que también, pero... Si en su trabajo no jugaran con la ley, irían mucho más despacio.

La siguiente red social fue Instagram. A la chica le gustaba hacerse muchos *selfies*, en posiciones más que provocativas. Era una chica atractiva y sabía sacarse partido. Le llamó la atención que en ninguna de las fotos salía Miguel, sin embargo, sí había fotos de otros chicos... Al final iba a tener razón Sergio y no había mucho más tras esa historia. Muchas de esas fotos estaban hechas en un mismo bar, y como Isabel no había dudado en etiquetar el local, ya tenía un sitio nuevo por donde husmear. Buscó el local en Google, revisó las fotos que había en su página web y los comentarios de la gente.

—No te había oído llegar.

Juan la miraba desde la puerta. Se quitó los cascos y se giró hacia él con una sonrisa dulce.

—Estabas liado, y tenía que trabajar un poco.

—Creía que no tenías ningún caso.

—No te preocupes, algo sencillo. Un chico que dice que su novia ha desaparecido... Pero tiene toda la pinta de que se ha ido por su propia iniciativa...

Mintió. Mintió, no porque no fuera una opción bastante posible, sino porque no era eso lo que ella sentía. No sabía el motivo, pero tenía el presentimiento de que había mucho más en esa historia, que no iba a ser tan sencillo como quería hacerle ver a su marido. Juan la miraba enfadado.

—No nos afectará en nuestro viaje, seguro.

—Ya... ¿Y por qué no se lo has pasado a un compañero?

—Es un chaval que me vio ayer en la charla... La misma policía piensa que es un caso claro.

—De acuerdo.

No estaba convencido. Era normal. No sería la primera vez que lo defraudaba en ese aspecto. Dejó el ordenador a un lado. Por cosas así, no le gustaba llevarse trabajo a casa. Al final siempre tenía que dejar las cosas a la mitad. Juan se pasaba las horas muertas delante del ordenador, pero en cuanto reclamaba su atención... Y ella se sentía culpable. Y aceptaba ese rol que no acababa de gustarle.

—Me apetece hacer un *risotto*, ¿quieres?

Juan se encogió de hombros y volvió a salir de la habitación, directo a su particular refugio. No. Ellos ya no discutían. Y no sabía qué era peor. Se levantó y fue a la cocina. Miró la vinoteca que había comprado hacía unos meses, un pequeño capricho que siempre había querido. Sacó un Rioja, lo abrió y se sirvió una copa mientras empezaba a preparar la cena. Nunca había sido muy cocinillas, pero sí le gustaba cocinar algunas cosas en particular. Y eso era una de ellas.

Puso la televisión, y una noticia le llamó rápidamente la atención. Una chica joven, morena, de una edad parecida a la de Isabel, la contemplaba desde un cartel donde se anunciaba que había desaparecido. Sonrió con tristeza. En cuanto dijeron dónde vivían sus padres, ya tuvo claro por qué ese caso sí llamaba la atención de los medios. Deseaba que la encontraran muy pronto, pero le dolió en el alma que le recordaran que, si tenías dinero, era más fácil que la gente se volcara en tu búsqueda. Le dio un largo trago al vino. Quizás Isabel no tuviera a todo el país buscándola, pero ella llegaría hasta el final. No pensaba rendirse.

2

Aparcó la moto justo delante de la dirección que Miguel le había dado la tarde anterior. Observó a su alrededor. No era un mal barrio. Sin ser el barrio de Salamanca ni muchísimo menos, era consciente de que los pisos en esa zona (y sobre todo los alquileres) estaban por las nubes. ¿Cómo podían permitírselo dos estudiantes? ¿Se lo pagarían los padres? Eso no cuadraba con la historia de desarraigo familiar que le había relatado la tarde anterior.

Vio el anuncio de una inmobiliaria en una farola y arrancó uno de los gajos con el número de teléfono preparados para eso.

Llamó al telefonillo. Tenía cámara para ver quién estaba en el portal. Miguel la estaba esperando y rápidamente le abrió la puerta. Subió y entró en el coqueto apartamento. Era pequeño pero moderno y con ese aire bohemio que solo podían darle los estudiantes. Bueno, los estudiantes con dinero. Cuando ella se fue por primera vez de alquiler, sus muebles y decoración costaban bastante menos.

—Supongo que no habrás tenido ninguna noticia de ella.

No se molestó ni en saludarlo. Toda la empatía que había sentido por su historia se desmoronaba un poco al ver dónde vivían. ¿Cómo podían pagarse un sitio así? Se volvió hacia él.

—¿Quién os paga el piso?

—Isabel. Bueno, yo ayudo un poco... Tengo una beca y voy trabajando en lo que va saliendo. Mis padres también me dan dinero de vez en cuando.

—¿En qué trabaja Isabel? Imagino que sus padres no le pasaran mucho dinero.

—No. Su madre pasa bastantes dificultades. Isabel siempre tiene algún trabajo... Ahora mismo trabaja mucho desde casa, con el ordenador... También ha trabajado en bares. Ha hecho prácticas en una editorial...

—¿Dónde tiene el ordenador? Me dijiste que se lo había dejado.

Miguel la miró fijamente. No estaba preparado para que ella le hiciera tantas preguntas. Debía de estar pensando que no le creía. Áurea no estaba segura, eso era cierto, de que Isabel no hubiera desaparecido por propia iniciativa. Pero lo que parecía bastante más claro era que

Miguel estaba convencido de que le había pasado algo... No le daba la sensación de que él le mintiera, al menos no conscientemente. ¿Y eso qué suponía? ¿Isabel le ocultaba cosas? ¿Y qué sería? Tenía la sensación de que Miguel era una pobre víctima... Y eso le provocaba cierta simpatía.

—Son preguntas habituales. Y quedan muchas más. Y peores. Si no estás preparado...

—No, no..., digo sí, sí lo estoy.

—Vale, ¿dónde está su ordenador?

—En su mesita.

—Perfecto, me lo tendré que llevar para examinarlo.

No se iba a poner en esos momentos a explicarle sus derechos y demás impedimentos legales sobre sus actos. Se iba a aprovechar, claramente, del desconocimiento del pobre chaval y de sus ganas de localizar a su novia.

Examinó la casa. Algo le llamó la atención. No había fotos. Después de ver su perfil en Instagram, se esperaba una gran colección de fotos suyas por todas partes.

Se acercó al armario y lo abrió. Estaba completamente lleno. Si se había llevado ropa, no había sido mucha. Buscó entre los bolsos que tenía colgados en una percha. No había rastro alguno del monedero ni del móvil. Miguel la seguía en silencio, como si fuera un fiel perrito.

Sacó su móvil. No le pidió permiso. Empezó a grabar un vídeo de la casa. Avanzando muy lentamente. Luego lo examinaría con detenimiento. Si hubiera acontecido una pelea en esa casa, Miguel se habría ocupado de ordenarlo todo de nuevo. No le gustaba desconfiar de su cliente, pero no sería la primera vez que sucedía. No sería el primer caso en el que la persona que daba la voz de alarma era el culpable de la desaparición del sujeto. Y ahí había algo que no cuadraba.

. . .

Salió de la casa una hora después. No había parado de interrogar a Miguel sobre las últimas horas de Isabel. Le llamaba poderosamente la atención que, viviendo juntos, hubiera tardado tanto en percatarse de su desaparición.

—Tuvimos una fuerte discusión, justo a la hora de la comida. Isabel se fue de casa enfadada. Pensé que se habría ido con alguna amiga. A veces lo hacía... Cuando me desperté, me fui a la facultad, la llamé, pero tenía el móvil apagado... No sé... Imaginé que estaría durmiendo... A la hora de la comida seguía sin dar señales de vida, y le dejé varios mensajes en el contestador. Cuando por la noche no llegó a casa, ni había leído los mensajes de WhatsApp… Llamé a varios amigos; ninguno sabía nada… Por la mañana fui a denunciarlo.

Anotó en la libreta los nombres y teléfonos de los amigos de Isabel. No pensaba llamarlos. Había aprendido que era mejor hacer las preguntas a la cara para ver todas las emociones que se le cruzaban por el rostro.

Se apoyó en la pared del portal y contempló su cuaderno de notas. No tenía claro qué paso dar primero. ¿Ordenador o amigos? Miró la hora. Lo lógico era que a esas horas estuvieran en la facultad.

Contempló la calle donde vivían Isabel y Miguel. Según él, era ella la que pagaba la mayor parte del alquiler… ¿Una estudiante de posgrado, procedente de una familia desestructurada de la que tuvo que huir debido a los abusos de su padrastro? No era el tipo de chica que solía poder permitirse un piso en esa zona… ¿De dónde salía el dinero? ¿En qué trabajaba Isabel? ¿Era del todo limpio? ¿Y si Miguel no le estaba contando toda la verdad?

Contempló la calle. Había una cámara de tráfico enfocando hacia esa parte de la calzada. Quizás podría conseguir las imágenes del día de la discusión y hasta el momento en que Miguel se había percatado de la desaparición de su novia.

Buscó un número de teléfono, marcó y esperó. Tardó más de lo que le hubiera gustado en responder.

—¿Qué favor necesitas ahora?

—¿Dónde se ha quedado la amabilidad y los buenos modales?

Se rio a carcajadas. Su amistad con Montse era una historia curiosa. Se conocieron en un bar. Le hubiera gustado decir que fue de casualidad, pero no. Fue a buscarla sabiendo en qué trabajaba, sabiendo que podría necesitar, en más de una ocasión, su ayuda. Lo que no se esperaba era que el desparpajo de Montse la conquistara. Quizás porque eran tan diferentes a ellos que le hacía sentir completa. Y lo peor era que hacía mucho que no la veía. Su trabajo le comía mucho tiempo, y, cuando tenía huecos libres, sentía la necesidad de compartirlo con Juan, aunque solo fuera para estar cada uno en una habitación distinta. No. Definitivamente, no era ese el tipo de matrimonio que ella había soñado, pero tampoco hacía nada por cambiarlo.

—Aure —Solo su gente más cercana se atrevía a reducir, aunque fuera tan poco, su nombre—, estoy hasta arriba de trabajo. Si es solo para charlar y darme más excusas de por qué no puedes venir a emborracharte como si no hubiera mañana con tus amigas, te llamo luego. Si, como imagino, necesitas algún favor, dime la calle, el número y la fecha, y te paso las imágenes en cuanto pueda.

—Te debo un cubata.

—Me debes una borrachera.

Se rio y luego le dio todos los datos que necesitaba. Montse le prometió que se las haría llegar lo más rápido que pudiera, luego se despidieron con la promesa de llamarse esa misma semana. Ambas sabían que tendría que ser Montse quien lo hiciera, y se echó la bronca mentalmente por ser así.

Iba a montar en su moto, cuando volvió a pasar la mirada por el edificio de apartamentos. Sus ojos se detuvieron en una cortina que se movía levemente. No hacía viento. Alguien había observado desde allí. Podría ser simplemente para contemplar el tiempo que hacía, que esperara a alguien o lo que fuera. Lo único claro era que ahí había alguien.

—Cambio de planes —se dijo en voz alta. Y volvió a rehacer sus pasos de camino al portal.

· · ·

Una costumbre muy española y que tanto solía ayudar a los detectives: los vecinos cotillas. Mientras el ascensor subía, se miró en el espejo, se recogió el pelo en una coleta alta, se pellizcó un poco las mejillas, guardó su cazadora de cuero en la mochila que llevaba y sacó de la misma una blusa blanca un poco *hippy* pero que le daba un aire dulce.

Cuando llegó al piso, miró hacia la puerta del apartamento de Miguel e Isabel. Luego se dirigió a la casa de al lado. Llamó con los nudillos, suavemente. Sabía que no necesitaría mucho más. La puerta se abrió un poco, sin quitarle el quitamiedos. ¿Realmente la gente pensaba que esa endeble cadenita los salvaría de alguien que quisiera entrar por la fuerza en su hogar?

—Buenos días. Quisiera preguntarle unas cositas sobre Isabel, la chica que vive ahí al lado.

Vio la duda en el rostro de la vecina. Lo comprendía. Incluso era de agradecer que no fuera cotilleando por ahí a la primera de cambio.

—Comprendo que desconfíe de mí. Isabel es mi hermana. Hace mucho que no la veo... Nuestros padres eran... peculiares. En cuanto fui mayor de edad, escapé de esa casa... Quise llevármela conmigo, pero fue imposible.

Sonrió con dulzura, fingiendo una timidez que no tenía. No se sentía mal por mentirle descaradamente a esa anciana que la miraba fijamente y con desconfianza. Era alta y delgada, con el pelo corto completamente blanco, los pómulos muy marcados y la mirada oscura y dura. Se daba un aire a la señorita Rottenmeier. Vio cómo miraba de reojo a la puerta de Isabel y Miguel en un gesto de desprecio y siguió jugando sus cartas.

—He intentado localizarla, pero el chico con el que vive no me dice nada. Temo que se haya desviado del buen camino o que se haya metido en un lío debido a las malas compañías.

La señora cerró la puerta. Suspiró tranquilamente, con la esperanza viva. Y no la defraudó. La anciana volvió a abrir, esta vez sin el quitamiedos.

—Llevo sin verla un par de días. Desde el lunes. No, el martes. Yo volvía del médico, tenía revisión del corazón, y la vi llegar con un chico.

—¿Con su novio? ¿Con el chico con el que vive?

—No. Siento decirte que tu hermana es un poco fresca. No soy yo mucho de cotillear ni me gusta criticar a la gente, pero es así. Tu hermana no se porta como debería. Primero irse a vivir con un muchacho sin estar casada ni nada, pero eso son moderneces de ahora. Pero luego... con el otro. Que sí, que está mejor puesto el muchacho... Que una es vieja pero no ciega, y sabe diferenciar.

Así que había otro chico... Interesante. Aunque la mujer podría estar exagerando.

—Pero podían ser amigos...

—Debía de ser un amigo francés.

Por el tono que usaba la señora, entendió perfectamente lo que quería decirle. Pidió que le describiera al muchacho, le dio las gracias y volvió al ascensor. Ahora le tocaba descubrir quién era ese extraño hombre del que Miguel no le había dicho nada, y no tenía claro si él realmente desconocía su existencia...

Estaba claro que a él no se lo podía preguntar. Y solo tenía una descripción dada por una señora que cotilleaba por la ventana y la mirilla... Le tocaba cotillear en el ordenador de Isabel y sus redes sociales. A ver qué encontraba.

Miró el móvil para ver la hora y, de pronto, cayó en que le había pedido solo las imágenes de una cámara a Montse. Le mandó un wasap pidiéndole que ampliara la búsqueda a varias manzanas. Iba a matarla por mandarle trabajo extra, pero Isabel no tenía coche ni moto; si había cogido algún transporte público, tenía varias opciones en diferentes direcciones. Necesitaba saber hacia dónde había ido.

Iba a guardarse el móvil en el bolsillo cuando comenzó a sonar. Era Sergio. Sonrió. Se apoyó en una farola cercana a donde había dejado su moto y respondió.

—Algún día tendrás que confesar que no sabes vivir sin mí.

—Eres una presumida.

Sergio reía con un tono tan cristalino que te llenaba y te hacía sentir como en casa. Sacudió la cabeza mentalmente para quitarse esa sensación.

—¿Para qué me llamabas?

Fue más borde de lo que le hubiera gustado, pero en ella se había instalado una incomodidad que no le era propia. Si él se sintió ofendido, no dio muestras.

—Te acabo de mandar por *mail* lo que me pediste anoche, gruñona. Y quería preguntarte si has encontrado algo.

—¿No decías que seguramente estaría por ahí con otro tío?

Le encantaba hacerlo rabiar, picarlo hasta llegar casi a su límite. Aunque Sergio lo tenía cada vez más alto y la conocía demasiado.

—Y seguramente... Pero me fío de tu instinto.

Se quedó callada unos instantes. Sabía que para Sergio eso era un gran cumplido. Él siempre la había valorado. Desde el primer momento.

—Te mantendré al día. Hablamos.

Colgó y se dirigió hacia su moto, descartando todas las extrañas sensaciones que iban apareciendo en su interior de vez en cuando. Se puso en marcha. Directa a la universidad.

. . .

Siempre le gustaba volver a la universidad, sentarse en su moto y observar a los chicos y chicas que se desperdigaban de un lado a otro. Recordaba sus años de estudio. No había pasado mucho tiempo de aquello, pero a veces le parecía que hacía siglos... Recordaba los sueños, las ilusiones, ese optimismo juvenil y esas ganas de comerse el mundo, de sentirse especial y poderosa...

Suspiró y volvió al tema por el que había ido allí. Sacó su *tablet*. Había descargado unas cuantas fotos de compañeros con los que Isabel había subido fotos en sus redes sociales... Ahora tocaba buscarlos. Entró en la facultad, directa a la cafetería. La mayoría de las imágenes que tenía eran de allí. Los universitarios, por mucho que lo negaran, eran, como todos, animales de costumbres. Y estos no iban a fallarle. Los localizó rápidamente, sentados en una mesa al lado de la ventana, riéndose; unos tomando un café, otros una cerveza... Se acercó para pillarse un tercio y observarlos tranquilamente desde la barra. No parecían preocupados. Ni una mínima sombra de inseguridad o miedo porque su amiga no estuviera con ellos. O era frecuente su ausencia o tenían alguna información que Miguel no tenía.

Dio un leve trago a la cerveza y se acercó a ellos con una sonrisa. Todos se volvieron al oírla llegar y la miraron extrañados. Había temido que alguno la reconociera de su charla dos días antes. Sin embargo, no había sido así. También era cierto que su *look* era completamente diferente en esa ocasión. El *look* dulce que solía utilizar en las presentaciones había dejado paso a uno mucho más *rockero* y juvenil. Y la memoria de la gente clasificaba rápidamente a las personas por su apariencia física y la imagen que cada uno se formaba de ellas. Eso la ayudaba a pasar desapercibida en tantas ocasiones. Un simple cambio de peinado, maquillaje o vestuario engañaba a las mentes de los demás.

—Hola, perdonad... Estoy buscando a Isabel Esteban. No sé si la conoceréis. Había quedado con ella.

Algún día debería plantearse por qué se le daba cada vez mejor mentir a las personas, mirarlos a los ojos y contarles cualquier historia falsa que se le pasara por la cabeza sin ni siquiera un leve temblor en la voz.

—¿Eres de la editorial?

Recordó que Miguel le había comentado que había hecho unas prácticas en una editorial. ¿Sería muy normal que acudieran a la facultad para hablar con sus becarios?

Eso sí que era una novedad. En sus tiempos universitarios eso era impensable.

—Pues está más buena que la anterior.

Miró fijamente al chico que había pronunciado esa frase. Alto, guapo, conocedor de su atractivo, muy seguro de sí mismo. Típico chico alfa que tan poco le solían gustar a ella.

—Qué pena que yo no pueda decir lo mismo al compararte con el último chico que he visto.

Los ojos del muchacho se tornaron oscuros, y el resto de la mesa estalló en una carcajada divertida. Durante unos instantes, dudó si había hecho bien en soltarle una contestación así. Necesitaba información, y si se los ponía en contra, no la conseguiría. Sin embargo, el chico forzó una sonrisa y siguió hablando mientras le indicaba una silla vacía con la mano.

—Isabel aún no está. Puedes sentarte con nosotros a esperarla.

Sonrió y le hizo caso. No iba a seguir provocando al muchacho, que había recibido su puñalada con bastante elegancia. El silencio se adueñó levemente del ambiente. Le tocaba a ella romperlo.

—¿Suele retrasarse mucho Isabel en sus citas?

—Depende de en qué tipo de citas —comentó una chica entre risas. Sus amigos la acompañaron con carcajadas más o menos altas mientras asentían con la cabeza.

—Creía que tenía pareja...

—Como si eso fuera relevante...

· · ·

Cada vez el caso se ponía peor para Miguel. Tras la conversación con la vecina y con los compañeros de facultad, tenía claro que o bien tenían una relación abierta, de la que Miguel no le había dicho nada, o tenía unos cuernos que no le dejaban entrar por las puertas. De la vecina podía dudar. Una vieja cotilla, anclada en el pasado y llena de prejuicios morales, que pudiera confundir un gesto de amistad con algo mucho más pecaminoso. Pero los amigos eran otra cosa...

No le había sido difícil llevárselos a su terreno. Un par de bromas, unas cuantas frases anzuelo... Y habían picado como esperaba que hicieran. En el fondo, era triste ver cómo traicionaban de esa manera a la que, supuestamente, era su amiga. Pero Áurea los había calado enseguida. Chicos demasiado populares y de bien para no aprovechar la oportunidad de criticar a la menos afortunada (económicamente hablando) del grupo.

La imagen que dibujaban de ella era muy diferente a lo que quería hacerle creer Miguel. Según sus amigos, Isabel era una mujer inteligente que sabía qué era lo que quería y no paraba hasta conseguirlo, aunque tuviera que pisar a alguien por el camino. Una de esas personas que era mejor tener como amigos que como enemigos, y que no dudaba en utilizar su atractivo si así lo requería la ocasión. Incluso llegaron a insinuar que había tenido una relación con un profesor.

—Pero entonces... ¿tiene pareja o no? —lo comentó como quien no quería la cosa, como si estuviera recordando.

—¿Miguel? Sí, bueno... Supongo que no le satisfará lo suficiente.

—Es un buen tipo. Haría cualquier cosa por ella.

—Quizás sea ese el problema, que sabe que lo tiene comiendo de su mano. Quizás debería pasar un poco de ella para que supiera lo que se siente...

—Es difícil pasar de ella... Más bien imposible.

—¿Por qué? —Esa afirmación tan vehemente le llamó la atención mucho más que todo lo que habían parloteado el resto. La chica había pronunciado esa frase casi como un susurro.

—Porque Isabel tiene algo. Sería capaz de vender hielo en el Polo.

Los dejó divagar un poco más sobre su compañera y luego, aduciendo que se hacía tarde, que a Isabel seguramente se le había olvidado su cita, se despidió y se dispuso a ir a por su moto e irse de ahí. Con la cabeza repleta de pensamientos y la conversación grabada en el teléfono móvil. Quería tener toda esa información para poder escucharla con detenimiento.

Sintió cómo alguien se acercaba hacia ella a gran velocidad. Se volvió. Una de las chicas de la mesa. La que había comentado que no se podía pasar de Isabel. No esperó a que ella le contase por qué había ido, casi corriendo, a buscarla.

—¿Qué quieres?

—Isabel es buena persona. Sé que mis compañeros pueden ser muy crueles cuando quieren. Pero siempre ha estado cuando la he necesitado, y trabaja un montón. Siempre va con su ordenador de un lado para otro para poder aprovechar bien el tiempo y es una luchadora nata. Mis compañeros hablan mal de ella porque no saben lo que es tener que ganarse la vida.

—¿Has dicho que siempre va con su ordenador

encima?

—Sí.

—¿Recuerdas el modelo?

—Yo... Nunca me he fijado... Es negro...

Sonrió. Realmente le hubiera extrañado que se acordara. O eras un friki de la informática o lo habitual era que no te percataras de cuál era la marca del ordenador. Esperaba que no tuviera dos. Si solo había uno y era cierto que siempre lo llevaba encima... Las probabilidades de que se hubiera ido por sí sola disminuían. Tenía que admitir que, aunque no fuera muy ético, deseaba que aquello no fuera una huida con su amante.

—¿Por?

La chica la miraba con los ojos abiertos de par en par, desconcertada. Normal. No había sido una pregunta muy habitual, ni siquiera coherente.

—Me parece extraño que haya faltado a nuestra cita. —No era que eso tuviera mucha relación, pero la chica pareció conforme con el cambio de tema.

—¿La ha llamado a su teléfono?

—Está apagado. ¿Cuándo la has visto por última vez?

—No sé… Como hace dos días o tres, no lo recuerdo. A ver… Yo estaba en la cafetería comiendo, porque tenía unas prácticas por la tarde, por lo que debía ser martes… Ella entró, hablando por el móvil. Parecía enfadada. Pilló algo de la máquina y se volvió a ir. ¿Cree que le ha podido pasar algo?

—¿Cómo te llamas?

—Bea… Beatriz Barrio.

Le dio la mano. Observó a la chica con cariño. Beatriz debía de ser la única amiga que tenía Isabel en esa facultad. Era triste. La imagen que tenía de su desaparecida no era la mejor del mundo, pero… Todo el mundo necesitaba apoyos y gente en la que confiar… Y contempló a la única persona que la había defendido. Estuvo tentada de decirle la verdad, que su amiga había desaparecido, y que ella era una detective privada. Pero esa sensación no duró ni un segundo. Sonrió, se despidió y, dándole la espalda, se fue hacia su moto. No se volvió ni un instante para verla, pero pudo observar en el reflejo de la puerta que seguía ahí, quieta, inmóvil, como esperando algo más que no llegaría.

· · ·

Se dirigió directamente a su oficina. Pilló un bocata

y una cerveza para llevar en la cafetería de debajo de su curro y fue a su despacho. Comería mientras trabajaba, y así podría llegar antes a casa. Sobre todo porque esa noche le tocaba «salir de marcha». Iba a acercarse al bar que aparecía en tantas fotos en su Instagram. Estaba convencida de que allí encontraría otra pieza de ese extraño puzle.

No paraba de darle vueltas a la frase de Beatriz de que la había oído discutir con alguien. Si el mapa temporal estaba correcto, eso había sucedido el mismo día que Miguel aseguraba haberla visto por última vez. Pero él no había comentado nada de una discusión telefónica. Y esa confesión situaba a Beatriz como su última testigo. Necesitaba volver a pedirle a Montse más cámaras para ampliar su radio de búsqueda.

Dejó la chaqueta en el perchero y su mochila encima de la mesa. Se apoyó en la misma y miró su tablón, que todavía estaba vacío. Suspiró. Tenía que admitir que había creído que no iba a tener que utilizarlo; sin embargo, cuanto más oía hablar de Isabel, menos claro tenía cómo sería en realidad esa muchacha de ojos grandes y oscuros. Y la imagen que se iba formando de ella no era precisamente positiva.

¿Con qué comenzaba primero? Encendió su ordenador y, mientras se iniciaba, comenzó a dibujar una línea temporal. Miguel le había dicho que había discutido con ella antes de la hora de comer del martes; si Beatriz la había visto en la cafetería mientras comía, eso significaba que Isabel habría ido directamente desde su casa a la facultad. ¿Tendría alguna clase o había ido a reunirse con alguien? ¿Y con quién hablaba por teléfono? La vecina le había dicho que ese mismo día la había visto llegar a su casa con un joven misterioso, pero no recordaba ni la hora ni si había sido antes o después de comer. Y mucho se temía que podía no haber sido ese día.

Se sentó delante de su ordenador, abrió la aplicación que tenía para los mapas y, tras poner los perímetros que necesitaba, imprimió un mapa con las calles cercanas a la casa y otro de las cercanas a la facultad. Los puso en el tablón, a la espera de recibir las imágenes que le mandaría Montse. Dio un trago a la cerveza. Desearía tenerlas ya, pero no podía exigirle rapidez cuando era algo que hacía bajo cuerda. Bastante hacía ya para ella.

Abrió su correo y vio el *mail* que le había mandado Sergio. Sonrió al ver el asunto: «*Aunque no te lo hayas ganado*». Y, como texto, una simple frase: «*Me debes una copa*». Y, adjunto, el breve informe que tenía del caso. No había mucho. Aunque Sergio le había añadido, además, la denuncia de cuando Isabel y Miguel se habían fugado y la posterior denuncia por maltrato a su padrastro, además del informe del mismo. Una buena pieza. Además de ser un maltratador, había cometido varios robos con violencia por los que había cumplido condena. Algo rabió en su interior al darse cuenta de que no había sido castigado por el maltrato, como si no fuera lo suficientemente grave. Sergio había remarcado la fecha de salida de la cárcel tras su último robo: un mes antes. ¿Tendría algo que ver con la desaparición de Isabel? No podía descartar nada. Imprimió la foto del padrastro y la colgó en el tablón.

Miró el correo, que aún estaba abierto, y, tras dudar, empezó a responderle sin poder evitar que una sonrisa pícara se dibujara en su boca. «Esta noche estaré en este bar. Si quieres pasarte, te pago esa copa». Adjuntó la localización y envió el *mail*.

Quería que fuera para involucrarlo un poco en el caso, para que se diera cuenta de que ese asunto no era una simple fuga, que había algo más... Aunque ni ella misma estaba muy segura de eso... Quizás, con un par de ojos más, conseguiría aclararse. Al menos eso se dijo mientras le daba a enviar. Soltó una carcajada cuando la respuesta de Sergio no tardó ni dos minutos en llegar: «Allí estaré».

Sacó el portátil de Isabel de su mochila y lo encendió. No tenía contraseña para entrar. Eso le ahorraba trabajo, aunque no podía descartar que tuviera archivos ocultos. Si tenía una vida de la que su pareja no sabía nada, o no dejaba pruebas en el ordenador o las tenía todas en el móvil o las tenía que ocultar o poner bajo contraseña.

Y hablando del móvil, tenía que averiguar con quién

discutía cuando la vio Beatriz. Abrió el navegador y buscó en su historial. Aprovechó para imprimirlo. Luego le echaría un ojo. En esos momentos buscaba la página de su compañía telefónica. La localizó, clicó y rezó mentalmente para que tuviera grabados en la memoria los datos de acceso. Sí. Ahí estaban. Éramos tan ingenuos (y tan cómodos) que teníamos esa estúpida manía, sin darnos cuenta de que, si perdíamos el ordenador, quien lo localizara tendría acceso a muchos de nuestros datos personales... Y si nos robaban el móvil, mejor ni pensarlo.

Imprimió la lista de llamadas de la última semana. Sabía que gastaba mucho papel, pero era incapaz de trabajar y concentrarse en los datos si no los tenía impresos. Cogió los papeles y empezó a revisarlos. Los leyó dos veces. Comprobó las horas y las fechas. Si Isabel había hablado por teléfono ese día, no había hecho ella la llamada. Su esperanza de poder encontrar fácilmente a la persona con la que discutía había desaparecido. Cogió su libreta y anotó que debía pedirle a Miguel que le dejara ver su historial de llamadas para descartarlo (aunque era consciente de que podía haberlo borrado del móvil, siempre había aplicaciones para recuperarlas). La pena era no poder conseguir el listado de las llamadas que había recibido Isabel. Bueno, realmente se podía, pero le parecía cruzar por completo la línea. Si el caso se complicaba, ya cometería esa irregularidad (por decirlo de manera fina), mientras, seguiría pisando la línea sin sobrepasarla... O al menos no mucho.

Revisó el resto de las llamadas. No había ninguna desde el martes a las 10 de la mañana. Y en los días anteriores se repetían con insistencia dos números.

Se giró hacia su ordenador. Metió el primer teléfono en el buscador. Nada. Ni siquiera una red social. Le pareció, cuando menos, curioso. Metió el segundo. Salió el nombre de una editorial. Suponía que la suya. Lo apuntó para buscar más datos e ir a hacerles una visita si era necesario. Si al final resultara que Isabel estaba en algún lugar, perfectamente, revolcándose con un amante, se cagaría en todos sus muertos (por muy mal que eso sonara y no pudiera decirlo nunca en voz alta).

3

La casa volvía a estar a oscuras, salvo por la luz que procedía de la habitación de Juan. Se acercó hasta su puerta y lo vio enfrascado en uno de sus juegos. Ni siquiera la había oído entrar. Se preguntó si debería mostrar un poco más de interés en su vicio, pero es que no conseguía encontrarle ninguna emoción. Aunque creía que no tenían la culpa los videojuegos, sino su pareja y que se centraba más en ellos que en ella. ¿Sentía celos de un objeto? Se pasaba la vida culpabilizándose por no estar el tiempo suficiente mimando su relación. ¿Y él? ¿No había sido su obsesión por los jueguecitos parte del problema? Si tenían poco tiempo para compartir, y él se pasaba la mitad (o más) del mismo encerrado en su cuarto...

—Hola.

—No te había oído llegar. ¿Qué tal?

Ni siquiera se volvió hacia ella. Y ella se aguantó las ganas de ir y apagarle el maldito ordenador.

—Bien.

—¿Haces la cena?

Miró el reloj. Las siete de la tarde. Ni siquiera sabía qué hora era.

—Son las siete. Y yo no ceno en casa.

—Ya...

El tono utilizado por Juan le hirvió la sangre. Ya no se contuvo más.

—Como si te importara. ¿Acaso tenías otro plan mejor? ¿O solo te importa tener que parar de *viciar* para hacerte tu propia cena?

No esperó su respuesta. Se dirigió a su cuarto y empezó a buscar algo de ropa para cambiarse. Su idea original había sido cenar en casa, charlar un poco y, cuando él volviera a encerrarse frente a su ordenador, irse a trabajar. Pero ¿para qué quedarse? ¿Para hacerle la cena porque él no iba a parar más que lo imprescindible? Pues iba a ser que no.

Tuvo la esperanza de que él se levantara y fuera tras de ella. Que quisiera hablar, que quisiera arreglar algo. Pero no. Se vistió y se fue al baño para maquillarse un poco. Cuando salió sí se lo encontró en la puerta, esperándola.

—¿Te vas a ir sin hablar?

—¿Ya has guardado la partida y has podido venir a hablar conmigo?

—No te hagas ahora la víctima. ¿Qué quieres? ¿Que me quede esperando en casa sin hacer nada a que te decidas a recordar que tienes un marido?

—Quizás si no me encontrara en casa a alguien que solo me dedica el tiempo imprescindible para cenar porque su mundo virtual es más interesante que su mujer… pues tendría más prisa por volver a casa.

No sabía de dónde estaba saliendo toda esa ira, toda esa furia y ese rencor… Pero había abierto el grifo y no sabía cómo pararlo. Suspiró, y se quedaron en silencio mirándose, retándose. Y lo peor es que sabía que ninguno iba a dar su brazo a torcer. ¿Qué podían hacer?

—¿Te vas a ir?

—¿Vas a apagar el ordenador y no tocarlo en toda la noche?

Otra vez silencio. Bastante clara estaba su respuesta. Y también la suya. No tenía sentido seguir con esa conversación.

—No sé a qué hora llegaré.

—Eso no es una novedad.

Ni se molestó en responderle. Pasó a su lado sin darle un beso, sin rozarlo. No tenía ganas. Cogió su bolso y su chaqueta, y salió de su casa. Sin temblarle el pulso, sin que sus piernas se debilitaran. Estaba demasiado furiosa. No cogió el ascensor. Bajó andando para expulsar todo su enfado.

¿Y ahora dónde iba a cenar? Se le cruzó la mala idea de llamar a Sergio y proponerle que se reuniera con ella antes. Pero no... Ella no era así. Y no quería que él la malinterpretara. Una cosa era invitarlo a ir con ella a un local a donde ella iba por trabajo (aunque Sergio lo desconociera), y otra... eso.

No cogió su moto. Esa noche, seguramente, bebería algo más de lo normal y pasaba de hacer tonterías. Cuando discutía con Juan, siempre acababa desahogando su furia en un vaso de cristal. Por suerte, tampoco es que discutieran mucho. Eran mucho más aficionados a guardar la mierda hasta que explotaban, como esa noche.

Ella lo había querido mucho. Muchísimo. O al menos eso creía. En esos momentos ya no estaba segura. No. No era justo. Sí había habido amor entre ellos. Pero lo que no tenía claro era que aún lo hubiera o que, simplemente, se hubieran acomodado el uno al otro sin darse cuenta de que se estaban haciendo muy infelices. Ya no se entendían. Ya no se comprendían. Y lo peor era que parecía que no tenían ningún interés en hacerlo.

Suspiró y se dirigió a la parada del autobús. Cenaría cerca del local. Lejos de su casa. Así no tendría la tentación de volver. No iba a arrepentirse. No iba a pasar de su trabajo por no destruir un poco más su matrimonio. Nunca más. Y, sobre todo, nunca más se iba a sentir culpable por el trabajo que tenía y que la llenaba como nada más. Él la había conocido sabiendo qué era a lo que se quería dedicar. No era justo que luego protestara, o le fastidiara que hubiera cumplido sus sueños.

· · ·

Observó la puerta del local desde el bar de enfrente. No quería entrar cuando hubiera poca gente. No quería que todo el mundo se fijara en ella desde el principio. Quería pasar desaparecida todo lo que pudiera hasta que ella quisiera.

Por la puerta entraban, sobre todo, universitarios que empezaban a rozar el límite de su aguante de alcohol. Recordaba esa época. Cuando tus mayores preocupaciones eran no gustarle al chico que te molaba y tener un buen plan para el fin de semana.

Reconoció a la persona que entraba por la puerta en esos momentos. Estuvo tentada de no ir detrás de él, de hacerle esperar un ratito, pero también tenía ya ganas de entrar en ese local y trabajar un poco. Se levantó de la banqueta, pagó la consumición y cruzó la acera. Antes de entrar por la puerta, un relaciones públicas la abordó. Le hizo gracia que flirteara con ella. No es que le sacara muchos años, pero los suficientes como para que hubiera un cambio generacional. Igualmente, decidió aprovechar su conversación para preguntarle, como quien no quería la cosa, por Isabel.

—Estoy buscando a una chica... Me dijo que me pasara algún día por este bar. Se llama Isabel. ¿La conoces?

—¿Isabel? ¡Claro! Pero no la he visto hoy, aunque seguro que antes o después aparece. Entra, espérala... Te invito a un chupito.

Conocía perfectamente esos chupitos de mala muerte que solían regalar por esos bares. Garrafón puro y duro que acababas recordando (y no de manera positiva) al día siguiente. Los rechazó con una sonrisa y entró en el local buscando a Sergio.

No fue difícil encontrarlo. Destacaba entre todos. Y no solo por la diferencia de edad. Sino por el magnetismo que desprendía. Estaba apoyado en la barra y, cómo no, ya tenía a una chica hablando con él. Llevaba tanto escote que no dejaba nada a la imaginación, y era imposible que tu vista no fuera directamente hacia ahí... ¡Hasta a ella, en la distancia, le costaba!

Se quedó unos minutos observándolos. La chica se

aproximó un poquito más a Sergio que parecía no hacerle ascos. Durante unos instantes, y sin saber muy bien por qué, le molestó. Sergio había quedado con ella. Cierto era que habían quedado como amigos y no había ninguna finalidad amorosa o sexual, pero... ¿Aún no se habían encontrado y ya estaba pensando en abandonarla por una niña?

Se acercó a él por detrás y le pasó los brazos por la cintura, quedándose pegada a él.

—Hola, amor, ¿ya estás ligando sin mí?

La mirada que le echó la chica hubiera intimidado a cualquier otra persona, pero ella ya iba preparada para recibirla y le devolvió una sonrisa divertida. Incluso se atrevió a examinarla, descaradamente, de arriba a abajo.

—No sabía que tenías pareja.

—No te preocupes, no es celosa, ¿verdad, pequeña?

Sergio giró la cabeza hacia ella y la agarró por la barbilla para elevarle el rostro y dejárselo a solo unos centímetros del suyo. La retaba para ver hasta dónde iba a seguir. Como si no la conociera, como si no supiera que no se achantaba ante los desafíos. Subió una de sus manos por el pecho de él, deslizándola por la suave camisa que llevaba.

—Claro que no... Todo lo contrario... Me encanta

jugar... —Se volvió hacia la chica, que los miraba alucinando—. ¿Y a ti? ¿Te gusta jugar?

—Yo... creo...

La chica balbuceó mientras daba media vuela y se alejaba de ellos. Soltó una carcajada. Sergio se volvió completamente hacia ella. Rompió el abrazo y se giró hacia la barra para pedirse algo mientras no podía parar de reír. Él se puso justo detrás de ella, pegando su cuerpo al suyo, demasiado. Puso una mano a cada lado de su cintura, apoyándose en la barra, rodeándola, arrinconándola.

—Te parecerá bonito espantarme el ligue...

—Creo que ya habías visto lo más interesante que te podía aportar...

—¿Y tú qué me puedes aportar?

Le había hablado al oído. Durante unos instantes, dudó si había sido buena idea haberlo invitado esa noche. Pero rápidamente volvió a recuperar su confianza, llamó al camarero y le pidió dos cubatas de *whisky* con cola.

Sergio le dio la vuelta de golpe. Seguía encerrada entre sus brazos y a una distancia muy corta.

—¿Vas a seguir jugando conmigo o me vas a contar por qué me has invitado?

—Eres bueno…

—Soy el mejor… Y te conozco. ¿Por qué este bar?

El camarero se acercó a ellos y empezó a servirles las copas. Se volvió otra vez hacia la barra.

—Perdona, estoy buscando a una amiga. Me dijo que la buscara en este bar…

El muchacho le sonrió. Como buen camarero de un bar de ese estilo, era atractivo y con una increíble sonrisa. Y, por supuesto, sabiendo muy bien que lo era.

—Se llama Isabel.

—¿Isabel? Claro… A veces trabaja de camarera. Espera…

Terminó de servirles y llamó a otro de los camareros. Lo reconoció de varias de las fotos de Instagram. Alto, moreno, ojos oscuros, barba de un par de días, labios carnosos y rasgos afilados y muy masculinos. Y encajaba perfectamente con la descripción que le había hecho la vecina.

—Eres una lianta. ¿Qué quieres demostrarme?

Sergio volvió a hablarle al oído.

—Solo necesito un par de ojos más.

. . .

El segundo camarero, y con grandes posibilidades de ser el amante de Isabel, se acercó a ellos con muchísima chulería en cada uno de sus gestos. La miró fijamente, ignorando a Sergio con descaro. Se apoyo en la barra, inclinándose hacia ella, colocando su rostro más cerca de lo que las normas de protocolo solían marcar. Pero no se echó para atrás. No se retiró. Ese chico no iba a intimidarla.

—¿Preguntas por Isabel?

—Sí. ¿Dónde está?

—Hace varios días que no sé de ella.

—¿Desde que te fuiste de su casa el martes?

Se tiró un farol, y él la miró fijamente, echándose levemente para atrás. Examinándola. La duda se vio reflejada en su mirada.

—¿Cómo lo sabes?

Simplemente se encogió de hombros. Como si fuera lo más normal del mundo. El muchacho parecía nervioso. Mucho. Alargó la mano y cogió una pajita, jugueteando coqueta con la misma.

—Lo que está claro es que sale ganando...

—Isabel está con Miguel.

El tono era serio, casi furioso. Aunque intentaba disimularlo. Un amante celoso... No eran buenas cartas con las que jugaba el muchacho.

—Pues, sinceramente, no lo entiendo... Pero, por mi experiencia, si una tía te lleva a la casa que comparte con su pareja, sabiendo que puede pillaros... Es que no le importa mucho que eso pase.

—Si tanto conoces a Isabel, deberías saber que le van el morbo y el peligro...

—¿Como acostarse contigo sabiendo que su novio llegaría en un rato para comer?

—Para cenar..., pero sí.

¿Cenar? Así que había sido por la tarde... Miguel no le había comentado que él también había salido de la casa después de la discusión. Tenía que tener una nueva charla con él.

—¿Y no sabes si va a venir esta noche? Necesitaba hablar con ella.

—Nunca se sabe... Quizás pueda ayudarte yo en lo que necesites...

Sonrió, mordiéndose el labio, coqueta... Y, de pronto, oyó cómo Sergio hacía un ruido con la garganta, haciendo que los dos se volvieran hacia él. Se aguantó una carcajada.

—Necesita hablar con ella por motivos laborales.

Se volvió otra vez hacia el camarero mientras se encogía de hombros, divertida. La reacción de su compañero le parecía demasiado cómica.

—¿Eres de la editorial? No te pareces nada a la estirada con quien suele hablar...

—No... Estamos interesados en hacerle una contraoferta... ¿Sabes cuánto lleva en la otra editorial?
—¿En Paraíso? Ni idea... No suele hablar mucho de su trabajo... Bueno... no solemos hablar mucho, ya me entiendes...

El chico volvió a apoyarse e inclinarse hacia ella.

—Estaremos aquí un rato. Si la ves aparecer, avísanos.

Había sido Sergio el que había hablado, dando por terminada esa conversación que no le hacía sentir muy cómodo. Volvió a contener una sonrisa. Vio cómo el camarero cogía una servilleta y escribía algo. Luego se lo pasaba.

—Si te aburres de este tío...

Cogió la servilleta con una sonrisa, no necesitaba mirarlo para saber lo que había en la misma: su nombre y su teléfono. Cogió su copa y se volvió hacia Sergio, sin poder parar de reír.

—¿Siempre interrogas así a tus sospechosos? —Él agarró con fuerza su copa, que aún estaba encima de la barra, y bebió de la misma sin dejar de mirarla.

—¿Así? ¿Cómo?

—Ligando con ellos.

—No. Solo cuando estoy en un bar hablando con un amante despechado que necesita que le levanten la autoestima...

—Creo que le has levantado algo que no era la autoestima precisamente...

—Eres un exagerado... Bueno..., dime..., ¿qué te ha parecido?

Cambió de tema, y él pareció aceptarlo de buen grado. Mejor centrarse en el caso.

—No parece tener ni idea de dónde está. Sin embargo, eso no significa que no esté con otro.

—¿Cuántos amantes crees que puede tener una universitaria?

—Los que ella quiera.

—¿Y tener que aguantar a tantos tíos?

Se dio cuenta de que su propio tono había sonado bastante asqueado. Y no por la vida sexual de Isabel, sino por su propia relación. La discusión con Juan le volvió a la mente. En el fondo, había algo de paralelismo con la historia de Isabel. Había discutido con su pareja y había quedado con otro hombre. Claro que, en su caso, era un simple amigo. Un simple amigo que, si no fuera porque tenía pareja, estaría encantado de colarse en su cama... Sacudió la cabeza. Tenía que centrarse en el caso y convencer a Sergio de que había algo más que una fuga de amantes.

• • •

Odiaba los sábados. Sabía que no era lo normal, y no siempre había sido así. Hubo un tiempo en que se despertaba abrazada a Juan, y remoloneaban en la cama, incluso desayunaban en la misma mientras veían algún programa de televisión y hacían planes de futuro. Ahora, esos planes parecían haberse perdido por el camino, y no estaba segura de cuándo ni de si tenía ilusión por recuperarlos.

Se despertó sola en la cama. Y casi lo agradecía. No

le apetecía volver a enfrentarse a Juan. No había llegado muy tarde, pero él ya dormía como un lirón cuando entró en el dormitorio. La había acercado Sergio, y había sido el blanco de sus bromas por conducir tras haberse bebido un par de copas. Al final de la velada, había conseguido convencerlo para que se pasara por su despacho a ver qué era lo que tenía del caso de Isabel. «Si no aparece antes», había apostillado divertido. Ella, como única respuesta, le había sacado la lengua y había salido del coche. Se dirigió a su portal cuando oyó que la llamaba. Se volvió con una sonrisa en los labios, él había bajado la ventanilla y apoyaba el brazo en ella.

—¿No me das un beso de buenas noches? —preguntó divertido. Se hizo de rogar y él continuó hablando—: Me lo debes, me has arruinado un polvo seguro.

Soltó una carcajada y se dirigió hacia el coche lentamente. Se apoyó en la puerta del coche, acercó su rostro al de él, muy despacio, jugueteando con la situación, y luego le dio un beso largo y suave en la mejilla. Iba a separarse otra vez de él para irse a su casa, cuando la mano de Sergio la sujetó con firmeza por la nuca y la aproximó a unos escasos centímetros de sus labios. Sentía el aire que salía de entre ellos mezclándose con su propia respiración y, sin poder evitarlo, notó cómo su corazón se aceleraba de golpe. No dijo nada, no se movió ni un milímetro. Posó su mirada en la boca carnosa y tentadora de Sergio y luego la subió hasta sus profundos ojos verdes. No supo cuánto tiempo duró. Pudo ser un segundo como una eternidad.

De pronto, él la soltó y se colocó bien en su asiento mientras hablaba.

—Algún día dejaré de ser tan bueno.

Se quedó tumbada encima de la cama, mirando al techo. Sabía que no se estaba portando bien. Su amistad con Sergio rozaba lo prohibido para una mujer casada, pero le hacía sentir viva. Le hacía sentir deseada. Y no cruzaba nunca la línea. Pero ¿era justo para Sergio? ¿Y cómo se sentiría si descubriera que Juan hacía lo mismo? Se encogió de hombros. Ella no tenía ninguna intención de liarse con el policía. Y él lo tenía claro. Quizás eso era parte del juego, por eso él se sentía atraído por ella, porque era un imposible.

Se levantó de la cama y fue a hacerse un café. Oyó cómo Juan tecleaba a gran velocidad. Le pareció extraño. Se acercó en silencio a la puerta medio entornada. Lo observó. Escribía en uno de los chats de sus juegos *online*. Ni siquiera se había dado cuenta de su presencia. Volvió a recordar las mañanas de sábado en las que los dos eran felices juntos. Suspiró, intentó quemar uno de los últimos cartuchos. Abrió un poco más la puerta.

—Buenos días, ¿te apetece un café?

Juan dio un brinco del susto. Tan concentrado estaba… Minimizó la ventana donde estaba escribiendo, se volvió hacia ella y la miró en silencio. Dudando.

—¿Vas a irte después?

—¿Vas a hacer algo más que tirarte todo el día con el ordenador?

Ya estaban otra vez igual. En una estúpida conversación de besugos en la que ninguno de los dos iba a dar su brazo a torcer.

—Has sido tú la que has atrasado nuestro fin de semana…

—En ningún momento hablamos de que tenía que ser este. Si ni siquiera habías pedido los días…

—Porque sabía que te echarías atrás…

—No como tú, que ni siquiera tienes una idea para hacer en común…

Ya estaban otra vez así. Habían pasado de no discutir nunca a no poder hablar entre ellos sin tirarse las cosas a la cabeza. Y si consiguieran llegar a algún lado… Pero no.

Se dio la vuelta, dispuesta a irse a hacer su café e irse al despacho a trabajar. No tenía ninguna necesidad de quedarse ahí quieta, escuchando cómo Juan la culpabilizaba de todo sin hacer la más mínima autocrítica.

—Yéndote no se arreglan las cosas.

Se volvió enfadada. Y se encaró. ¿Quería guerra?

—No, claro... Se arreglan ahí sentadito... Estoy segura de que hubieras hecho el menor gesto de reconciliación aunque yo no me hubiera acercado para decirte si querías café...

—¡¡Oh, me ha ofrecido café!! Que le den un premio...

—¿Y tú? ¿Qué haces tú? Yo propuse lo del fin de semana...

—Que los dos sabemos que no va a cumplirse... Y también fuiste tú la que se fue ayer.

—¡Tenía que trabajar! No me puedes comparar el trabajo a perder el tiempo delante de un ordenador metido en un mundo irreal.

—Quizás ese mundo irreal me da mucho más de lo que me das tú.

Se quedó callada durante unos instantes, examinándolo. Luego posó la vista en el ordenador y recordó la ventana que rápidamente había cerrado cuando ella había llegado.

—Estás con otra…

—¡Qué gilipollez dices! Eso es lo único que se te ocurre…

—No me lo has negado.

—No pienso defenderme de esa acusación… En vez de darte cuenta de lo que haces…

—¿Lo que yo hago? ¡Trabajar, eso hago!

—Pues ya puedes volverte a tu trabajo, que es lo único que te importa.

—Eso haré. Así te dejo en paz ligando con cualquiera…

No esperó a que le respondiera. Se fue a la cocina y se preparó un café. Luego ducha, vestirse y directa al trabajo. No tenía ninguna intención de perder más tiempo en esa discusión. Era mejor que los dos se relajaran. Quizás, si tenían tiempo para pensar, podrían darse cuenta de que aún se querían… Porque aún lo hacían, ¿no?

4

Le debía toda una borrachera a Montse. Cuando llegó a su despachó, se encontró un sobre encima de su mesa. En él, un *pendrive* y una nota amenazadora para que, de una vez por todas, quedara con ellas y se vieran. Sonrió. Dejó el café para llevar que se había pillado en el bar de abajo. Su segundo café del día. Y estaba segura de que no sería el último. Encendió su ordenador y, mientras, rebuscó entre las fotos de Instagram que había imprimido anteriormente. Puso la foto de Andrés, el amante de Isabel, y, en esos instantes, la última persona que la había visto con vida.

Le tocaba sesión de visionado. Una de esas veladas «apasionantes» en las que iba a necesitar mucho café. Lo positivo era que ese día había poca gente en la oficina, y no tendría que pelearse por la cafetera que tenían en el área de descanso. Esa era la parte menos glamurosa de su trabajo.

Cogió los mapas que había imprimido para ir marcando por dónde pasaba. Vio a Isabel llegar a su casa, también a Miguel. La vio salir con prisas y dirigirse al metro. Y, al poco, también lo hizo su cliente. Anotó la hora exacta. En cuanto terminara con ese visionado, iría a hablar con él. Había demasiadas cosas que no le cuadraban de su historia, y no le gustaba que le tomaran el pelo ni le hicieran perder el tiempo. Vio a Isabel llegar con Andrés. Eso sí, sin escándalo, sin parecer nada más que buenos amigos. Aunque el propio muchacho le había admitido el motivo para el que había ido a la casa.

Pasó a cámara más rápida las imágenes, hasta que Andrés salió de la casa. Se concentró. En las siguientes horas tenían que aparecer las últimas imágenes de Isabel. Un hormigueo la recorrió por completo. Siempre le sucedía. Conocía la importancia que podían tener esas imágenes... Y no era la primera vez que las imágenes captadas por una cámara se convertían en las últimas donde se veía a la desaparecida con vida... Y eso les añadía un valor extremo.

Y, de pronto, vio llegar a Miguel. Eso no podía ser. Eso descuadraba toda la versión de Miguel. Paró la imagen. Se levantó, dio un par de vueltas a su despacho. Volvió a mirar la línea temporal que había creado. Fue a por otro café. Iba a ver lo que le quedaba de vídeo y luego volvería a ver con más detenimiento las horas que pasaban desde que había entrado con Andrés hasta que llegara Miguel. Había deducido que Andrés había salido de la casa antes que Isabel, pero quizás no había sido así. No quería pensar que Miguel la había engañado.

Volvió a su despacho, se acomodó y le dio otra vez al *play*. Le quedaban horas de visionado, por lo que puso las imágenes de la cámara que enfocaba al portal a una velocidad más alta. Era una zona tranquila y había pocos vecinos. Fue anotando las personas que entraban y salían. Y cuanto más tiempo pasaba, más nerviosa se ponía. Algo fallaba allí. Llegó la noche en las imágenes, y no había vuelto a aparecer. Se hizo de día, y nada. Vio salir de nuevo a Miguel, y no se sabía nada de ella. Nada de eso tenía sentido. Las imágenes se terminaban al final de la noche del miércoles... Y no había conseguido ver cuándo había salido Isabel de su portal.

¿Qué se le había pasado? No podía haberse evaporado en la nada. Se echó para atrás, tamborileó con los dedos en la mesa. Miró su móvil. Montse la iba a matar. Le escribió un wasap pidiéndole las imágenes que hubiera de esa cámara hasta que ella llegara a la casa el viernes. Tenía que descartarlo todo.

Echó para atrás el vídeo. Desde que Andrés e Isabel entraran por el portal, había poco movimiento. Solo dos figuras desconocidas. ¿Cómo no se había fijado antes? Un hombre alto, con el pelo largo, un gorro con visera, gafas de sol... Llamaba la atención a gritos. Si ella no hubiera estado convencida de que iba a salir después de Andrés, no se le hubiera pasado por alto. El hombre rodeaba con sus brazos, no sabía muy bien si ocultándola o casi arrastrándola, a una persona bastante más menuda.

¿Podría ser Isabel? No llevaba la misma ropa con la que había entrado. Llevaba una chaqueta amplia y un gorro que ocultaba su cabello. Pero no conseguía distinguir si salía por su propio pie u obligada. Siguió a la pareja hasta que vio cómo se detenían delante de un coche. Intentó detener la imagen para captar el fotograma, ampliarla e imprimirla. Necesitaba verle el rostro.

Cogió el papel que salía de la impresora. No se veía nada. Podía ser ella como cualquier otra chica. No podía descartar nada. Volvió a fijar su vista en la pantalla de su ordenador. Intentó ver la matrícula del coche. No se veía bien. Anotó lo que se veía, la marca y color del coche.

Cogió el móvil. Tenía ganas de reírse un rato. Lo necesitaba con el día que llevaba. Buscó el contacto, lo marcó y esperó. Al tercer toque se lo cogió.

—Dime…

La voz de Sergio sonaba más grave de lo habitual. Incluso algo sofocado.

—No me digas que te he pillado en medio de…

—De mi tabla de ejercicios…

—Si ahora lo llamas así…

—Malpensada.

Soltó una carcajada.

—No me digas que estás trabajando... ¿Ya te han echado de tu casa?

No podía culpar a Sergio por su frase dicha en broma. En realidad, no la habían echado de su casa, pero ella, en esos momentos, se sentía más cómoda en cualquier otro sitio que no fuera su hogar. Sabía que antes o después tenía que solucionar eso. No podía alargarlo más.

—Algunos no somos oficinistas...

Sabía que le molestaba que le dijera eso, que su horario era de oficinista, como si su implicación en los casos fuera menor que la que pudiera tener ella. Era una broma malvada, porque sabía que, si tenía que tirarse horas y horas enfrascado en un caso, lo hacía sin darse cuenta de si era de día o de noche.

—¿Y tú me has llamado para pedirme un favor?

—¿Si te doy un trozo de matrícula y una marca de coche, me puedes descubrir de quién es?

—¿Te crees que soy guardia de tráfico?

Se rio.

—No, pero conoces a todo el mundo...

—¿Ahora me haces la pelota? —Soltó una carcajada—. Anda, pásame lo que tengas por WhatsApp, y veré lo que puedo hacer. Me debes parte de tu sueldo.

Se rio, se despidió y colgó. Tras mandarle los datos por mensaje, se acercó a su tablón y puso las horas exactas en la línea temporal. Definitivamente, tenía que ir a hablar con Miguel. Y no iba a perder más tiempo.

. . .

Entró en el portal de Miguel e Isabel sin tener que llamar al telefonillo. Examinó la puerta de entrada. Tenía la pestaña subida, y no tenían portero. Algún vecino debía de haberla subido. ¿Lo harían muy a menudo? ¿Cuánto tiempo permanecería la puerta abierta? La gente era demasiado confiada. Y eso no ayudaba mucho.

Subió en el ascensor mientras repasaba, en su libreta, todas las cosas que tenía que hablar con Miguel. Y no iba a ser dulce. Estaba muy quemada. Tenía que reconocer que le influían mucho las peleas con Juan y que, aunque lo odiaba y no le gustaba que le pasara, su cliente iba a pagar parte de las consecuencias. Pero si no le hubiera ocultado cosas no le pasaría eso.

Llamó a la puerta. Miguel tardó un poco en abrirle y lo hizo con la sorpresa dibujada en su rostro.

—¿La has encontrado?

No le contestó. No pidió permiso para entrar, sino que lo hizo de manera segura y rápida. Fue directa al salón, notando cómo él la seguía con extrañeza.

—¿Qué ha pasado?

—¿Qué hiciste el martes por la tarde?

Se volvió hacia él y se quedó mirándolo con fijeza, seria, dura. Dejándole claro que no quería más tonterías.

—Yo...

—¿Es tan difícil? No me comentaste que te habías ido de casa. Todo el rato insinuaste que, tras vuestra discusión, Isabel no volvió aquí. Y, sin embargo, sí fue así.

—No lo sabía...

—¿No lo sabías? ¿Seguro? Porque ahora mismo no sé si eres un ingenuo enamorado o sabías que volvió aquí con su amante, y eso desmontaba toda tu historia de que no se fugó con otro.

—Si yo pensara que estaba con otro, ¿por qué iba a gastar dinero en buscarla?

Ese razonamiento tenía bastante lógica. Y lo había dicho con tanta seguridad que no le cuadraba con la imagen que siempre había dado ante ella.

—¿Qué hiciste esa tarde?

—La casa se me caía encima. Necesitaba salir. Llamé a unos amigos y me fui a tomar algo…

—¿Y por qué no me lo dijiste?

—¡Porque me emborraché! Me pillé tal pedo que, cuando llegué a casa, ni siquiera llegué a la cama, me quedé tirado en el sofá… Me desperté, me fui a la ducha y luego vi que Isabel no estaba en el dormitorio. Pero…

—No puedes asegurar que no pasara aquí la noche.

—No.

—¿Por qué no me lo dijiste?

—Porque cuando bebo… A veces, me he puesto algo violento. Y yo no recuerdo nada… Y, de pronto, ella no estaba, y no volvía…

¿Qué le estaba insinuando Miguel? ¿Y tenía claro que si confesaba un crimen ella no lo ocultaría? No tenía por qué hacerlo y no tenía la más mínima intención de proteger a un asesino…

—¿Crees que le hiciste algo?

—Nooo… yo nunca le haría daño… Pero… sí podía haberme mostrado violento. El salón estaba algo descolocado por la mañana.

—¿Por eso el viernes estaba todo perfectamente ordenado?

Miguel bajó la cabeza. Avergonzado. Ya no sabía qué pensar de él. En un momento era un chico perdido, y al otro, brillaba en sus ojos un tono desafiante… ¿Estaba jugando con ella?

—Lo hice antes de darme cuenta de que ella había desaparecido. No quería que volviera a casa y lo viera todo… de esa manera. Se daría cuenta de que había estado bebiendo… Y no quería más discusiones. Solo quería arreglarlo todo.

—¿Con quién puedo hablar para confirmar tu coartada?

Miguel le pasó un par de nombres, de sus compañeros de juergas y el del bar donde había estado. Miró los nombres y rebobinó mentalmente toda la conversación. Había una reacción que le había llamado la atención. Pero lo dejó para más tarde. Primero necesitaba que él confiara en ella y no la viera como alguien que no le creía.

—Tengo un testigo que dice que la vio discutir con

alguien por teléfono... ¿La llamaste?

—No. Sé que, últimamente, discutía de vez en cuando con la responsable de la editorial. No sé mucho más...

—¿Me dejarías tu móvil para poder descartarte completamente?

Él la miró fijamente. Era realista. Le estaba dejando claro que no lo creía al cien por cien. Él dudó. Mucho. Más de lo que a ella le gustaría. Pero al final acabó cediendo. Sacó el móvil del bolsillo y se lo pasó. Ella lo cogió, sacó su ordenador y lo enchufó al mismo. Vio que él no sabía qué hacía, tampoco se molestó en explicárselo. Además, iba a aprovechar para hacer algo que no debería. Pero ya no se fiaba de él.

• • •

Cuando abandonó la casa de Miguel, se fue directamente a la suya. Lo había dudado mucho. Realmente, no le apetecía. Pero no se podía huir de las situaciones difíciles; al menos, no por mucho tiempo. Y ella ya se había escondido demasiado. Suspiró hondo antes de entrar en su domicilio. Y se encontró con el silencio. Eso tampoco era una novedad. Dejó su mochila en el sofá y se fue a la habitación de Juan. Se preguntó si se habría levantado de delante del ordenador durante su ausencia, aunque solo fuera para comer.

Se quedó parada en la puerta. La habitación estaba vacía. Y cuando decía vacía no se refería únicamente a que no estuviera Juan. No estaba él ni su maldito ordenador. Se dirigió al dormitorio, abrió las puertas del armario. La parte de él estaba vacía. Se sentó en la cama para asimilar lo que estaba pasando. ¿Juan se había ido de casa sin decirle nada? ¿No le había dejado una mísera nota?

Se levantó y empezó a buscar por toda la casa. La encontró en la nevera.

«Esto ya no tiene sentido. Hace mucho que dejamos de ser pareja. Me voy a casa de mis padres. Volveré a por lo que me haya dejado. Ya hablaremos».

Arrugó la nota con la mano, furiosa. Reconocía que ella no había hecho todas las cosas bien, pero... ¿eso? ¿Irse a escondidas? ¿Y que volvería a por sus cosas? ¡Pues el ordenador bien que se lo había llevado en el primer viaje! No fuera a ser que se muriera si no estaba un día conectado. Recordó cómo había cerrado la ventana del chat cuando ella había entrado en el cuarto esa misma mañana.

Cogió el teléfono y lo llamó. No se lo cogió. Eso la enfureció aún más. ¡Era una actitud de lo más infantil! Miró la hora. Bien, aún estaba a tiempo. Salió de la casa, cogió la moto y se fue al centro comercial más cercano. Entró en una ferretería, compró una nueva cerradura con sus llaves y volvió a su casa. No pensaba, solo actuaba.

La casa estaba a su nombre. No iba a dejar que él entrara y saliera de la misma cuando quisiera. ¿Se había ido? Pues que asumiera las consecuencias. Cambió la cerradura, probó las nuevas llaves... y se quedó mirando la puerta de la entrada con un nudo en el estómago. ¿Y ahora? Apoyó la cabeza en la puerta. Le parecía todo tan irreal. ¿Debería acercarse a la casa de sus suegros a pedirle explicaciones?

Se fue a la cocina, abrió la nevera y cogió una cerveza. Dio una vuelta por la casa. Notó cómo una lágrima luchaba por salir de su interior, pero no iba a dejar que eso sucediera. No era que no le doliera que su matrimonio se hubiera terminado. Claro que dolía. Más de lo que ella pudiera pensar... Y solo llevaba unas horas desde que lo había descubierto. Pero... era la forma. No era un orgullo herido por sentirse abandonada. No. Era la cobardía de no enfrentarse a las cosas. Hubiera preferido mil veces haberse tirado los trastos a la cabeza, haber soltado todo lo que guardaban dentro y luego ver si merecía o no la pena luchar por lo suyo. Pero Juan había tomado la decisión solo.

¿Solo? ¿Seguro que estaba solo? Juan nunca había estado solo. No sabía estarlo. ¿Y ese interés por llevarse el ordenador? ¿Y todas las horas que pasaba delante del mismo? ¿Y la conversación de chat que no había querido que viera? Decían que «en casa de herrero, cuchillo de palo»... Sonrió con cinismo.

Miró la cerveza que se estaba tomando. Tenía dos opciones: o beber sola o llamar a alguien para que la acompañara. No lo dudó un instante. Juan se había ido de su casa. Era la hora de empezar a hacer cosas que había dejado de hacer por su culpa.

. . .

El timbre de su puerta sonó menos de una hora después. Abrió la puerta con una sonrisa. Sin embargo, sus amigas le devolvieron un gesto condescendiente. No las podía culpar. A ella le pasaría lo mismo si alguna de ellas se encontrara en su situación. Montse y Susana se abalanzaron sobre ella, abrazándola con fuerza. Ella se rio, refugiada en el abrazo de sus amigas. No se había dado cuenta de cuánto lo echaba de menos.

—¿Cómo estás?

—¿Qué ha pasado?

Montse y Susana avanzaron hacia el salón, cargadas de bolsas. Cerró la puerta y fue detrás de ellas. Vino, comida japonesa y helado. Las observó en silencio, emocionada. Después de haber pasado tanto tiempo sin quedar con ellas, un simple mensaje y ahí estaban. A su lado. Apoyándola. No se lo merecía. Eran realmente increíbles.

—Anda, pasa, como si estuvieras en tu casa —se burló Susana.

—Y saca unas copas...

Obedeció con una sonrisa. Puso las copas encima de la mesita de centro y se sentó en el suelo. Ellas ya habían abierto los platos de comida y repartido los palillos. Sirvió ella misma el vino y les pasó las copas.

—¿Por qué brindamos?

Dudó unos instantes, pero luego lo tuvo muy claro.

—Por el futuro.

Sus amigas brindaron con ella. Luego empezaron a cenar. No la atosigaban con preguntas, no la bombardeaban con un interrogatorio para saber qué era lo que había pasado, le daban su tiempo. Rellenó su copa vacía y empezó a hablar.

—Cuando he llegado a casa, él ya no estaba.

—Pero ¿sin decirte nada? ¿No sabías que se iba a ir?

—No. Ayer por la tarde discutimos, y esta mañana también... Yo me fui a currar, y al volver... Ya no estaba. Ni él ni gran parte de sus cosas. Y solamente esta nota.

Les pasó la nota, que leyeron en silencio.

—¡¿Que ya hablaréis?! Pero ¿de qué va?... Se va, huye, dejándote una puta nota...

Susana era muy visceral y le hervía la sangre rápidamente. No le importaba soltar las cosas que se le pasaban por la cabeza sin filtro alguno. Y mucho menos cuando se trataba de defender a los demás. Montse era más calmada, pero «las mataba callando», como se solía decir.

—Creo que está con otra...

—¿Con otra? Pero, no te ofendas, ¿quién va a estar con él? Si le tocó el gordo contigo... Cuando era veinteañero estaba bien, pero... ¿ahora?

Lo cierto era que Juan había dejado el gimnasio y ya nunca la acompañaba en ningún entrenamiento como hacía años atrás, y la tripa le había crecido. Tampoco se cuidaba como hacía antes, pero claro, tampoco es que saliera mucho de su casa. Más bien, tampoco es que saliera mucho de la habitación.

Se confesó con ellas. Les contó sus discusiones. Les contó que ya nunca hacían planes juntos. Les explicó su sensación de culpabilidad por dedicar más tiempo al trabajo... Y la obsesión, casi enfermiza, por sus juegos de ordenador. Y la pillada que le había hecho esa misma mañana.

Y, cuando terminó, se quedaron en silencio. A veces, no hacía falta decir nada, las frases hechas no calmaban el alma, no solucionaban nada.

—Pues ¿sabes qué te digo? Eres joven, inteligente, divertida, autosuficiente, guapa... No lo necesitas...

—¿Necesitarlo? Una relación no debe ser por necesidad. Sino porque quieres estar... Ninguna mujer necesita, actualmente, de un hombre. Debería ser una asociación, un conjunto que se complementa, no que se completa. Porque no somos seres a los que les falte algo. No. ¿Y sabéis el problema? Que yo hace mucho tiempo que dejé de ser una asociación con Juan. Dejamos de tener objetivos comunes y de apoyar los sueños del otro...

Sus amigas se quedaron en silencio ante su discurso. No se lo había dicho a ellas, sino que lo había dicho para sí. Y se repetía interiormente que la culpa de ese final había sido de los dos, que habían dejado que su relación muriera... Pero la idea de que Juan la hubiera traicionado con otra... No. Eso dolía demasiado. Uno podía desenamorarse, pero ¿traicionar? Eso no tenía perdón.

Dio un largo trago a la copa, terminándosela de un golpe. Se levantó del suelo y se dirigió a la cocina. Abrió la nevera, sacó una botella de licor café, cogió unos vasos de chupito del congelador y volvió al salón.

—Creo que necesito algo más fuerte.

Por respuesta, Montse y Susana se quitaron los zapatos y se acomodaron en el sofá. Sirvió la bebida, y juntas brindaron por ellas y por la amistad que llenaba los corazones heridos y curaba los sueños rotos.

5

Jorge llamó a su puerta para anunciarle que tenía una visita. Estaba mirando el listado de llamadas que había hecho Miguel en los últimos días, tanto los anteriores a la desaparición de Isabel como los posteriores. No parecía que hubiera nada sospechoso. Ninguna llamada diferente, ninguna que destacara entre todas las demás. Lo cierto era que el chico no hablaba mucho, cosa bastante habitual desde la aparición y la globalización de mensajerías inmediatas como el WhatsApp.

Había varias llamadas perdidas al móvil de Isabel. Incluso después de haberla contratado. No podía culparlo. Seguía intentando hablar con ella, no perder la esperanza. Por mucho que él tuviera la convicción de que algo le había pasado... la esperanza de escuchar su voz nunca se perdía.

Levantó la vista, agradecida porque alguien le sacara la cabeza de entre todos los papeles que gobernaban su mesa. Subió la mirada con una sonrisa que se le heló en los labios.

Sergio le había prometido que iría a verla y a

consultar los datos que tenía sobre la investigación... Pero lo había prometido entre copas, en un bar, y la noche de un viernes... Si no hubiera ido, habría tenido la excusa perfecta. Pero ahí estaba, mirándola desde la puerta, observándola con sus ojos verdes y esa sonrisa de niño bueno que no le pegaba para nada. No entendió por qué le pareció que estaba más guapo que de costumbre... Quizás, simplemente, porque sentía que él la apoyaba en sus intuiciones locas, incluso aunque él no creyera que Isabel hubiera desaparecido... Y el apoyo a su trabajo era algo que echaba en falta en Juan.

—Has venido.

No era una pregunta. Borró de su voz todo signo de duda. Quería mostrar seguridad, como si Sergio no hubiera tenido otra opción que ir.

—No te regodees y enséñame lo que tienes.

Levantó una ceja, divertida, y él renegó con la cabeza. Luego le indicó que se acercara al tablón. Le explicó la línea temporal, su conversación con Beatriz y las imágenes de las cámaras. Él las observó en silencio. Paró la imagen cuando aparecía la misteriosa pareja.

—¿Has vuelto a hablar con el amante?

—Aún no. Iré esta tarde a hablar con él.

—¿Y dices que en ninguna otra imagen se ve salir a Isabel?

—No. Estoy esperando las imágenes del jueves y del viernes.

—Algún día me tendrás que decir cómo consigues las imágenes de las cámaras de seguridad de la calle.

—No te lo creerás... Aparecen mágicamente en mi despacho. Deben de ser unos amables duendecillos.

Se volvió hacia él divertida. Él le devolvía la mirada mientras negaba con la cabeza y con un brillo pícaro en los ojos.

—Unos duendecillos...

—Quizás los diminutos...

Sergio suspiró, resignado.

—Cuidado con los límites, Áurea. —Estaba tan serio y parecía realmente tan preocupado por ella, que la hizo sentir incómoda.

—Nunca sobrepaso la línea. Solo me pongo encima de ella.

El policía asintió con la cabeza sin dejar de mirarla. De pronto, levantó la mano y le acarició la mejilla. No se lo esperaba, y la dejó sin respiración.

—¿Estás bien? Pareces cansada.

—¿Yo? Bien... Simplemente no me he maquillado.

Eso era cierto. Ese día no se había puesto ni un mísero corrector de ojeras. Estaba completamente desganada.

—Tú no necesitas maquillarte. —Aún no había retirado la mano de su mejilla, que empezaba a arderle.

—Ya...

«Eso se lo dirás a todas», pensó. Se echó para atrás con suavidad para romper el contacto que la estaba poniendo nerviosa.

—¿Estás bien? —volvió a repetir él mientras se metía las manos en los bolsillos del pantalón.

—He dormido poco este fin de semana.

Eso también era cierto. El sábado, Montse y Susana habían acabado por quedarse a dormir con ella en su casa, habían terminado medio dormidas en el sofá mientras veían una película de acción (se había negado con todas sus fuerzas a poner una comedia romántica con finales estúpidamente felices que nunca se cumplían y que estaban cargadas de un pasteleo insoportable).

Por la mañana temprano, se habían ido al Rastro y de tapas por las Cavas. Entre unas cosas y otras, había vuelto a su casa bien entrada la tarde, se había tirado en el sofá unos instantes, pero luego, cuando los pensamientos la empezaban a volver loca, había abierto su ordenador y se había puesto a trabajar hasta las tantas.

Buscó información sobre Andrés, revisó un par de veces más las imágenes y buscó más datos sobre la editorial en la que trabajaba Isabel. Miguel le había dicho que últimamente discutía a menudo, pero no acababa de encontrar en qué departamento trabajaba exactamente.

—No lo culpo. Yo tampoco te dejaría dormir mucho…

Se mordió el labio. ¿Debía decirle que Juan y ella ya no estaban juntos? Sergio, con el tiempo, se había ido convirtiendo en un amigo. O eso le gustaba pensar a ella, aunque lo cierto era que no solían hablar de muchas más cosas que el trabajo. Pero sentía que había una extraña intimidad, una conexión que no tenía con nadie más.

—Estuve el fin de semana de fiesta con unas amigas.

No. No era el momento. Además, seguro que, si se lo confesaba, tendría que acabar hablándole de sus dudas, de su creencia de que Juan estaba con otra… Sergio se la quedó mirando. Tenía la sensación de que quería decirle algo más, pero se quedó callado unos instantes y luego cambió de tema.

—Preguntaré en desguaces y demás lugares habituales, por si aparece el coche, y te mantendré informada.

—De acuerdo.

—Aún no estoy seguro de que no sea más que una fuga voluntaria, pero le echaré un ojo; y, si tú descubres algo más, no dudes en llamarme.

Asintió sin decir nada más. Tras la escena anterior, tenía la necesidad imperiosa de que Sergio se fuera y esa extraña sensación desapareciera.

. . .

Sergio acababa de salir por su puerta cuando empezó a sonarle el móvil. Juan. Sabía que antes o después tendría que hablar con él, pero estuvo muy tentada de no responderle, igual que él había ignorado su llamada el sábado. ¿Por qué tenían que hablar solo cuando él quería? Vio cómo el móvil seguía sonando, y, en cada toque, su enfado iba subiendo. Descolgó.

—¿Qué quieres?

—¡Has cambiado la cerradura del piso!

—He cambiado la cerradura de mi piso. —Una sonrisa malvada se dibujó en su rostro al imaginárselo plantado delante de la puerta.

—Hay cosas mías dentro.

—Poco te importaban cuando te largaste sin decir nada…

—Son mis cosas…

—No te preocupes. No tengo ningún interés en quedarme con ellas. Como si tuvieran el más mínimo valor…

—¿Cómo te has atrevido a cambiar las llaves?

—Porque te has largado, y esa es mi casa. No tengo por qué dejar a nadie que no quiera entrar en mi casa. No tengo por qué no saber quién entra o quién deja de entrar en mi piso cuando no estoy. ¿O es que querías llevarte a tu amante a mi casa?

—¡¿Qué mierdas dices?!

—Bien rápido te llevaste el ordenador…. ¿Temías que leyera la conversación de chat que tenías por la mañana?

—Tanta mierda de trabajo te ha comido el cerebro.

Aguantó las ganas de colgarle en ese mismo instante. No se le había pasado por la cabeza que Juan no había negado que estuviera con otra... Sin embargo, no era momento para discutir ese tema. Poco les quedaba por discutir ya.

—¿Querías algo más que decirme que has intentado entrar en una propiedad que no es tuya?

—¿Cuándo me vas a devolver mis cosas?

—Rubén, el hermano de Susana, se pondrá en contacto contigo esta semana para empezar a tramitar el divorcio exprés. Cuando lo hayamos firmado, tendrás todas tus cosas.

—¿Ya has buscado un abogado?

La voz de Juan tembló. No se lo esperaba. De pronto, sintió que su marido se había tirado un farol que no sabía aguantar... Aunque, quizás también, simplemente fuera que no estaba seguro de si duraría o no con la amante y quería tenerla segura por si acaso... Esa última opción la enfureció.

—Tu fuiste quien dijo, por escrito, que esto no tenía sentido. Acabemos rápido con ello y así, quizás algún día, podamos recordar las cosas buenas y ser un buen recuerdo. Ya hablamos, Juan.

Y colgó. No esperó la respuesta. Sin embargo, la sensación de triunfo le duró muy poco. No había ganadores en esa historia. Cuando una relación larga, y en la que habías creído, se rompía, todos eran perdedores. Volvía a tener ganas de llorar. No. No lo iba a hacer. Y menos en el trabajo.

«Tanta mierda de trabajo te ha comido el cerebro». Bufó. Sabía perfectamente cuál iba a ser su siguiente paso. Cogió una libreta vacía y empezó a escribir como una loca. Tardó media hora en anotar todos los datos que se le ocurrieron. Luego, salió de su despacho y fue directa a la puerta que se encontraba al final del pasillo.

—Raúl, necesito un favor.

Entró en el despacho de uno de sus compañeros de trabajo. Estaba sentado en su mesa, concentrado en unas fotografías que había extendido sobre su mesa. Levantó la vista y la miró fijamente. No la sorprendió que la observara asombrado. Nunca habían sido muy amigos. No es que se llevaran mal, no. En realidad, Raúl nunca la había tratado diferente por el hecho de ser una mujer detective... Bueno, le había tirado un par de veces los trastos. Aunque eso no era un cumplido para ella. Raúl le tiraba los trastos a toda fémina que se le cruzara... O, al menos, hasta hacía unos meses, lo hacía.

—¿Qué necesitas?

Se acercó hasta él y, mirando las fotografías del nuevo caso de su compañero, decidió ir al grano.

—Juan se fue el sábado de casa.

No la avergonzaba que su marido la hubiera abandonado. No le importaba que se enteraran todos sus compañeros de trabajo. Total, llevaba años sufriendo rumores inciertos sobre su vida personal... Y además, tenía la sensación (esperaba acertar) de que el muchacho que tenía justo delante de sí no iría con el cuento al resto...

Raúl se echó para atrás en su silla, levantó una ceja y la miró divertido.

—¿Qué tipo de favor quieres que te haga?

Se rio. No pudo evitarlo. Aunque era tentador. Total... Ella ya no tenía que guardarle fidelidad por nada. Y Raúl, no iba a negarlo, estaba de muy buen ver. Sin embargo, su lista de amantes echaría para atrás a toda aquella que la conociera o, como ella, simplemente la intuyera.

—¡Qué más quisieras!

—No te creas, que luego te engancharías y andarías todo el día en el curro acosándome. Y yo te tendría que denunciar... Y eres demasiado buena como detective como para perderte.

Soltó una larga carcajada, aunque era muy consciente del cumplido que le había echado.

—Quiero que descubras si Juan está con otra.

Raúl se inclinó sobre su mesa, clavando los codos en ella, y la miró fijamente. Sabía que le estaba pidiendo un favor muy grande y lo comprendería si él se negaba a hacerlo. Pero en esos momentos lo necesitaba. Se sentía como una paranoica y no podía seguir así.

—No creo que sea...

—Raúl, si tú no lo haces, tendré que irme a otra agencia a pedírselo. Y no quiero. Quiero completa sinceridad. Y tú eres el mejor de la empresa.

—¿Por qué crees que te engaña?

—Llámalo intuición. Lo conozco. No es de los que dejan una relación si no tienen otra en la recámara. No sabe estar solo.

—¿Y qué ganarías sabiéndolo?

—Necesito saber que no estoy loca. Que no es una paranoia mía. No voy a ir y partirle las piernas u otra cosa. Necesito saber la verdad para no sentir que...

—¿Que tu relación ha fallado por culpa tuya?

Raúl había sido brutalmente sincero y la había golpeado en el centro de su herida. Tuvo ganas de lanzarle algo a la cabeza. No respondió a la pregunta. No hacía falta

—¿Me vas a ayudar o no?

Él sonrió, y ella comprendió por qué tenía siempre tantas tías detrás. Sin ser el hombre más guapo del mundo, tenía un atractivo que no podía negar y ese aire de chico malo que siempre fascinaba.

—Pásame todo lo que tengas, y le echaré un ojo.

Abrió el bolso y le pasó un bloc de notas con horarios, teléfonos y amigos de Juan.

—¿Quién ha dicho que el romanticismo ha muerto?

Áurea se dio la vuelta para salir del despacho y encaminarse al suyo. Tenía mucho trabajo por delante.

—Yo.

Cerró la puerta tras ella y respiro hondo. No sabía si se sentía aliviada o tenía miedo de lo que pudiera descubrir. ¿Le iba a hacer sentir mejor descubrir la verdad? Si Juan estaba con otra, tendría que hacer frente a todos los sentimientos negativos que la sacudirían... Si no lo estaba, si todo había sido fruto de su paranoia... sería incluso peor. No. Definitivamente, la idea de haberle pedido a alguien que investigara a su todavía marido no era lo mejor que se le había ocurrido. Pero no podía evitarlo. No podía vivir así. No podría pasar página hasta que no supiera la verdad.

. . .

Llegó al bar temprano. Acababan de abrir, y en el local solo había un par de chicas que charlaban en la barra mientras se tomaban unas cañas. Buscó con la mirada a Andrés y lo vio preparando los ingredientes que necesitaría para hacer mojitos. Durante su camino al bar, había temido que estuviera cerrado, o que librara esa noche. No podía olvidar que era lunes y no debería haber mucho movimiento esos días. Sin embargo, la suerte la acompañaba. Bueno... la suerte y el haber mirado en «San Google» el horario del bar.

Andrés la vio y se acercó a ella con una sonrisa.

—Has vuelto por aquí.

Se le veía muy creído. Sin embargo, en esa ocasión, ella no iba a seguirle el juego. A veces, la mejor defensa era un buen ataque. Y a ella le encantaba la guerra de guerrillas.

—Isabel ha desaparecido.

Andrés se quedó quieto, inmóvil, palideció de golpe y se la quedó mirando con tanta fijeza que no parecía real. Siguió atacando.

—Y tú fuiste la última persona que la vio con vida.

El chico seguía sin reaccionar; vio cómo tragaba saliva, intentando encontrar las palabras o, quizás, simplemente, intentando que la voz volviera a su garganta.

—Y, curiosamente, tú saliste de su casa después de que lo hiciera ella...

—¿Esto es una broma?

Casi tartamudeaba mientras hablaba. Vio cómo una gota de sudor le recorría el cuerpo, pero no se amedrentó. Apoyó las manos en la barra para inclinarse un poco más hacia él.

—No lo es.

—¿Eres policía?

Nunca le gustaba cuando alguien le soltaba esa pregunta. No porque la confundieran con una, sino porque solía significar que ocultaban algo que necesitaban soltar con urgencia.

—No. Soy detective privada. Estoy intentando descubrir si está bien. —Andrés asintió varias veces con la cabeza, pensativo.

Le encantaría poder leer las mentes y saber qué era lo que sucedía en los cerebros de los demás.

—Yo... Yo no sabía que estaba desaparecida. Me extrañó que no viniera en todo el fin de semana, pero pensé que tendría planes o mucho trabajo... Últimamente, estaba muy estresada...

—¿Por qué saliste de su casa después que ella?

—Acabábamos de... Bueno, ya sabe. Estábamos tirados en la cama e íbamos a darnos una ducha juntos. Yo ya estaba en el baño cuando empezó a sonar su teléfono. No sé quién era. Solo que empezó a medio discutir y a vestirse. Me dijo que no me preocupara. Que me terminara de duchar y que cerrara dando un portazo. Que nos veríamos luego en el bar.

—¿Y te dejó solo en su casa? ¿No te extrañó?

—No era la primera vez.

Sintió una arcada solo con pensarlo. Isabel llevaba a su amante a la misma cama que luego compartía con Miguel. Su enfado crecía por momentos. Y no era tonta, sabía que su cabreo no era solo con ellos... No podía evitar pensar que quizás Juan había hecho lo mismo en su casa con su amante.

—¿Y no te extrañó cuando no vino a verte?

—Ya te he dicho antes que pensé que estaría currando… No sé… No se me ocurrió… ¿Dices que está desaparecida desde el martes? Ella y Miguel tuvieron una gran discusión… Isabel me dijo que iba a dejarlo, que estaba harta de él. Que se lo había dicho ese mismo día.

¿Isabel le había dicho a Miguel que quería dejarlo? Bueno, no podía fiarse mucho. Eran las típicas frases que se decían a un amante para seguir teniéndolo comiendo de su mano. Pero ¿y si fuera verdad? ¿Y si ella le había dicho que no quería estar con él, y él, volviéndose loco, había acabado con su vida? Locuras más grandes había visto ella.

—Dices que Isabel discutió con alguien por teléfono…

—Sí, pero no sé con quién.

—¿Con Miguel?

—No. Era una chica. En un momento dado, le dijo que estaba harta de ella…

De ella… Recordó algo que le había dicho Miguel. —¿Podría ser de la editorial?

—Es posible.

—¿Sabes qué hacía ahí?

—No. Isabel no suele hablar mucho de su trabajo.

—¿Y no te parece raro?

Andrés se encogió de hombros. ¿Quién demonios no sabía en qué trabajaba su pareja? Vale que eran amantes, pero por lo que acababa de insinuarle, Isabel iba a dejar a Miguel por él. Y eso dejaba a Miguel como principal sospechoso de la desaparición. Estaba empezando a hartarse de ese maldito trío donde, seguramente, ninguno de los dos decía toda la verdad.

—¿Y no has sabido nada de ella en estos días?

—No.

—¿Y en serio que no te ha extrañado?

—Pensé que quizás había hecho las paces con Miguel y había decidido darle otra oportunidad a su relación... No sé. Nunca he sido de ir detrás de nadie. No me gusta permanecer donde no me quieren.

No se lo creía. Por mucho que fuera de chico duro. La voz lo delataba. A nadie le gusta que le den calabazas. Y como no habían parado de darle la información a pedacitos... ¿Qué más le ocultaba?

—¿Me dejas ver tu teléfono?

Andrés dudó unos instantes, luego se acercó al lado

de la caja y le acercó el móvil. No parecía muy seguro de lo que estaba haciendo. Ella lo cogió rápidamente. No fuera a ser que se arrepintiera. La pena era no poder hacer como con Miguel. Le encantaría poder colarle el mismo programa. Quizás en otra ocasión. Miró las llamadas perdidas. No había nada. No. Eso no era ninguna buena señal. Si no tenías nada que ocultar, ¿por qué borrar? No dijo nada. Había aprendido a hacerse la loca cuando lo creía necesario. La información era poder.

Marcó un número y llamó. Su propio móvil empezó a sonar. Era un teléfono que solía usar solo para el trabajo, para dárselo a los testigos y demás… No tenía ningún interés en que la gente tuviera el suyo personal.

—Este es mi número. Si necesitas cualquier cosa, si te acuerdas de algo o si Isabel se pone en contacto contigo… Llámame. A cualquier hora.

Andrés afirmó con la cabeza, y ella se fue del bar. No tenía claro qué pensar sobre él. ¿Estaba implicado en la desaparición o, simplemente, había borrado todas las llamadas porque creía que Isabel lo había dejado por Miguel y, por mucho que quisiera fingir que no le dolía, la realidad era otra?

6

Era muy temprano. Esa noche no había dormido muy bien. ¿Quién le iba a decir que le iba a costar dormir sola? ¿Tanto tiempo sintiéndose sola teniendo compañía, y ahora, que realmente estaba sola, no podía conciliar el sueño? Bebió un trago del café para llevar que mantenía entre las manos, calentándoselas, y miró el alto edificio que se levantaba ante sus pies.

Estaba de nuevo delante del portal de Miguel e Isabel. Contemplaba el lugar. Hizo el recorrido que las figuras habían hecho desde la entrada hasta el lugar donde estaba aparcado el coche en el que había montado Isabel. Miró la cámara mientras andaba. Recordó la imagen. La figura alta no había girado la cabeza en ningún momento, ocultando su rostro. ¿Una casualidad? No. No podía serlo. Ella no creía en las casualidades. Eso significaba que conocía su existencia, que había sido algo premeditado.

Pero aún había una cuestión más importante...: ¿Por dónde habían entrado? Había estudiado el video detenidamente. Por el portal solo habían entrado la vecina chismosa, Isabel y Andrés y un viejecito de unos ochenta años. No. Ese hombrecito canoso y de paso lento no tenía ninguna papeleta para ser el secuestrador.

Se sentó en un banco cercano, pensando. Tenía ya la cabeza como un bombo. Observó el edificio. Era majestuoso. Si conseguía aislarlo, se podía imaginar la vida, en ese mismo lugar, un siglo antes. Un edificio de la alta burguesía, con mujeres y hombres bien vestidos, demasiado refinados y esnobs para su gusto. Personas incapaces hasta de hacerse un plato de comida por sí solos, siempre necesitando servicio doméstico. Se levantó de golpe. Eso era. Miró el portal; grande, señorial. ¿Sería posible que hubiera otra entrada para que, años atrás, entraran los criados? En Madrid había muchos edificios así.

¿Dónde podría estar? Miró a ambos lados. Dio la vuelta al edificio. Ahí estaba. Una puerta mucho más sencilla. Se acercó. ¿Serviría la misma llave del portal? ¿A dónde llevaría exactamente? Puso la mano en la manilla, la giró y empujó. La puerta se abrió ante sus ojos. Tanto edificio señorial, donde seguro que pagaban un alquiler tremendamente alto, y la seguridad era nula. Observó el pestillo de la puerta. La pestañita que solía usarse para no permitir que la puerta se abriera desde fuera estaba rota. Claro que, visto lo visto, eso podía llevar años así. No podía asegurar que fuera algo hecho aposta para el secuestro.

Entró en el portal sin saber muy bien a dónde daría

exactamente. Era al patio de luces. Contempló las cuerdas de la ropa, la mayoría vacías. Ese día habían anunciado lluvia. Al otro lado del patio había otra puerta. Cruzó con rapidez. Tampoco le apetecía que alguien se asomara a la ventana y se diera cuenta de su presencia. Mientras se acercaba a la puerta, no podía parar de pensar en qué haría si estuviera cerrada. Toda su hipótesis se iría a la mierda. Tuvo suerte. La puerta cedió bajo su mano, y entró en el portal.

Bien. Ya tenía una idea de cómo habían entrado. Volvió a salir a la calle por la puerta principal y giró, de nuevo, hacia la entrada de atrás. Contempló la calle. Nada. Ahí no iba a tener suerte. No parecía haber ninguna cámara, ni de tráfico ni de seguridad. ¿Cuánta gente conocería esa entrada? ¿Y cuánta gente sabría que no tenía echado el cierre de la cerradura?

Volvió a entrar al portal y subió hasta el piso de Miguel. Miró la puerta de la vecina. Tuvo la tentación de llamarla para ver si tenía alguna información que darle. Quizás más tarde. En esos momentos, tenía que volver a enfrentarse con Miguel. Llamó con insistencia. Miguel le abrió en pijama y con el pelo completamente revuelto. No esperó a que él reaccionara. Entró en la casa y avanzó rápidamente. Tenía pinta de haber dormido en el sofá del salón.

—El otro día, no te ofendiste ni negaste la existencia

de un amante.

Se volvió hacia Miguel. Se había quedado parado en la puerta del salón. Estaba algo más pálido que el último día; empezaban a aparecerle ojeras oscuras y había algo en su mirada... No acababa de saber qué era. Pero volvía a tener la sensación de que no le contaba todo.

—Estoy cansada. Sé que me ocultas algo. Y si sigues empeñado en no ser completamente sincero conmigo, rompo el contrato.

—El otro día fui a la universidad y hablé con una de sus compañeras... En un primer momento no me dijo nada, pero cuando le dije que había desaparecido... Al principio no quería creerla. No me entraba en la cabeza que Isabel me hubiera mirado a los ojos y me hubiera mentido. Yo siempre se lo había dado todo... pero... quizás fallé en algo.

Algo se removió dentro de ella. No. No iba a dejarse llevar por los sentimientos que la invadían. No. Su vida personal no iba a afectarle en su trabajo.

—¿Y no pensaste que averiguar que Isabel se tiraba a otro podría ser relevante?

—¡Isabel no me ha dejado por otro!

—¿Cómo puedes estar seguro?

—Porque no tiene sentido. Podía, simplemente, haberme dejado. Ella pagaba esta casa. Con echarme de ella, hubiera tenido vía libre.

—Quizás lo hizo… Quizás te dejó…

A veces, si te fijas bien, puedes ver cómo el corazón de una persona se resquebraja ante las palabras que le dicen los demás. Y lo sintió. Sintió que el corazón de Miguel dejaba de latir durante unos instantes, y que una pequeña grieta lo recorría por completo.

—No puedes pensar que yo… Yo no podría hacerle nada malo a Isabel… Yo… yo la quiero. Hubiera hecho cualquier cosa por mantenerla a mi lado… Hasta compartirla.

—¿Cómo se llamaba la chica? —Cambió de tema. No le apetecían escenas sensibles. Bastante drama tenía ya con su vida personal como para dejarse influir por el de los demás.

—Beatriz.

Beatriz… La chica con la que ella misma había hablado, y que había defendido a Isabel. Eso sí, no le había mencionado al amante. Pero claro, creía que era una mujer de la editorial. No eran cosas que se mencionaran.

—¿Me ocultas algo más?

—Yo... No...

—No pareces muy creíble.

Miguel la miró serio, pensativo.

—Una sola mentira más y, directamente, te mando la factura y lo dejo. No vengo ni siquiera a hablar contigo. ¿Lo has entendido?

No dijo nada. Solo asintió.

—Otra cosa más... ¿Cuánta gente conoce la segunda entrada al portal?

—¿La del patio? —Parecía realmente sorprendido—. No lo sé. No suele usarse mucho.

—¿Tú la usas?

—A veces, dependiendo del transporte que haya usado, pilla mucho más cerca. Pero tampoco mucho. A algunos vecinos no les hace gracia y, siendo alquilados, tampoco me apetece que nos cojan manía. Bastante nos tienen.

—¿Por?

—Somos los más jóvenes del edificio, y nuestro nivel económico no es...

—Ya...

No le hacía falta que continuara. Ella misma había visto el desprecio en los ojos de la vecina. Le preguntó a Miguel por el transporte que quedaba más cerca de la puerta de atrás y, tras volverle a advertir que todo se acabaría si descubría una mentira más, se fue.

. . .

Estaba un poco perdida. Sentada delante del ordenador de Isabel, revisando los *mails*, no había encontrado nada relevante. Ahora lo estaba pasando por un programa de recuperación de correos, con la esperanza de que apareciera alguno borrado que le pudiera indicar qué había pasado con ella.

Si se había fugado..., ¿con quién? Con su amante «oficial» no era. Andrés seguía yendo a trabajar cada día y no tenía la necesidad de ocultar que sabía dónde estaba si se hubiera ido con él. ¿Otro hombre? ¿No tenía suficiente con dos? Y si había sido así, si hubiera otra persona en la ecuación... ¿Fugarse mientras dejaba a Andrés en su ducha? ¿Por qué tenderle una trampa? No. Nada de eso cuadraba.

La siguiente opción... Alguien la había secuestrado, pero ¿quién tendría motivos? ¿Y a plena luz del día? Los secuestros de chicas de su edad solían ocurrir de noche, volviendo de fiesta, solas... No a esas horas, en su propio portal, entrando por la puerta del patio que tan poca gente conocía... Y si entraban por ahí, ¿por qué no sacarla por el mismo sitio? ¿Por la cercanía del coche? Si Isabel era esa figura que se subía al vehículo, ¿por qué no oponía resistencia? ¿Conocería a su acompañante? Quizás pensara que iba a llevarla a algún sitio donde hubiera quedado... ¿A la editorial? Pero ¿por qué ponerse ese atuendo extraño?

Tanto Miguel como Andrés le habían dicho que últimamente discutía mucho con su jefa. Pero nada de eso tenía sentido. Isabel era una simple becaria en la editorial, ¿o no? ¿Por qué nadie podía especificarle qué era lo que hacía exactamente allí?

Movió su silla hasta donde tenía su ordenador y empezó a buscar información sobre la editorial. La sorprendió ver que trabajaban con varios autores bastante conocidos, ella misma había leído a varios de ellos...

Buscó un teléfono que le pudiera servir y llamó. Le respondieron al tercer toque. Una voz femenina y dulce. Podía imaginársela perfectamente. Quizás estuviera pecando de prejuiciosa, pero los clichés seguían muy vigentes en la sociedad. Y si eras la primera cara que veía un cliente al llegar a una oficina, aquella tenía que ser agradable. Había leído alguna vez que en el mundo de la comida rápida era todo lo contrario, porque los responsables lo que querían era que el cliente fuera, pidiera y se largara lo más rápido posible. No sabía qué había de cierto en esa afirmación.

—Editorial Paraíso, ¿en qué puedo ayudarle?

Se preguntó cuántas veces al día tendría, la pobre, que repetir lo mismo, y si no acabaría hasta…. Luego pensó en Jorge y en lo fácilmente que manejaba dos o tres llamadas a la vez. La importancia de tener un buen recepcionista.

—Buenos días, ¿podría hablar con Isabel Esteban?

—Un momentito. No sé si está en la oficina. ¿Quién dice que la llama?

Un buen recepcionista nunca decía si el sujeto estaba disponible o no, hasta saber quién lo requería y si le interesaba o no.

—Ana González.

—Un segundo.

La chica la puso en espera. Una animada y juvenil musiquita llegó hasta sus oídos. Nunca daba su nombre real. Siempre alguno común que se olvidara tan rápido como se había pronunciado.

—Hola de nuevo. Lo siento. Isabel no ha venido hoy

a la oficina. ¿Desea dejarle algún recado?

—¿Podría hablar con su responsable? —Notó, a través de la línea, que la chica dudaba un poco—. Voy a serte sincera —Ya había aprendido a decir eso sin partirse de risa—: Isabel se puso en contacto conmigo el otro día. Soy abogada laboralista. Había algo en su situación allí que no aprobaba. Preferiría hablar con su jefa antes de emprender cualquier trámite judicial inútilmente.

—Un segundo.

La música volvió a sonar. Se podía imaginar bien la situación. Cómo la recepcionista informaba a la jefa de Isabel, que, rápidamente, buscaría el contrato de trabajo o algún informe si lo tuviera.

—Le paso. Tenga un buen día.

—Gracias.

—Buenos días, soy Laura. Me han dicho que desea hablar de Isabel Esteban, ¿verdad? No sé muy bien lo que su clienta le habrá dicho, pero tiene un contrato de becaria estándar.

Cuando alguien se ponía directamente a la defensiva, no solía ser buena señal.

—Las dos sabemos que una cosa es lo que ponga el

contrato y otra…

—Isabel sabía perfectamente las condiciones con las que firmó. Puedo llegar a comprender que no quiera pasarse la vida siendo *coach* literaria, pero es joven y con mucho talento. Ya le llegará su turno. En la editorial la valoramos.

Laura empezó a enumerar una larga lista de cumplidos hacia Isabel. Escuchó atentamente. Varias personas habían hablado de Laura como una estirada con la que Isabel discutía a menudo. Suponía que ahora tenía que mostrar su cara más amable. Se había puesto nerviosa al creer que era una abogada laboralista, había insinuado que Isabel hacía cosas que no estaban en su contrato… ¿El qué?

—Estoy convencida de que mi cliente, simplemente, necesita escuchar todo lo que me está diciendo a mí. Y seguro que todo acabará como un simple malentendido.

Se despidió y colgó. Tamborileó con los dedos en la mesa. Luego, volvió a girarse hacia su ordenador. Abrió el navegador y buscó «*coach* literario». ¿A qué se refería con eso? La tercera entrada que le apareció se titulaba exactamente «*¿Qué es un coach literario?*». Abrió y leyó «*esta persona hace que el escritor sobresalga, amplíe su creatividad, esté en constante motivación y que le sea fácil* *encontrar inspiración hasta cumplir sus objetivos literarios*». Así que Isabel era una especie de asesora para escritores. ¿No era demasiado joven para eso? ¿Qué experiencia tenía para conseguir ese trabajo? ¿Y por qué su jefa se había puesto nerviosa? ¿Qué era lo que hacía que no cuadraba con su contrato? Y lo más importante, ¿tenía algo que ver con su desaparición? No tenía mucho sentido.

· · ·

Su alimentación en esos días estaba siendo horrible. No podía seguir alimentándose de bocadillos. Aunque lo que menos le apetecía era estar en su casa (y mucho menos perder el tiempo cocinando). Y no acababa de entender el motivo. Total, tampoco era que ella y Juan tuvieran una gran vida en común. Comían y dormían juntos. Y punto. Llevaban tiempo sin crear recuerdos entre los dos. No quería pensar en eso. No quería enfrentarse a esa realidad. Ahora tenía que concentrarse en el caso. Y era plenamente consciente de que lo que hacía era una huida hacia delante. Pero en esos momentos, era lo que necesitaba.

Iba a bajar al bar a pillarse otro bocadillo, cuando vio a Jorge charlando con una chica. Sonrió y se acercó al recepcionista.

—¿No estarás intentando ligar con una de mis

mejores amigas?

—Te equivocas; ella quiere ligar conmigo.

Susana puso los ojos en blanco cómicamente y luego se acercó hacia ella para darle un abrazo.

—He venido a llevarte a comer.

—¿A llevarme a comer?

—Sí. Si sigues comiendo solamente bocadillos, vas a acabar enferma.

—¿Quién te ha dicho…? —Miró hacia Jorge, que se encogió de hombros.

—No hace falta que me lo diga nadie. Te conozco. Anda, vamos… Que he reservado en un italiano aquí cerca.

Se rio, se despidió de Jorge y se fue con Susana medio protestando. Todo de broma. Era plenamente consciente de que le iría muy bien descansar y desconectar un poco. Y en compañía de una buena amiga, siempre era mejor.

El restaurante estaba solo a cinco minutos andando. Era pequeño y coqueto. Le pareció maravilloso. Y no lo conocía. Parecía que había viajado a Italia de golpe. El dueño era un napolitano agradable y muy amable que se encargaba él mismo de que todo el mundo se sintiera como en casa. Les tomó nota y les sirvió un vino tinto italiano que ella no conocía.

—¿Estás pensando en Juan?

Levantó la vista. Susana la miraba fijamente. Tenía los ojos oscuros y completamente magnéticos. Ella solía quejarse del color, alegando que era común y nada especial, sin darse cuenta de la increíble expresividad que tenían y que enamoraban con una sola mirada.

—No.

—¿Seguro? No pasa nada por sentirse un poco débil. Eso no hace que seas menos fuerte, aunque pueda parecer lo contrario. Simplemente, te hace humana. Es normal estar triste tras una ruptura.

—No estoy triste. No es que esté bien ni nada por el estilo. No puedo decir que ahora mismo sea plenamente feliz, pero... Creo que estoy más fastidiada por el modo en que se han acabado las cosas que por no estar ya juntos. En algo tiene razón Juan: hace mucho que lo nuestro dejó de tener sentido... Pero nunca creí que la persona con la que me había casado, de la que un día estuve enamorada, se fuera así, de una manera tan cobarde... No estoy triste por mi matrimonio roto, estoy decepcionada con la persona en la que se ha convertido, y pienso en cuánta culpa tengo yo de su horrible evolución...

—Pero menos mal que no pensabas en Juan —bromeó Susana tras su intento de monólogo.

—Porque no lo hacía. Realmente estaba pensando en el caso que llevo en estos momentos. Estoy realmente atascada.

—¿De qué va? Quizás contándolo se te ilumine la bombillita.

Áurea suspiró. Dio un breve sorbo al vino y empezó a relatarle a su amiga toda la historia. Susana no la interrumpió, y solo habló cuando estuvo segura de que había terminado.

—¿*Coach* literario? ¿Esa no es la forma moderna de llamar a los «negros» de la literatura?

—¿Los «negros» de la literatura?

—Sí. Personas anónimas que escriben por otros.

—Sé lo que es un «negro» literario... Pero ¿tú crees que una veinteañera puede ser un «negro»?

—¿Y un asesor literario?

Meditó la reflexión de Susana. ¿Podría ser Isabel una escritora fantasma? Eso podría explicar por qué su responsable se había puesto tan nerviosa al hablarle de su contrato. No creía que fuera muy legal publicar algo con el nombre de alguien que no lo había escrito. ¿Qué le había comentado sobre que Isabel tendría su oportunidad en el futuro? ¿Por eso discutían? Quizás Isabel se había cansado de que otro se llevara la fama por su trabajo y había explotado… Quizás hasta había llegado a hacerle chantaje… ¿Hasta dónde habría llegado? ¿Lo suficientemente lejos para que, en mitad de esa discusión, la cosa se complicara de una manera horrible?

Parecía más propio de una película o de una serie de policías que de la vida real. La gente no solía tener tanta sangre fría como para asesinar a alguien, esconder el cuerpo y, luego, seguir con su vida. Claro que salían cosas en televisión de personas que, incluso, participan en partidas de búsqueda, que salen en la prensa pidiendo cualquier pista para encontrarlos… pero, por fortuna, no solían ser la mayoría.

Fuera lo que fuera, no podía negar que Isabel era toda una caja de sorpresas. Tenía una vida de lo más animada: amante, trabajo misterioso, extraña desaparición. Ella misma podría ser la protagonista de una novela.

—¿Qué piensas?

—Que me parece todo una locura.

—Ya sabes lo que dicen: A veces, la vida supera a la ficción.

—Así que hay dos opciones: o ha decidido cambiar su vida de una manera radical o le ha pasado algo que, como tú bien dices, supera completamente a la ficción.

—¿Y puedo preguntarte qué prefieres?

Levantó una ceja mientras una sonrisa irónica se dibujaba en su rostro. No hizo falta que lo dijera en voz alta. Y mejor. Sus pensamientos no eran demasiado éticos y la dejarían en muy mal lugar.

· · ·

Cuando volvió a su despacho, la mañana siguiente, vio los dos ordenadores encima de la mesa y se echó mentalmente la bronca. Después de comer con Susana, no había vuelto al trabajo. Necesitaba desconectar y tenía claro dónde ir. Fue a su gimnasio a hacer un poco de ejercicio. Llevaba casi dos semanas sin ir y lo notaba en todo su cuerpo. Los compañeros la recibieron con alegría. Varios se ofrecieron a hacer alguna pelea con ella, pero Áurea necesitaba un poco de entrenamiento por separado. Primero un poco de máquinas y pesas, y luego darle un poco al saco de boxeo. Se puso sus cascos de música y pasó casi toda la tarde allí. Llegó a su casa agotada, con ese cansancio que solo te da el ejercicio y que, curiosamente, te llena de energía y te renueva por dentro.

Se duchó, comió algo de fruta y se fue directamente a la cama. No le costó dormirse. Por primera vez desde que se había ido Juan de la casa. Y esa mañana se había despertado llena de energía y con algunas agujetas por la falta de costumbre. Pero eso iba a cambiar. Iba a volver a su rutina de ejercicios. Iba a volver a pensar en ella. Y no, no era egoísmo. A veces, era necesario pensar primero en uno mismo. Si no eras feliz, no podías hacer feliz a nadie más.

Pilló un café para llevar en el bar de abajo (el segundo del día y, seguramente, no fuera el último) y subió al despacho. Y, de pronto, se dio cuenta de que el día anterior se había olvidado de todo, hasta de que tenía un programa intentando recuperar los *mails* borrados de Isabel.

Se sentó en su silla y se centró en el ordenador de Isabel. Sí. Lo había conseguido. Ante sus ojos había varios correos que habían sido eliminados. Y la mayoría iban dirigidos a Laura, su jefa en la editorial. Todos con un archivo adjunto. Sin asunto. Sin texto. Era muy raro. Clicó en el documento que Isabel le había mandado a su responsable y esperó. Era un Word, y bastante extenso.

Empezó a leer. No podía creerlo. No podía ser. Abrió otro de los *mails* que había recuperado y le dio a «abrir» en otro de los documentos. Lo empezó a leer. Repitió un par de veces más el proceso y luego se echó para atrás. Miró su vaso de cartón, ya vacío de café. No podía creerse lo que estaba ante sus ojos. Ella había leído esos libros publicados, y no precisamente bajo el nombre de Isabel ni de un escritor poco conocido. Uno de ellos se había situado en los escaparates de casi todas las librerías.

Susana tenía razón: Isabel era una escritora fantasma. Y de un autor de renombre. No podía creérselo. ¿Por qué alguien que llevaba tanto tiempo publicando iba a necesitar que alguien escribiera por él? Se fue a su ordenador. Y buscó en su navegador «Enrique Octavio». Miles de entradas, como era lógico. Eso le iba a llevar mucho tiempo... Refinó la búsqueda añadiendo el título de una de las novelas que Isabel había mandado a la editorial. La mayoría de los artículos hablaban de presentaciones, de ventas y reseñas de la novela. Y en una, de pronto, hablaban de la interesante evolución que había dado la literatura de Enrique en los últimos años, tras un periodo de larga sequía que, según la versión del escritor, había utilizado para renovarse, para profundizar en su interior y encontrar una nueva inspiración...

¿Una nueva inspiración? Ella sabía cuál era esa nueva inspiración...: Isabel.

Se levantó de su silla. Era una verdadera decepción. Saber que un autor que te gustaba era un auténtico farsante. ¿Qué clase de orgullo debía de tener ese hombre? ¿No sentía vergüenza de recibir halagos por algo que él no había escrito?

Salió del despacho y se fue directa a la sala de descanso para coger otro café. Por suerte, no se encontró con nadie. No estaba de humor para mantener una conversación intrascendental con nadie, y mucho menos para que le preguntaran por su trabajo en esos momentos.

Volvió a su despacho al mismo tiempo que le sonaba el teléfono. Era Sergio.

—Dime.

—Buenos días… Cada día estás más gruñona.

—Perdona, no llevo buen día. ¿Necesitabas algo?

—No. Más bien todo lo contrario. He localizado tu coche.

¿Tu coche? ¿A qué se refería? ¡¡El coche al que supuestamente se había subido Isabel!! ¿Cómo podía estar tan ida?

—¿Dónde?

—Ha aparecido quemado en Valdemingómez.

Mierda. Se sentó en su silla y dejó el café encima de la mesa. Cada vez que tenía una pista en ese maldito caso, la llevaba a un callejón sin salida. Estaba realmente harta de no avanzar nada.

—¿Completamente quemado?

—Sí. Los testigos dicen que lo quemaron el mismo martes que desapareció Isabel, por la tarde.

—¿La misma tarde?

Eso no sonaba nada bien. Si había huido voluntariamente, ¿qué necesidad tenía de quemar el vehículo con el que se había ido? Todo el mundo tenía derecho a cambiar de vida, a irse donde quisiera... Las pocas esperanzas que tenía de que todo eso no fuera más que una locura juvenil se acababan de desvanecer de golpe. Sergio le leyó la mente.

—Voy a hablar con mi superior. Hoy tengo que ir a hacer unos trámites al juzgado, pero... Nos vamos a poner con esto, te lo prometo.

No hablaron mucho más. Le dijo que le iba a mandar por *mail* fotografías y otros datos del coche quemado, para que fuera adelantando. En otros momentos se hubiera metido con él, pero en esos momentos se sentía completamente decaída.

7

Ya había pasado más de una semana desde que Andrés se había despedido de Isabel en la casa de ella. Miraba mil veces la imagen de la extraña pareja subiendo al coche. No había conseguido seguirle la pista al vehículo más allá de un par de calles. ¿Dónde habría estado desde que se esfumaba, tras doblar una esquina por una calle sin cámaras, hasta que había sido quemado? El lugar de la quema no había sido casual. Ni una sola cámara, sin casi testigos, y los que había, personas que no hablaban, que les daba igual lo que hiciera el vecino mientras a ellos no les afectara.

No habían podido conseguir ni una sola pista de entre los metales calcinados del vehículo. La cuenta bancaria de Isabel, bastante suculenta para una veinteañera, por cierto, no había sufrido ningún movimiento desde dos días antes de su desaparición. Si hubiera querido largarse voluntariamente, habría algo raro en ella; pero nada.

Áurea ya estaba segura de que Isabel había sido secuestrada. Y había pasado más de una semana... Las probabilidades de que siguiera con vida no eran muchas precisamente. Miró su tablón. Maldijo a Sergio y a todos los policías que no se habían tomado en serio los miedos de Miguel. Luego rectificó. Ojalá pudieran coger todos los casos que les aparecen. Ojalá tuvieran los recursos necesarios... Estaba convencida de que, si fuera por Sergio, no dejaría ningún indicio sin comprobar... También era cierto que no todos los policías eran como él.

Lo importante era que ya sí la tomaban en serio, y ella misma se lo había dicho a Miguel. Incluso le había mandado unos carteles con una de las fotos de Isabel para que los imprimiera y los repartiera por todos los sitios que a él se le ocurriera. Le extrañó que Miguel no estuviera mucho más ilusionado con la idea de que la policía, por fin, tomara cartas en el asunto. Quizás, simplemente, empezara a estar desanimado; la realidad era difícil de negar. Había pasado mucho tiempo... Y ellos lo habían rechazado en un primer momento. Era complicado volver a creer en alguien que te había decepcionado.

De pronto, alguien llamó a su puerta sacándola de sus pensamientos. Se giró al tiempo que veía a Raúl entrando en su despacho. Suspiró. No necesitó que le dijera que ya tenía noticias sobre el favor que le había pedido. Se giró y fue a sentarse en su mesa. Estaba convencida de que iba a necesitar que algo la sujetara. Ya no tenía claro qué era lo que prefería... Si que Juan la hubiera engañado o no.

—¿Estás segura de querer saber la verdad?

Miró a Raúl fijamente. Suspiró. En ese momento, lo único que quería era darle un largo trago a una bebida fuerte. Raúl pareció leerle la mente. Plantó ante ella una pequeña petaca plateada, realmente bonita. Sonrió y, sin intercambiar ninguna palabra más, la abrió y le pegó un largo trago. *Whisky*. Más bien parecía *bourbon*. Notó cómo bajaba por su garganta, insuflándole una falsa energía.

—Siempre es mejor saber la verdad... Antes o después, siempre nos golpea.

Raúl se sentó en la silla delante de ella. Llevaba una carpeta entre las manos, que miró fijamente.

—Tu marido...

—Exmarido...

—Lo que sea... Es un poco tonto. Llamé al teléfono de sus padres, haciéndome pasar por un comercial telefónico ofreciéndole más velocidad en la línea y demás ventajas. Le dije que necesitaba acceder momentáneamente a su ordenador para ver qué velocidad tenía... Un verdadero ingenuo.

Lo peor es que no la sorprendía. Solo pensaba en esos malditos juegos... Miró a Raúl. Los dos sabían que había hecho algo que rozaba mucho lo ilegal. Aunque hubiera sido el propio Juan quien le había dado permiso para entrar en su ordenador.

—¿Qué descubriste?

—Lleva meses hablando con una chica por el chat de uno de los juegos a los que está enganchado.

Apretó la mandíbula en un estúpido intento de no demostrar lo que le dolían las palabras de Raúl. Su intuición no había fallado cuando vio que cerraba el chat tan rápido. Su compañero siguió hablando.

—Al principio, eran conversaciones normales, más bien superficiales... Pero se han ido volviendo más íntimas...

El tono de Raúl había sido muy claro. Pero aún le quedaba la pregunta más difícil.

—¿Se han conocido en persona?

—Por lo que he podido ver, mientras estuvo viviendo contigo, no...

—Pero tampoco ha tardado mucho, ¿no? —Raúl negó con la cabeza. Y ella se preguntó si debería sentirse traicionada—. ¿Tardó, al menos, algo más de un día?

—El domingo.

—Al día siguiente... ¿Sabes si se han visto más veces?

Raúl le pasó la carpeta mientras asentía. La abrió. Había varias fotos. Juan y una chica morena charlaban en la barra de un bar. Muy cerca el uno del otro. La mano de Juan en el borde del pantalón de ella. En otra foto se besaban... Sintió cómo algo le ardía por dentro. No habían pasado ni siete días desde que la había abandonado, aún ni habían comenzado los papeles del divorcio.

—Gracias. Te debo una.

Raúl se recostó en la silla para mirarla directamente a los ojos. Parecía como si pudiera entrar en su cerebro y leer sus pensamientos, como si los pronunciara en voz alta.

—¿Te encuentras bien?

—No. —No merecía la pena mentir—. Pero lo estaré.

Y eso también era cierto. Volvió a posar la mirada en las fotos.

—¿Vas a hacer algo con esas fotos?

—Solo acelerar mi divorcio.

Habló casi en un susurro. Su cabeza empezaba a funcionar a toda velocidad.

—¿Necesitas algo más?

—No, gracias….

Raúl se levantó, guiñándole un ojo, y se dirigió a la puerta. Se quedó quieto bajo el dintel, se volvió y siguió hablando:

—No llores por él. No merece la pena. No sabe lo que ha tenido. Algunos hombres son así. Somos seres inmaduros que no sabemos estar solos, pero tampoco con alguien. Hasta que metemos tanto la pata que perdemos lo que más nos importa. Y Juan, encima, es tan gilipollas que ni se ha dado cuenta. Pero sales ganando.

No le hizo falta preguntarle si hablaba por propia experiencia. Estaba bastante claro.

—Estoy segura de que ella se dará cuenta.

Raúl sonrió con tristeza. Se despidió y salió por la puerta. Se quedó un rato mirando por donde había salido.

• • •

Estaba borracha. Se daba cuenta. Pero no le importaba. En cuanto se había ido Raúl de su despacho esa mañana, había llamado a Susana y Montse. Necesitaba hablar con ellas. Soltarlo todo, escucharse diciéndolo en voz alta para que su mente lo asimilara como algo real. Y ellas, cómo no, habían reaccionado al segundo y, rápidamente, la habían convencido para una velada de cena y fiesta.

Y ahí estaba, bailando en mitad de la pista con sus amigas… Hacía tiempo que no lo hacía. Y no se había dado cuenta de cuánto lo echaba de menos. No todo había sido culpa de Juan, no podía echarle la culpa… Había sido ella y su mal de conciencia. Se había centrado tanto en su trabajo que, luego, cuando volvía a casa, se sentía mal si no compartía todo su tiempo libre con él para… ¿Para qué? ¿Realmente había luchado por ese matrimonio? ¿Realmente había sido feliz con Juan? ¿Realmente lo había amado o, simplemente, le tenía cariño y había sido alguien que estaba en el momento justo y en el lugar indicado?

—Joder, tías, mirad ese par de tíos de la barra.

Susana había hablado tan alto que lo que le extrañó fue que no la escucharan los propios tíos. Se volvió para mirar el espectáculo que deleitaba a sus amigas. Y su vista se posó rápidamente en uno de ellos. Lo reconoció al instante. Esas espaldas anchas, la cintura fina, ese trasero que siempre cubría con unos vaqueros estrechos… ¿Qué narices hacía allí? ¿Acaso no había más bares en todo Madrid?

—Es Sergio.

—¿Sergio? ¿Sergio el policía que te tira los trastos? ¡Nunca nos habías dicho que estaba tan bueno!

—¡¡Ve a por él!!

—¡Qué tonterías decís!

—No es ninguna tontería. ¿No hablábamos antes de que lo que te hacía falta era un buen polvo que te desempolvara la pasión? —Montse dijo la última frase canturreando la canción que la había inspirado.

—Ya, pero no con alguien a quien tenga que ver mañana por la mañana por temas de trabajo.

—Pues si no lo quieres para ti... Me lo quedo yo.

Detuvo a Montse por el brazo. Y, sin mediar palabra, se encaminó hacia Sergio, que aún no se había vuelto y charlaba divertido con su amigo. Se giró en cuanto sintió su presencia, y en su rostro se reflejó su sorpresa por verla allí. Luego notó cómo la recorría con la vista. No lo podía culpar. Nunca la había visto vestida así, con su falda de cuero y la camiseta lencera. Se sonrió. —¿Te gusta lo que ves?

Puso una mano en su cintura, inclinando levemente la cadera mientras echaba su cabello sobre un solo hombro. Vio cómo Sergio tragaba saliva y cómo su amigo contemplaba la escena anonadado. Sergio pareció reaccionar, borró la distancia que los rodeaba con una zancada, le rodeó la cintura con el brazo y le dio dos besos muy cerca de cada comisura de su boca. Ahora le tocaba a ella quedarse sin respiración. Se conocían desde hacía años, y sin embargo, nunca se habían saludado dándose dos besos. Ni siquiera el día que se conocieron. En aquella ocasión, los dos se habían mirado con desconfianza, examinándose, intentando adivinar si la persona que tenían delante les iba a ayudar o, sin embargo, les iba a dar problemas.

—Estás increíble.

—¿Estás diciendo que no lo estoy habitualmente?

Se separó de él fingiendo que estaba ofendida. Necesitaba retirarse levemente de él. Los dos besos la habían dejado un poco aturdida. «*¿Pero no habías venido hacia él precisamente para que te sirviera de colchón?*».

—Creo que deberías invitarme a una copa para resarcirme de la ofensa.

Sergio se rio y se volvió hacia la barra, donde lo esperaba su amigo con un interrogante dibujado en su rostro.

—Áurea, este es Luis.

Se acercó y le dio los dos besos. Luego hizo un gesto

a Montse y Susana, que se acercaron a gran velocidad. Los presentó. Luis era un chico atractivo. No estaba tan en forma como Sergio, y había algo en su mirada que le indicaba que no era policía.

—¿Estás examinando a mi amigo o tengo que ponerme celoso?

Sergio le había hablado, divertido, casi al oído. Se giró, coqueta, hacia él.

—Es muy tentador ponerte celoso.

Jugueteó levemente con el borde de la camiseta de Sergio.

—¿Más aún?

—No sé a qué te refieres...

—Más bien te haces la loca.

Se mordió el labio inferior mientras lo miraba divertida, incluso algo presumida. Se quedaron en silencio. No solían hacerlo. Siempre tenían algo de lo que hablar, pero en esos momentos, las dudas y una inseguridad a la que no estaba acostumbrada, se apoderaron de ella. Vio cómo la mirada de Sergio bajaba hasta sus labios, cómo sus pupilas se dilataban y sintió cómo su propio corazón se aceleraba de golpe. Recordaba haber oído, en algún lugar, que había algo mejor que el primer beso entre dos personas, y era el momento anterior... Cuando la mirada del otro te acaricia la boca, cuando las respiraciones se vuelven locas y todo el universo parece desaparecer durante unos instantes...

Sintió cómo se humedecía los labios. No se había dado ni cuenta de que lo estaba haciendo. Su cuerpo parecía estar funcionando solo, ignorando a su mente. Pero de pronto, solo sentía una enorme necesidad de besarlo, de sentirlo cerca de ella, de refugiarse en su boca... Y el cuerpo le ardía. ¿Cómo era posible? ¿Desde cuándo ardía esa pasión en su interior? ¿Había existido desde siempre pero ella misma lo había reprimido por su matrimonio?

Y Sergio hizo un movimiento. Pero no fue hacia ella. Todo lo contrario. Dio un paso atrás, se mesó el cabello y, con una sonrisa algo forzada, cambió de tema.

—Anda, vamos a que mi amigo y yo invitemos a una copa a las tres chicas más guapas del lugar.

· · ·

«Cuando brille el sol

te recordaré si no estás aquí,

La falsa verdad

Cuando brille el sol,

olvídate de mí.

Yo no quiero que me des tu amor

Ni una seria relación...»

Cantaba a pleno pulmón. Embriagada por la música y el alcohol. Borracha del momento. De amistad, de esa necesidad de ser libres, de no tener fronteras ni límites... Con esa sensación de poder con todo. Hacía demasiado tiempo que no la sentía... Según vas creciendo, piensas que esa vida se ha quedado atrás, que tienes que madurar... Sin darte cuenta de que no era necesario romper con todo, esconder en un cajón todo lo que una vez habías sido... Simplemente, las prioridades cambiaban; pero, de vez en cuando, había que volver a recolocarlas.

No había vuelto a tener un momento tan extraño con Sergio en toda la noche. Aunque no se habían separado mucho. Estaba siendo una velada curiosa. No habían mencionado nada del trabajo. Cosa que ella agradecía en esos momentos, pero era tan extraño en ellos... Habían hablado de cine, de música, de sus amigos... Temas tan normales... Tan sencillos que, sin darse cuenta, le calentaban el corazón y la hacían olvidar que se conocían desde hacía mucho tiempo y que ella aún estaba comenzando a tramitar su divorcio.

Siguió cantando y bailando. Y su mirada se posó en Sergio, que se acercaba a ella con una nueva copa en cada mano. Fijó su vista en él y siguió cantando mientras movía sinuosa las caderas. Sergio llegó a su lado y dejó las copas en una mesita que había a unos centímetros de ellos. Se acercó a él, pasó sus manos alrededor de su cuello y siguió bailando y cantando a solo unos centímetros del cuerpo de Sergio.

Notó el cuerpo de él ardiendo, sus ojos recorriéndole el cuerpo con deseo... Sergio alzó una mano, la cogió por la barbilla y le subió la cara.

—Estás jugando con fuego...

La voz de Sergio sonaba ronca y llena de ardor. Ella sonrió con pasión, mientras se ponía de puntillas y se quedaba a solo unos centímetros de su boca.

—Quizás es que quiera quemarme...

Sergio aguantó unos segundos y luego se echó un poco para atrás...

—Áurea... Sabes que no...

—Juan y yo ya no estamos juntos.

Lo confesó. Lo dijo en voz alta. Y, al momento de

decirlo, supo que no había sido el ideal para hacerlo. Había tenido más de una oportunidad durante la noche y las había desperdiciado. Sergio la miró fijamente, con la duda reflejada en cada poro de su piel. Áurea aprovechó su instante de inseguridad y se volvió a aproximar a él.

—Tengo ganas de hacer realidad muchas fantasías contigo…

Le habló al oído. Susurrando. Poniendo la voz más sexi que era capaz. No solía comportarse así. También era cierto que llevaba tanto tiempo con Juan, tanto tiempo sin ligar con alguien…, que era consciente de que el alcohol la estaba ayudando a desinhibirse y decirle todas esas frases a Sergio. Sintió la respiración entrecortada de Sergio y giró levemente la cara para quedarse, otra vez, a una distancia casi inexistente de su boca.

Y, de pronto, notó cómo Sergio ponía las manos sobre sus brazos y la echaba de nuevo para atrás. ¿Qué narices pasaba?

—¿Hace cuánto lo habéis dejado?

—¿¡Qué mierdas importa eso!?

Se estaba enfureciendo. Tanto tiempo de tonterías, de tirarle los trastos, y ahora que tenía la oportunidad… Se sintió ridícula y cabreada consigo misma. Se había creído que el interés de Sergio era real, que su matrimonio era lo único que lo retenía para no lanzarse sobre ella, y no... Solo había sido un juego.

—Porque no quiero ser tu colchón...

—¿Mi colchón?

—Sí. Áurea, somos amigos, compañeros... No quiero un polvo de una noche para que te vengues de tu marido...

—Ya...

Tenía ganas de abofetearlo, de mandarlo a la mierda... Eso le pasaba por ser una creída. Estaba tan segura de que lo tenía comiendo de su mano. Se lo merecía. Se alejó de él, cogió una de las copas que él había llevado minutos antes y le dio un trago tan largo que casi se la terminó. Sintió cómo él la volvía a coger del brazo, y se retiró bruscamente.

—Áurea...

—Déjame en paz.

Volvió a dejar la copa encima de la mesilla, con energía, y se alejó de él. Sentía su mirada en su espalda, pero no se volvió. Susana y Montse se acercaron corriendo tras ella. No necesitó decirles nada, solo las miró, y se dirigieron hacia fuera del bar. Estaba demasiado borracha para pensar.

· · ·

Bajó al trastero. Hacía años que había tenido que bajar su saco de entrenamiento y demás material deportivo debido a la falta de espacio en su casa para usarlos. Ahora ya no tenía ese problema. Subió todo y empezó a organizar ese nuevo espacio que había vaciado horas antes.

Se había despertado muy pronto. Por suerte, sin resaca. Al menos, no física. Su cabeza no paraba de darle vueltas a todo. Estaba enfadada. Con todo el mundo. Y, sobre todo, con ella. Se levantó, se preparó un zumo y luego paseó por la casa. Y vio el maldito despacho de Juan. Ese lugar donde su futuro exmarido pasaba tantas horas *viciando* (y chateando con su amante). Bebió el zumo de un golpe, dejó el vaso en una mesa y fue al despacho. Seguía habiendo demasiadas cosas que le recordaban a él y que no le gustaban. Fuera todo. Se pasó media mañana metiendo todo en cajas, y otra gran parte de la misma, colocando su equipamiento deportivo.

Y entonces paró. Y no quería hacerlo. Podría ponerse con el caso de Isabel. Ir al despacho y trabajar un poco. Pero en ese momento no podía, no tenía la mente despejada. Se cambió, se puso su ropa de deporte, encendió el tocadiscos y empezó a entrenar. Se había prometido, días atrás al salir del gimnasio, que no iba a dejar pasar tanto tiempo sin entrenar, y lo iba a cumplir. Y ahora, con el gimnasio en casa, ya no tenía excusas.

Llevaba media hora entrenando sin parar ni un solo segundo, cuando alguien llamó a la puerta. Estuvo a punto de no ir a abrir, pero, fuera quien fuera, insistió. Se acercó a la entrada maldiciendo. Iba tan ensimismada en su protesta que ni siquiera miró por la mirilla de la puerta. Tenía que haberlo hecho.

—¿Qué narices haces aquí?

—Quería hablar contigo.

—Yo no quiero.

Intentó cerrar la puerta de golpe, pero Sergio apoyó su mano en la misma y la sujetó con fuerza. Se quedaron unos segundos mirándose fijamente. Sin decir nada. Luego se rindió. Soltó la puerta y entró en su casa sin decirle nada más a Sergio. Sintió cómo él entraba detrás, pero ni se giró hacia él. Simplemente, siguió andando hasta su nuevo gimnasio casero y siguió dándole patadas y puñetazos al saco. Mejor eso que hacerlo contra Sergio.

—Áurea...

—Estoy ocupada.

Sergio paró el saco con la mano, y ella tuvo ganas de darle una patada.

—Si vas a sujetar el saco, al menos ponte por detrás.

—O mejor, lucha conmigo.

Se quedó quieta en mitad de la habitación, mirándolo incrédula. Eso sí que no se lo esperaba.

—No puedes luchar con vaqueros.

Sergio se la quedó mirando fijamente. Y entonces empezó a quitarse los vaqueros sin dejar de observarla.

—¿Qué coño haces?

—Estás enfadada conmigo, y quiero que hablemos. Y si la única manera de hacerlo es luchando… Luchemos. —Mientras hablaba, se fue quitando los vaqueros para quedarse en *boxers*—. Dudo que sea la primera vez que ves a un tío en calzoncillos. ¿O es que te pongo nerviosa y no vas a poder concentrarte?

Esa frase la enfureció. Se quitó los guantes y los tiró al suelo para luchar en las mismas condiciones. Era cierto que la ponía nerviosa, y su vista se había desviado unos instantes a cierta parte del cuerpo masculino que tenía delante. Pero esa seguridad en la voz de Sergio la llenó de ira. Y la descargó en una larga patada que golpeó a Sergio en la cintura y lo desestabilizó levemente.

—Céntrate tú y no te preocupes por mí.

Áurea sabía que tenía las de ganar si conseguía mantener las distancias con Sergio. Él era más fuerte, pero ella también lo era y, además, era mucho más ágil y rápida. Además, sabía que él se cortaría a la hora de golpearla. Y ella no. Todo su enfado tenía ahora un *punching ball* sobre el que descargarse. E iba a aprovecharse.

Sergio no se esperaba tampoco el primer puñetazo. Luego empezó a defenderse. Como ella esperaba, en ningún momento tomó la iniciativa. Y algo que en un principio le había parecido buena idea para poder desahogarse, empezó a enojarla.

—¡Ataca! ¿O eres tan cobarde que no te atreves?

Mientras le gritaba, le lanzaba una ráfaga de puñetazos de los que él intentaba defenderse. Pero él ni se inmutó. Estaba cada vez más enfurecida. Le soltó una patada que lo desestabilizó y cayó al suelo. Lo miró desde arriba unos instantes y luego se puso de rodillas sobre él, inmovilizándole las piernas. ¿Quería quedarse quieto? ¿Quería servirle simplemente de saco de boxeo? Pues allá él. Iba a proceder a darle unos cuantos puñetazos más cuando notó los brazos de él alrededor de su espalda. ¿Iba a darle la vuelta para ser él quien tuviera el control?

De pronto, sintió cómo él usaba los brazos, no para darle la vuelta, sino para apretarla contra él. No se lo esperaba. Y mucho menos que una de las manos subiera hasta su nuca y le direccionara la boca contra la suya.

Y se sumergió en sus labios, en su sabor. La sorpresa le duró un instante. Luego, atacó su boca con la misma energía y rabia con que lo había golpeado segundos antes. Él tampoco la trató con delicadeza. Cogió su labio inferior con sus dientes mientras, esta vez sí, le daba la vuelta para quedarse sobre ella. Y mientras lo hacía, ella notó la erección de él creciendo y apretándose contra ella.

No hubo delicadeza, no hubo besos románticos ni caricias dubitativas. Áurea intentó darse la vuelta, quería estar arriba, marcar ella el ritmo; pero Sergio se lo impidió. Cogió sus brazos y se los subió por encima de la cabeza, inmovilizándoselos con una sola de sus manos. Se las apretaba rozando el límite del dolor. Y ella le mordió el labio con fuerza, a modo de venganza. A su manera, seguían luchando, seguían peleando, seguía descargando toda la furia que sentía en su interior.

Sintió cómo él le bajaba los pantalones de deporte y la ropa interior de un solo tirón. Se revolvió intentando soltar sus manos del amarre, pero Sergio bloqueó su lucha de un solo golpe, penetrándola fuertemente, sin miramientos... Y la ira que la dominaba se transformó completamente en pasión.

· · ·

Estaban tirados, exhaustos, en el suelo de la habitación, sin decir nada. Había cerrado los ojos. Sentía el cuerpo sudoroso y caliente de Sergio sobre ella. La respiración agitada de los dos parecía ir acompasada... Hacía un rato que habían terminado, que su pasión les había quemado... Se sentía agotada y, sin embargo, nunca había estado tan llena de energía. Una vocecita empezó a hablarle en su interior, primero muy suave, como un susurro... pero, poco a poco, fue creciendo, aumentando su volumen... Y no... Ella no quería escucharla.

—Pesas...

Quería sonar borde, pero en su voz seguía resonando el placer que había sentido. Y por mucho que se lo empezara a negar, no quería que se desvaneciera.

Sergio se retiró riendo. Y ella se maldijo por quedarse embobada, unos segundos, viendo cómo él se reía mientras se acomodaba a su lado, apoyando un brazo en el suelo para quedarse mirándola. Sintió cómo él le acariciaba la mejilla. Demasiada dulzura... No. Ella no quería cosas tiernas. No era lo que necesitaba en esos momentos.

—Siento mucho lo de ayer... —comenzó Sergio—. Yo no quería que pensaras que te rechazaba... Ni muchísimo menos. Sabes que me gustas desde hace muchísimo…

Se levantó de golpe mientras se subía las bragas y el pantalón. No le gustaba por dónde se estaba encaminando el discurso de Sergio, pero no sabía de qué otra forma pararlo. Él se la quedó mirando desde el suelo. Luego se levantó sin quitarle la vista de encima y empezó a vestirse.

—Áurea…

—¿Te apetece una cerveza?

Mientras hablaba, se fue directa a la cocina. No quería conversaciones trascendentales, no quería declaraciones ni escenas románticas. Sacó dos cervezas de la nevera. Sergio había ido detrás de ella. La miraba serio, pensativo, seguramente intentando adivinar qué era lo que le sucedía.

—No me digas que sigues enfadada

—¿Enfadada? ¿Yo? No digas tonterías… Toma. —Le dio la cerveza y se fue al salón, él continuó siguiéndola—. ¿Has acabado ya con tus asuntos judiciales? Vas a flipar. El otro día descubrí qué es lo que realmente hacía Isabel en la editorial.

—¿No vamos a hablar de lo que acaba de pasar?

—Hemos echado un polvo. Ha estado realmente

genial. Y no me importaría repetirlo en otra ocasión. Pero tampoco vamos a volvernos locos... Tenemos que seguir con nuestra vida.

Usó un tono frío que le dolió incluso a ella. Y más al ver la expresión de los ojos de Sergio. La miraba entre incrédulo, enfadado y muy herido. Esperaba que él le gritara, que se enojara... Se lo había ganado. Incluso era lo que buscaba.

—Seguir con nuestras vidas... Ya... No te importaría repetirlo... —repitió en voz baja con la voz llena de desprecio—. Repetirlo cuando a ti te apetezca, ¿no? Cuando te pique y necesites que alguien te eche los polvos que no te echaba tu marido, ¿no?

—Tú qué sabrás lo que follaba o dejaba de follar con Juan.

Intentaba hacerse la dura, pero su corazón se había paralizado, y la maldita vocecita que había aparecido cuando estaban tumbados le gritaba a pleno pulmón dentro de su cabeza.

—Teniendo en cuenta lo poco que lleva tu marido fuera de casa, y lo que has tardado en venir a pedirme que me meta entre tus piernas.

Sentía ganas de abofetearlo... De pronto, él pareció darse cuenta de lo que estaba diciendo y reculó.

—Áurea..., perdona. Yo no quería decir eso. Joder, ¿es que no te das cuenta de que yo...?

—No quiero saberlo. Si quieres que hablemos del caso, bien; si no, ya sabes dónde está la puerta.

Se quedaron en silencio, cruzando la mirada, con los sentimientos moviéndose por el aire que los rodeaba a una velocidad que casi asustaba. La tensión era horrible, y Áurea no sabía muy bien qué era lo que esperaba que hiciera Sergio. El policía aguantó quieto dos minutos, dos largos e intensos minutos. Luego se volvió y, sin decirle nada, se fue de su casa. El portazo sonó como un verdadero trueno. Sintió una increíble necesidad de salir corriendo detrás de él y solucionarlo todo.

¿Solucionar el qué? Pero si ni ella misma sabía qué era lo que quería... Se sentó en su sofá y abrió la cerveza que tenía en la mano. Un pensamiento tonto se le pasó por la cabeza: «¿se habrá llevado mi cerveza?». Como si eso fuera lo importante... Miró hacia el lugar por donde él se había ido. ¿Cuánto habría metido la pata?

8

Había algo que seguía sin cuadrarle. Se puso los cascos y puso la primera de las grabaciones que tenía de las conversaciones con los amigos de Isabel. Su instinto le decía que se le estaba pasando algo, que había algo que no tenía sentido, y no acababa de saber qué era.

De pronto, la puerta de su despacho se abrió. Subió la cabeza de golpe. No se esperaba encontrárselo ahí. Se quitó los cascos y lo miró fijamente. No se habían vuelto a ver desde que se había ido de su casa, tres días antes. Solo habían hablado por *mail*, y todo muy serio, formal y profesional para hablar del caso. Durante unos instantes, temió que le fuera a hablar de lo que había pasado entre ellos, y se puso a la defensiva.

—¿No te han enseñado a llamar antes de entrar?

—¿Sabes algo de Miguel?

—¿Miguel?

—Sí, tu cliente. Veintitantos, alto, siempre

nervioso…

—Ya sé quién es. No te hagas el gracioso.

La relación entre los dos se había vuelto muy tensa desde que se habían acostado. Y no podía echarle la culpa a él. Sabía que era ella la que provocaba ese extraño ambiente. Se sentía culpable. Se sentía culpable por usarlo como colchón y, por otra parte, se sentía culpable por haber sentido mucho más placer con Sergio que con su todavía marido. Y lo peor era que tenía ganas de repetir. Pero nunca lo diría en voz alta. Además, se temía que él buscara algo más de esa relación, y ella no estaba segura de poder darle lo que él quería.

Sergio se puso a andar por su despacho y se paró delante de la pared de pizarra donde estaba puesta la línea temporal del caso. Recordó la última vez que él había hecho eso, el ambiente entre ellos era tan diferente… Lo añoraba.

—¿Qué pasa con Miguel?

Se levantó y se dirigió hacia donde estaba Sergio para que él se volviera hacia ella y dejara de cotillear.

—Una vecina llamó a la policía. Avisando de gritos y ruidos de pelea. Cuando llegaron los compañeros, nadie respondió.

Se le encogió el estómago. ¿Qué había pasado?

—La casa estaba destrozada. No sabemos dónde puede estar.

No lo pensó más. Se dirigió hacia su ordenador, se sentó en la mesa y abrió la aplicación de localización que le había puesto en el móvil. Sergio se acercó y se puso detrás, extrañado.

—¿Qué es eso?

—Nada.

—Áurea, ¿le has puesto un localizador?

No le contestó. La aplicación había empezado a buscar el móvil de Miguel.

—Áurea, no me ignores. ¿Has puesto un localizador en el móvil de una persona sin su permiso?

—Localizado.

Puso la dirección en su móvil, cogió su bolso y se dirigió a la puerta de su despacho.

—¿Vienes o no?

—Sabes que antes o después vamos a hablar de lo que has hecho.

—Si no lo hubiera hecho, no sabríamos dónde está.

Así que muévete o me voy sola.

Sergio dudó unos instantes. Veía el enfado brillando en sus pupilas. Luego emprendió la marcha. No dijeron nada durante el corto trayecto del ascensor. La tensión estaba demasiado presente.

—Vamos en mi coche.

—Llegaríamos antes en mi moto.

—Vas en vestido. No deberías ir en moto así.

—No vengas con tonterías ahora.

Se quedaron mirándose unos simples segundos.

—Tú sabes que yo tengo unas sirenitas muy monas, ¿verdad?

Le daban ganas de estamparle la cabeza contra el capó del coche. Ese tono condescendiente y burlón que usaba la empezaba a poner furiosa. Suspiró. Tenía que calmarse. Ahora, lo importante era saber dónde narices estaba Miguel, qué había pasado en su casa y por qué estaba desaparecido. Ese caso, en vez de ir aclarándose, iba enredándose cada vez más.

—¿Y esas sirenitas pueden colarse entre coches para evitar atascos? ¿O es que lo que no quieres es ir de paquete en mi moto? ¿Te golpea en el orgullo?

Sergio sacudió la cabeza y, finalmente, claudicó.

—No vamos a ponernos de acuerdo, y lo importante es encontrar a tu cliente. Vamos.

Se acercaron a donde tenía la moto, le pasó el casco de repuesto que tenía en el maletín y se puso el suyo. De pronto, se dio cuenta de que iba a tener a Sergio pegado a su espalda y se arrepintió de haber insistido tanto en ir en moto. Luego sacudió la cabeza. Lo importante era no perder el tiempo y encontrar a Miguel.

. . .

El corazón le iba a toda velocidad. Cuanto más tiempo pasaba, el nudo que tenía en el estómago se iba haciendo más grande. ¿Qué narices le había pasado a Miguel? ¿Por qué el localizador de su móvil se perdía en el interior de la Casa de Campo? ¿Qué había pasado en su casa? ¿Qué habían sido los gritos? Sintió cómo una lágrima se descolgaba de sus ojos. No. No iba a tener malos pensamientos. No iba a deprimirse. Iba a mantener la esperanza.

El cielo se había llenado de nubes, oscureciendo el día tanto como sus propios pensamientos. Aparcó la moto a unos metros de donde les indicaba la aplicación que estaba el móvil de Miguel.

Miraron a su alrededor; no se veía nada. Quizás, simplemente, Miguel había sufrido un robo en casa, y el ladrón había tirado el móvil en cualquier sitio.

—¿Ves algo?

Se encontraban en un lugar perdido en lo más profundo de la Casa de Campo, lejos de las partes más concurridas, sin ninguna farola que los ayudara. No era de noche, pero los rayos de sol se habían perdido entre las nubes cada vez más oscuras. Si tardaban mucho, les caería el diluvio universal encima y, sobre todo, dejarían de poder ver más allá de sus narices.

Sergio iba a responderle cuando, de pronto, algo llamó su atención empalideciendo su rostro. Se dio cuenta y giró el rostro hacia donde miraba él. Y gritó. Un grito desesperado. Un «no» tan profundo, tan desgarrador.

Hay imágenes a las que uno no se acostumbra por muchas veces que las veas... El cerebro y, sobre todo, el corazón no las pueden asimilar. Tuvo la sensación de que todo ocurría a cámara lenta, y era como si su consciencia hubiera salido de su cuerpo y lo viera todo desde arriba.

Corrió hacia el cuerpo de Miguel. La imagen era espeluznante. Más propia de una película de terror. Corría por instinto, con la imperiosa y desesperada necesidad de intentar salvarlo; a pesar de que la mirada vacía y sin vida de Miguel se le había clavado en lo más profundo de su ser.

Sergio se había quedado paralizado. Asumiendo lo que había pasado, consciente de que ya no podía hacer nada. Luego fue detrás de ella, que ya estaba debajo del cadáver mirándolo fijamente.

—Hay que avisar... —casi no podía ni hablar. Sentía a Sergio justo a su lado, pero no se giró hacia él, solo miraba el cuerpo inerte de Miguel, que colgaba de la rama de un árbol delante de ella. A sus pies, una pequeña banqueta plegable estaba tirada en el suelo. Bajó la vista hacia esta y la examinó con detalle. Necesitaba centrarse en algo que no fuera el cadáver.

—Sí. No toques nada.

—Lo sé. No es mi primer muerto.

Supo que Sergio quería decirle algo tras su comentario, pero fuera lo que fuera, se perdió en su garganta, y se alejó unos pasos para llamar por teléfono y avisar del cuerpo.

No quiso moverse mucho. No quería alterar nada. Pasó su vista a su alrededor. Su cabeza estaba empezando a volver a su cuerpo y la abrumaba con demasiados datos. Sergio le había dicho que habían avisado de una pelea, y la policía se había encontrado la casa destrozada... ¿Habría aparecido Isabel, habría sido todo una fuga y, al enterarse, no lo había aguantado y se había suicidado? ¿Y por qué ir hasta allí? ¿Realmente alguien se suicidaba por desamor?

No... No podía ser un suicidio... Pero ¿entonces?

Sacudió la cabeza y volvió sobre sus pasos. Los coches de policía estaban llegando. En nada, llegaría el criminalista, y el juez que ordenaría el levantamiento del cadáver. Ahí no le quedaba nada por ver. No hacía nada en ese lugar.

Se giró hacia el cuerpo sin vida de Miguel. Suspiró. Esa era la última vez que iba a verlo. Nunca pensó que todo eso acabaría así. Recordó la primera vez que había entrado en su despacho; «un chico como cualquier otro», había pensado. Y ahora... Ahora no tendría tiempo de demostrar que era especial... Su futuro se había evaporado...

Estaban ya acordonando el lugar. Un coche aparcó justo al lado de su moto; el médico forense acababa de llegar. No sabía si todo estaba yendo muy rápido o si, en realidad, todo iba con la lentitud habitual y era ella la que se movía a cámara lenta. Se quedó parada al lado de la moto. Cerró los ojos, inspirando, cogiendo fuerzas.

—Áurea...

Sergio le hablaba desde atrás. No se volvió para contestarle. Siguió con la vista puesta en su moto.

—Tienes con quién volver, ¿verdad?

—No deberías conducir...

—Estoy bien, no te preocupes. Hablamos.

Se puso el casco en un movimiento rápido, montó en su moto y se fue. Vio por el espejo retrovisor cómo Sergio seguía ahí, quieto, mirando cómo se alejaba de él. Luego volvió a fijar la vista en la carretera y aceleró. Ojalá escapar de sus pensamientos fuera tan fácil.

• • •

Le pidió al camarero que le rellenara la copa. Este la miró, dudando unos instantes. Normal. No era precisamente su segunda copa de *bourbon*. Y, si fuera por ella, tampoco sería la última. ¡Qué maldito cliché! Ella, que siempre había huido de los estereotipos, se encontraba sentada en la barra de un bar, borracha, bebiendo *bourbon* y con ganas de mandarlo todo a la mierda. Como si fuera la protagonista de una horrible película de policías. Solo que ella no era policía, y que, en esas películas, el protagonista siempre era un hombre.

La puerta del bar se abrió, y se giró levemente hacia ella. No supo por qué lo hizo hasta que lo vio entrar. Una parte de ella maldijo su presencia. La otra, la que no le apetecía que tomara el control, sintió un cosquilleo agolpándose en su interior.

Se volvió otra vez para contemplar su vaso, que el

camarero, finalmente, había vuelto a rellenar. La significativa mirada que le había echado, segundos antes, había acabado por convencerla. Notó, más que vio, la presencia de Sergio detrás de ella.

—¿Qué haces aquí?

—Estoy preocupado por ti.

—Estoy bien. Ya puedes irte.

En ese momento, hubiera cogido el vaso y lo hubiera vaciado de un solo golpe. Pero notaba su cabeza demasiado nublada. Al menos, demasiado nublada para estar en presencia de Sergio.

—Áurea, no ha sido culpa tuya.

Mientras hablaba, Sergio se sentó en el taburete de al lado. ¿Su culpa? Se volvió hacia él con los ojos llameando.

—Claro que no es mi culpa. Es tuya... Si lo hubieras creído cuando fue a pediros ayuda, esto no habría pasado.

–Áurea, sabes que en España se producen más de 21 000 denuncias de desapariciones. Actualmente, tenemos más de 6000 búsquedas activas...

—Esos discursos se los das a sus padres.

Estaba siendo cruel con él. Era plenamente consciente. Pero necesitaba encontrar un culpable. Y él era el único que tenía delante. Si lo afectaron sus palabras, no dijo nada, no lo mostró.

—¿Has pagado? Te llevo a casa.

—Gracias, pero no, papi.

—No puedes conducir. Estás borracha.

—Y más que lo voy a estar.

—Hay dos opciones, Áurea: o sales por tu propio pie o te saco yo.

Se quedaron mirándose fijamente. Por desgracia, sabía que era muy capaz de cumplir su amenaza. Y no iba a darle esa satisfacción. Se levantó de la silla, dejó un billete encima de la mesa y, sin esperar la vuelta ni decirle nada, se encaminó hacia la puerta. Notaba perfectamente la presencia de él detrás de ella y se imaginaba la maldita sonrisa que estaría iluminando su rostro en esos momentos.

No hablaron en el camino a su domicilio. El alcohol que llevaba en el cuerpo empezaba a tomar el control de sus pensamientos, y, en esos momentos, ella no tenía ninguna intención de oponerse.

Sergio aparcó casi enfrente de su casa y se quedó quieto, mirándola. ¿Esperaría que lo invitara a subir? ¿A qué había ido realmente esa noche? Áurea se desabrochó el cinturón y, de un solo movimiento, salió de su asiento para sentarse justo encima de Sergio.

—¿Qué haces?

No le respondió. Atacó su boca con deseo mientras se apretaba contra él. No tardó ni un segundo en devolverle el beso. Oyó cómo él mencionaba su nombre entre jadeos, entre beso y beso. Y bajó sus manos a la bragueta de él. Entonces la paró unos instantes.

—No...

—Pues yo creo que tienes muchas ganas.

—Aquí no.

No le respondió. Le dio un profundo beso y siguió desabrochándole. Y, en un rápido gesto, se levantó levemente, se retiró como pudo la ropa interior y lo introdujo dentro de ella.—¿Temes que nos detengan por escándalo público? ¿A que ahora no te importa que vaya en vestido?

Él solo gimió de placer mientras ella aceleraba, cada vez más, el ritmo. Más y más veloz, hasta que notó cómo él se derramaba en su interior, y cómo su propio cuerpo temblaba de placer y caía sobre él.

—Déjame subir a tu casa.

La voz, casi suplicante, de Sergio la sacó de su borrachera de alcohol y placer. Se retiró de él, abrió la puerta del coche y, como pudo, salió del mismo.

—Hasta mañana.

Lo dejó allí plantado. Se dirigió rápidamente a su portal, entró, subió en el ascensor, se introdujo en su casa y fue directamente a la ducha. Necesitaba limpiarse los restos de lo que acababa de hacer... Y mientras lo hacía, comenzó a llorar. A llorar por Miguel, a llorar por Lucía... Y a llorar por esa sensación de estar cayendo en un pozo sin sentido y estar arrastrando con ella a personas que no se lo merecían.

· · ·

Se lo esperaba. Tras la aparición del cuerpo sin vida de Miguel el día anterior, sabía que, antes o después, la policía llamaría a la puerta de su despacho. Lo que no tenía tan claro era que activaran o no la búsqueda de Isabel. Y ahora, con la muerte de su cliente, no tenía claro qué pasos tenía que seguir. Pero no quería dejar ese caso. No quería abandonar a Isabel. Estaba claro que en esa historia había mucho más de lo que habían creído en un principio.

No se sorprendió cuando Gómez llamó a su puerta acompañado de un par de policías y de Sergio. No se atrevía casi a mirarlo. Se sentía avergonzada de lo que había pasado la noche anterior. Se había portado como una zorra. Sabía que él sentía algo por ella y había utilizado el sexo para vengarse de él. Y para dejarle claro que para ella solo era eso: un buen polvo. Ahora solo le hacía falta creérselo ella misma.

Se levantó de su mesa antes de que nadie le dijera nada. No merecía la pena hacerse la tonta o fingir que no sabía a qué venían. Había imprimido todos sus informes y había hecho una carpeta. La mano le tembló unos instantes al leer el nombre de Isabel en ella y, justo debajo, el de Miguel.

—Supongo que vendréis a buscar esto.

—¿No tienes nada más?

Había sido Sergio quien había hablado, y se volvió hacia él. Sí. Había algo más. Las grabaciones de sus conversaciones. Nunca le gustaba dar todo lo que tenía, pero en ese caso... Ya había muerto alguien. Además, no sabía si podría seguir o no con la investigación. Encontrar a Isabel era lo importante. Más que su orgullo.

—Tengo unas grabaciones. —Sergio no dijo nada, solo se metió una mano en el bolsillo y sacó un *pendrive*. Ella se dirigió a su ordenador y empezó a pasar toda la información.

—¿De qué son las grabaciones?

Sergio se había acercado a ella, apoyando su mano en la mesa, rozando su cuerpo. Y ella se vio invadida por su olor y por los recuerdos de sus pieles rozándose, llenándose de placer. No se esperaba esa reacción de su cuerpo. ¿Por qué la traicionaba así su propio ser? Suspiró y se concentró.

—Son conversaciones... —La mirada dura de Sergio no se hizo esperar; ella sonrió—. Son conversaciones mías con otras personas. No es delito.

—No deberías jugar tanto al límite de la ley —le habló en un susurro.

—Qué aburrido sería.

—Pues, si quieres seguir con la investigación, deberás acatar las normas.

Se volvió hacia él. No se lo esperaba.

—He solicitado que nos ayudes en la investigación.

Lo abrazaría en esos momentos. Si estuvieran los dos solos, se lanzaría a sus brazos y a su boca. Después de lo que le había hecho la noche anterior... Él no le guardaba rencor. Su mal de conciencia volvía otra vez al ataque, con mucha más fuerza. Debería darle las gracias por contar con ella. Quizás así no se sentiría tan mala persona.

—¿Temes que investigue por mi cuenta y os deje en evidencia?

Algún día tendría que aprender a no ser tan fría con la gente, a empezar a valorar a los demás... Y, sobre todo, a demostrarles lo que sentía realmente. Algún día tendría que quitarse la coraza... Pero aún no había llegado ese día.

—Me gusta trabajar con los mejores.

Aunque le había soltado un cumplido increíble, su tono de voz era frío y seco. Cargado de indiferencia.

—Gracias.

Los dos policías y Gómez seguían de pie, al lado de la puerta, y ella se preguntó si se darían cuenta de la tensión que flotaba entre ellos dos. Miró por el rabillo del ojo a Gómez. Sí. La mirada de él era bastante clara. Lo que no tenía claro era si le echaría la bronca más tarde o no. A veces, sentía que Gómez era como un padre para ella, y eso que eran de una edad parecida.

Le dio el *pendrive* a Sergio, que volvió a guardárselo en el bolsillo. Luego hizo un gesto con la cabeza a los policías, que se despidieron brevemente y se fueron.

—No necesitabas venir con escolta…

Sergio la ignoró. Se había vuelto hacia Gómez, que seguía en la puerta. Serio. Luego se giró, de nuevo, hacia ella.

—¿Podemos ir a tomar un café? —Tragó saliva. Se temía lo peor—. Tengo el informe de la muerte de Miguel.

• • •

La camarera les trajo los cafés. No habían intercambiado una sola palabra desde que habían salido de su despacho. Cuando pasó al lado de Gómez, la había cogido suavemente por el brazo para preguntarle si estaba bien. No pudo contestar, sentía que le faltaba la voz, pero asintió con la cabeza.

Se calentó las manos con el café. Siempre lo hacía, daba igual que fuera verano o invierno. Era una sensación que le encantaba.

—Ayer te fuiste tan rápido que no llegaste a escuchar lo que el médico forense nos comentó a simple vista. Quiero que veas las fotos del escenario.

Le pasó una carpeta con fotos. Volver a ver el cuerpo de Miguel hizo que cerrara los ojos durante unos segundos. Luego respiró internamente, contó hasta tres y volvió a enfrentarse a la realidad. La primera era, simplemente, una visión global. La segunda empezaba a fijarse en los detalles. Primero la banqueta. Recordó que le había llamado poderosamente la atención en la jornada anterior. La observó. Intentaba rememorar si la había visto o no en el domicilio de Isabel y Miguel, pero su mente estaba en blanco. Siguió mirándola. Algo le llamaba la atención, pero no sabía el qué. De pronto, algo se encendió en su cabeza. Cogió la foto global, luego volvió a mirar la silla.

—¿Cuánto medía la silla?

Sergio sonrió.

—¿Ves por qué digo que eres la mejor? La banqueta no da para que Miguel se subiera y se ahorcara.

Le tembló la foto entre los dedos. Luego se puso a mirar con ansiedad las fotos. No era un suicidio. Comprendió por qué el médico forense se había atrevido a decirlo en el mismo lugar del suceso.

Sergio le pasó el informe de la autopsia. Ahí ya no había duda. La marca de la cuerda, alrededor del cuello, era completa y doble... Como si hubieran tenido que tirar un par de veces de la cuerda para ahogarlo. Además, los surcos que habían dejado eran horizontales, y no verticales. Había una tercera marca, esta vez de trayectoria ascendente, que había sido realizada cuando por el cuerpo de Miguel ya no corría la sangre... Y los primeros surcos estaban por debajo del tiroides...

Suspiró y siguió leyendo. No era la primera autopsia que leía, pero seguía revolviéndole el estómago. En el cuerpo de Miguel se habían podido observar livideces cadavéricas en la espalda... Eso lo había podido observar en cadáveres que habían encontrado tirados en el suelo y en los que la sangre se había acomodado en las partes que se encontraban sujetando el cuerpo. Nunca pasaría con un ahorcado. Y, si aún no tenía suficiente con eso, había restos de la cuerda en sus uñas. Como si hubiera intentado quitarse la soga del cuello.

Paró de leer. No podía aguantar más. Dejó las dos carpetas encima de la mesa. Apoyó los codos y se mesó el cabello. Necesitaba concentrarse. Necesitaba guardar bajo llave todos los sentimientos que la atacaban y centrarse en los datos objetivos.

Sergio la observaba en silencio. Tomándose su café. Ella ni lo había probado. Suspiró y cogió su taza. La bebida estaba ya casi helada, pero le dio igual. Realmente podría estar tomando cualquier otra cosa y no se hubiera dado cuenta.

—¿Tenéis alguna pista de quién fue?

—Aún no. En su móvil había un mensaje, en borradores; no sabemos a quién se lo iba a mandar, ponía

«No puedo más... Tenemos que hablar». Además, hemos pedido las imágenes de las cámaras cercanas a la casa... O quizás tus diminutos puedan echarnos una mano. No sé si serán más rápidos.

Sonrió con tristeza. Aún no podía sonreír de corazón.

—Veré lo que puedo hacer. ¿Han encontrado algo en la casa?

De pronto, se quedó callada y sacó su móvil. ¿Cómo podía haberse olvidado?

—¿Qué pasa, Áurea?

—Se me ha olvidado darte algo...

Rebuscó en su galería y luego se lo pasó a Sergio. Él lo miró y luego volvió a posar su vista sobre ella.

—¿Le pediste permiso?

—Estaba él a mi lado.

No había respondido a su pregunta. Y los dos eran conscientes de ello. Sergio le devolvió el móvil.

—Mándamelo al correo, anda. Seguramente nos pueda ayudar a ver si hay algo que sobra o que falta en la casa. Al final, hasta voy a tener que darte las gracias por el morro que le echas a la vida.

Sonrió con timidez. Había algo tan suave en la voz de Sergio que la acariciaba. Miró los posos del café. Ojalá pudiera leer su destino en ellos o, al menos, una señal que le dijera por dónde tenía que ir.

—¿Cómo me localizaste ayer?

No supo por qué se lo preguntó. Lo que menos le apetecía era hablar de lo que había hecho. Cada vez que lo pensaba se sentía la peor persona del mundo.

—Vine a buscarte al trabajo. Estaba preocupado por ti. Me dijeron que te habías ido. Vi tu moto aparcada delante, así que deduje que no podías haber ido muy lejos. Te encontré en el tercer bar en el que entré.

No supo que contestarle. Tampoco lo miró. No tenía fuerzas. Era ella la que había comenzado la conversación y ahora tenía la imperiosa necesidad de huir de allí.

—Gracias... —Se levantó. No esperó a que él le dijera nada más—. Voy a trabajar un poco. A ver si los diminutos me ayudan.

Se fue del bar. Sin girar la cabeza. Y no paró hasta llegar a su despacho. Cerró la puerta y, una vez ahí, se maldijo por ser tan tremendamente estúpida.

9

Si había algo que no se esperaba era que, de pronto, el caso tuviera una repercusión mediática. Después de su estúpida huida, se había encerrado en su despacho a trabajar. Había escrito a Montse para pedirle si podía mandarle rápidamente las imágenes del día anterior. No quería llamarla. Sabía que, si lo hacía, le acabaría contando todo lo que había pasado entre Sergio y ella, y no estaba preparada para que alguien dijera en voz alta todo lo que ella se repetía por lo bajo.

Cuando salió del edificio, casi al final de la noche, por poco no se chocó con una periodista que la atacó sin previo aviso. Era una chica joven, muy mona, muy alta, muy delgada... De esas a las que daban ganas de hacerle la zancadilla para que no parecieran tan perfectas...

—¿Áurea Rodríguez?

—Sí. ¿Qué desea?

—¿Es usted la detective que lleva el caso de Isabel Esteban?

—Sí.

Estaba completamente perdida. ¿Qué narices pasaba ahí?

—¿Y es usted quien encontró el cuerpo sin vida de su pareja?

—¿Perdona? —¿Cómo habían sabido todo eso? ¿Y desde cuándo Isabel o Miguel eran historia?

—¿Puede confirmarnos si fue un suicidio? ¿Tienen alguna idea de dónde puede estar la joven? Dicen que la policía rechazó el caso y por eso el novio de la chica acudió a usted.

—Perdona, no estoy autorizada a responder preguntas.

No esperó a la respuesta de la periodista y se fue directa a su moto. Llegó a su casa y, mientras subía en el ascensor, escribió a Sergio.

«Me acaba de acosar una periodista. Preguntaba por Isabel y Miguel. ¿Cómo narices lo han sabido?»

La respuesta llegó rápido.

«¿Te ha dicho su nombre? ¿De qué canal era?»

Intentó hacer memoria. No. No le había dicho el

nombre, pero había visto el logo del medio en la grabadora que llevaba en la mano.

Esa había sido la primera de las periodistas que la iban a empezar a acosar preguntando por el caso. Y tenía que admitir que ese asunto tenía todo lo necesario para llenar ciertos programas de la mañana ávidos de carroña. Una chica joven, un novio, un amante... Una desaparición. La policía rechazando el caso. El novio suicidándose. Con todo eso podían llenar horas de la parrilla sin hacer el más mínimo esfuerzo. Y les daba igual tener que inventarse parte de la historia si así era más morbosa o generaba más debate.

Ella había aprendido, con el caso de Lucía, a huir de la prensa y no hacerle, la mayoría de las veces, ni caso ni seguirles la corriente. Pero cada vez era más difícil huir de ellos. En solo veinticuatro horas, el caso de Isabel había pasado de casi pasar desapercibido a abrir el telediario. Y no... Eso no acababa de beneficiarlos para nada.

En la comisaría no paraban de recibir llamadas con supuestas pistas. Y ella no entendía qué ganaban esas personas que se inventaban historias. Sergio solía decirle que muchas personas no eran conscientes de que no era más que su imaginación, sus propias ganas de ayudar... Otras, simplemente, buscaban (de manera consciente o no) un poco de atención... Pero si ya los efectivos que tenían eran pocos, si tenían que destinar gente a responder el maldito teléfono… pues mucho peor.

Aunque, por otra parte… era agradable saber que alguien prestaba atención a una chica que no tenía un respaldo económico detrás.

Y ella no podía evitar pensar en si acabaría saliendo a la luz su trabajo en la editorial, y cómo de nerviosos estarían al ver a su escritora fantasma en todos los canales.

Pero seguía habiendo algo que no entendía…: ¿Cómo se habían enterado? ¿Quién había dado el chivatazo? Sergio tendría que hablar con su equipo. Alguien tenía que haberlo comentado, quizás de manera inocente, quizás a cambio de un aporte económico… Fuera lo que fuera, solo deseaba que la dejaran hacer en paz su trabajo y no empezaran a inventarse historias que no eran verdad. No sería la primera vez que la prensa condenaba a personas inocentes, simplemente porque eran una buena diana que no se ajustaba a sus estándares marcados.

· · ·

—¿Qué tienes?

Miró a Sergio, que estaba sentado en una mesa al lado de la ventana. Esa mañana le había mandado un mensaje para decirle que se pasara por la comisaría, que tenía algo que necesitaba que viera. Que era importante. No había esperado a que comenzara el turno de Sergio. Sabía que solía ir a desayunar, antes de entrar, en una cafetería cercana a la comisaría y fue directa. Él no pareció sorprendido. Seguramente, esperaba que ella no tardara nada en llegar.

—¿Quieres un café?

—Solo. Muy cargado.

Sabía que era inútil meterle prisa.

—¿Nada para comer? Hacen unos bollos maravillosos. Tienen horno propio, y se nota.

—No, gracias.

—Últimamente estás adelgazando… Deberías cuidarte.

Lo miró con ojos furiosos. No había ido allí a que le dieran consejos de salud. Y menos él. Llamó a la camarera, le pidió el café y se sentó delante de Sergio con cara de pocos amigos. Él simplemente sonrió.

—¿Sabéis ya quién dio el chivatazo a la prensa?

Esa mañana, mientras se duchaba, había puesto la radio y las noticias que había escuchado le habían parecido hasta surrealistas. De pronto, aparecía la madre de Isabel, llorando, suplicando por su hija... Una hija a la que llevaba años sin ver. Pero eso no les importaba a los periodistas; solo querían la lágrima fácil, el rostro visible... Algo con que rellenar su programación.

—Tengo una idea. El cuñado de uno de los policías que fue al escenario del suicidio fingido trabaja en televisión.

Gruñó.

—No te preocupes. No es de mi equipo. Vino simplemente porque estaba cerca. Ni siquiera sabe que no es un suicidio. Y creo que es mejor que la prensa siga pensando eso, y no que buscamos a un asesino.

—Hablando de eso... Creo que los diminutos me han dejado las imágenes de las cámaras en el despacho.

—Genial. Yo también tengo otra cosa.

Sergio abrió una mochila que tenía en el suelo, sacó una carpeta y se la pasó.

—¿Qué es? —preguntó mientras la abría.

Él no le respondió. Realmente no hacía falta. No iba a esperar sus explicaciones. Comprobó los datos que había ahí expuestos. Indicaban el lugar donde había sido detectado por última vez el móvil de Isabel. A las afueras de Madrid. En una carretera que iba de Vicálvaro a Coslada.

—¿Habéis ido a ese lugar?

—Sí. He mandado a una patrulla. En cuanto lleguen, nos dirán algo. Pero dudo que encuentren algo. Es un punto perdido de la carretera. Según los mapas, no hay nada. Supongo que iban camino a alguna parte, quizás los captores no se habían dado cuenta de que tenía el móvil encendido hasta ese momento. Con suerte, encontraremos su móvil tirado en alguna parte de la cuneta.

—¿Qué más tienes?

Sabía que, si la había llamado, era por algo. Eso podía habérselo dicho por teléfono.

—Pedí que se rastrearan los móviles activos que hubiera por esa zona en ese momento.

Suspiró mientras no podía dejar de darle vueltas a una cosa: daba miedo la huella que dejábamos por cada lugar que pasábamos. Ya no había mucho espacio para la intimidad.

—Hemos comparado los números que aparecían con las ultimas llamadas de Isabel. Coincide uno.

—¿De quién es?

—Es un móvil de tarjeta... vieja...

—Anterior a que fuera obligatorio dar los datos...

Chasqueó la lengua. No podían tener tan mala suerte. Una maldita pista, y parecía que todo se podía quedar en agua de borrajas.

—¿Cuál es el número?

Pasó las páginas del informe que le había dado, buscándolo. Lo leyó mentalmente. ¿Por qué le sonaba ese número? Intentó hacer memoria. Ella había visto esa serie en alguna parte. Se le encendió la bombillita. Abrió su mochila y sacó el móvil que solía usar para su trabajo. Buscó un nombre. Miró el número. No se lo podía creer. La había tenido completamente engañada.

Sergio la miraba con curiosidad. La conocía lo bastante bien para saber que se había dado cuenta de algo, y esperaba con paciencia que lo hiciera partícipe. No habló. Solo le pasó su teléfono para que él viera lo mismo. Intercambiaron una mirada silenciosa. Estaba claro que ninguno se lo había imaginado.

—¿Y ahora?

—Quizás deberíamos volver a hacerle una visita... E invitarlo a que nos acompañe.

—Tú solo quieres que nos acompañe para que vayamos en tu coche.

Sergio soltó una carcajada. Aprovechó que la camarera le trajo el café de Aurea para pagar y terminar su propio café. Aurea se bebió el café de un solo trago. No tenían tiempo que perder. Y tenía ganas de mirarlo a los ojos y ver qué excusa le ponía para justificar que su móvil estuviera en el mismo radio que el de Isabel en el momento de su desaparición.

· · ·

Sergio hizo un par de llamadas y consiguió la dirección de su domicilio. El camino se le hizo eterno. Casi no hablaron. Ni siquiera había discutido la forma de ir. Había aceptado ir en el coche de Sergio sin decir nada. Tenía un nudo en el estómago. Necesitaba encontrar a Isabel. Por ella. Y, sobre todo, por Miguel, ya que no había podido salvarlo a él. Tenía que salvarla. Se lo debía. Aunque ella había sido la única en creerlo, todas las dudas que había tenido en varias ocasiones sobre su persona y su historia la rompían por dentro.

Aparcaron cerca de su destino. Sergio, a pesar de poder aparcar en cualquier lugar, no solía hacerlo. Lo miró con el rabillo del ojo. Era demasiado legal. Demasiado bueno para ella. Ella solo podría destrozarlo, como había hecho con su relación con Juan. Se sacudió la cabeza. Ahora no era momento de pensar en su vida personal. Ahora tenían que encontrarlo y llevarlo a comisaría.

Y, aunque sonara muy peliculero, era algo personal. La había engañado en su propia cara. Se había creído su coartada.

—¿Vamos?

—Vamos.

Se encaminaron hacia su casa en silencio. Sintió un nudo en el estómago, una extraña sensación que solía invadirla cuando algo malo iba a ocurrir. Lo que Gómez solía llamar su maldito instinto.

Una moto aparcó justo delante del portal. El piloto bajó, se quitó el casco y se dirigió hacia la puerta. Lo reconocieron al momento. Y, de pronto, él se giró hacia ellos. Reconociéndolos al momento.

—Mierda... —murmuró.

Conocía esa expresión en el rostro de un sospechoso. Y conocía la reacción que venía a continuación. Puro instinto. Muy malo. Muy estúpido. Pero la gente no solía pensar mucho en esas situaciones.

—Andrés...

Sergio lo llamó para intentar evitar que hiciera lo que iba a hacer...: volverse hacia su moto. Ellos intercambiaron una mirada. Sergio se volvió corriendo hacia su coche, y ella se dirigió hacia él, llamándolo. No le hizo ningún caso. Observó cómo Andrés se ponía el casco, se montaba en la moto y la encendía. Sintió cómo él la miraba fijamente justo antes de salir corriendo. Era una tontería. Seguramente había sido su imaginación, pero había creído ver tristeza en sus ojos, e incluso le había parecido ver cómo él gesticulaba un «lo siento» con los labios.

Andrés salió corriendo. Al segundo, Sergio paraba levemente el coche, justo delante de ella; se montó y se fueron detrás de él mientras ella se ponía el cinturón, y él daba la alerta por la radio.

—¿Por qué narices sale todo el mundo corriendo? ¿Realmente se piensan que pueden escapar?

Hablaba sola. Sergio había puesto la sirena con la esperanza de que la gente los dejara pasar.

—¿Te das cuenta de que con mi moto sería más fácil?

Sergio la miró unos instantes con furia. Normal. Luego se volvió a centrar en lo que tenía delante.

—Y ya me dirás qué harías luego para pararlo.

Iba a responderle... Luego se dio cuenta que no tenía sentido. Sergio necesitaba estar concentrado en seguir a un motorista por Madrid, bastante difícil era ya como para meter el dedo en la herida. De pronto, Andrés giró por una calle atestada de coches, colándose entre ellos. Sergio se exasperó. Los coches intentaban retirarse de en medio, pero estaban perdiendo mucho tiempo. Se iba a escapar... Miró la dirección que estaba tomando Andrés...

—Sé a dónde va...

—¿A dónde?

Sergio se había vuelto un segundo hacia ella, asombrado. Estaba tan claro. Si Sergio no estuviera tan centrado en perseguir por las calles de Madrid a una moto, evitando los coches, seguramente se hubiera dado cuenta.

—El camino donde se pierde la señal de Isabel...

—Joder, claro...

Sergio volvió a hablar por la radio, dando las indicaciones necesarias. Y luego cogió un desvío para intentar atajar y pillarlo más adelante.

Sentía el corazón a mil por hora. Nunca había participado en una persecución. Era tan propio de una película americana... Y ahí estaba ella. Persiguiendo a un fugitivo...

La radio de la policía no paraba de comentar por dónde iba Andrés. Sergio miraba a la carretera, completamente concentrado. El nudo de su estómago crecía más y más... Llegaron a un cruce de la carretera. Según la radio, el chico iba directo hacia ellos. No tardaría mucho en llegar. Nunca se había sentido así. La duda. Los nervios. La emoción emanando por cada parte de su cuerpo. Notaba hasta cómo su respiración iba completamente agitada...

—¿Esto siempre es así?

Sergio la miró, veía en sus ojos esa misma sensación que ella notaba invadiéndola. La adrenalina corría por sus venas, y el deseo crecía por su cuerpo... Si no fuera porque en unos minutos la moto de Andrés aparecería por esa carretera... Y él debió de pensar lo mismo, porque, tras unos instantes mirándole la boca como si ansiara devorarla, volvió a mirar hacia delante.

—Más o menos... Ahí está.

Y a partir de ese momento, todo se precipitó. Ellos habían cortado la carretera poniendo el coche justo en medio de la calzada. La moto se acercaba a ellos a gran velocidad. Casi le pareció ver la cara de pánico de Andrés a través del casco cuando se percató de su presencia. Y un extraño brillo en su mirada...

—Para, por favor, para... —murmuró mientras

ahogaba la voz de alarma que retumbaba dentro de ella.

Pero no frenó. Todo lo contrario. Aceleró aún más y se salió de la carretera, monte a través, en una huida suicida. Pero la tierra estaba húmeda y llena de raíces… Se tapó los ojos horrorizada. Cuando retiró las manos, vio el cuerpo de Andrés volando por los aires, dando una vuelta de campana y cayendo al suelo de la peor manera posible…

Sergio salió del coche a gran velocidad. Los vehículos de la policía que venían persiguiendo a la moto aparcaron de cualquier manera, y los agentes fueron corriendo hacia el lugar del accidente.

Y ella se quedó ahí. Contemplando la moto encajada en una raíz, sin atreverse a mirar, varios metros más allá… No tenía sentido. Poco se podría hacer ya por ese chico alto, moreno, de ojos oscuros y labios carnosos…

Y ya no pudo más. Sentía cómo le faltaba el aire. Cómo algo le apretaba el pecho. Era como si las paredes del coche se fueran reduciendo por momentos. Salió del coche. El aire frío la golpeó, pero aún no era suficiente. Tenía que irse de ahí. Buscó a Sergio desesperadamente, pero lo vio cerca del cuerpo de Andrés; estaban intentando recuperarlo y cortarle la hemorragia antes de que fuera imposible.

Se acercó a uno de los policías más jóvenes, que se estaba encargando de precintar la zona para evitar cotillas.

—Necesito volver a la ciudad. Es urgente. ¿Puedes consultar si me puedes llevar?

El chico asintió y se fue hacia su inmediato superior. Al minuto, volvió con una sonrisa. Ella no pudo devolvérsela. Y, sin intercambiar más palabras en todo el viaje, Áurea llegó a su domicilio con unas enormes ganas de llorar.

. . .

Golpeó otra vez el saco de boxeo. Ya casi no le quedaban fuerzas, pero no iba a parar. No hasta que toda esa rabia y esa frustración desaparecieran.

Vio el móvil, en un rincón de la habitación, iluminándose otra vez. Lo ignoró. Si le había quitado el sonido era por algo. No quería hablar con nadie, y menos con él. Ya sabía qué era lo que le iba a decir, y no la consolaba lo más mínimo.

Se fue directa a la ducha. Dejó que el agua le cayera por su cuerpo con la esperanza de que se llevara todos los malos pensamientos y sentimientos que la invadían. No supo cuánto tiempo estuvo bajo el agua. Tampoco le importaba. Ese día no iba a hacer nada más.

Salió con la toalla enrollada alrededor de su cuerpo,

se secó un poco el cabello y se fue al salón. En esos momentos, se fumaría todo un paquete de tabaco. Había dejado de fumar tiempo atrás, tras el caso de Lucía Jiménez. Se apoyó en la ventana. La imagen del cuerpo semidesnudo y sin vida de Lucía volvió a su mente. Recordó su rostro, sus ojos vacíos que parecían mirarla desde muy, muy lejos... recriminándole que no había llegado a tiempo. Y, de pronto, el rostro de Lucía se transformó en el de Isabel.

Golpeó el cristal de la ventana con el puño. No. Isabel tenía que estar viva. Algo dentro de ella le decía que no era demasiado tarde. Que aún estaba con vida. Aunque su supuesto captor estaba en esos momentos en la mesa de autopsias. Quizás en la misma donde, días antes, había estado el cuerpo de Miguel... ¿Lo había matado él? ¿Por qué? ¿Y qué motivos tendría para secuestrar a su amante?

No lo entendía. Tenía tantas piezas que no encajaban en ese puzle..., y no conseguía encontrar cuál era la que le faltaba. Y ahora, con Andrés muerto, la esperanza de encontrar a Isabel volvía a decaer. ¿Tendría un cómplice? Eso esperaba. Si no, las probabilidades de que Isabel sobreviviera a esa pesadilla disminuían radicalmente.

Necesitaba una copa. Bueno, no. Lo que necesitaba era un polvo. Volver a tener a Sergio entre sus piernas. Volver a sentir su piel contra la suya, su respiración agitada mezclándose con la suya, sus manos acariciándola y su boca asaltando la suya.

Apretó de manera inconsciente las piernas y se fue hacia su mueble bar. Cogió un vaso ancho, una botella de *bourbon* y se fue a la cocina a echarle un par de hielos. Beber no era la solución. Era consciente de ello. Solo evitaba pensar en algo que, antes o después, tendría que afrontar... El caso de Isabel seguía abierto. No podía tirar la toalla. No podía dejar que los fantasmas del pasado la atormentaran y tomaran el control de su vida... Pero era más fácil decirlo que hacerlo.

Se sentó en el sofá y dejó la copa encima de la mesita. No quería ni encender la televisión. A ver qué gilipollez se habían inventado ahora. ¿Se habían enterado ya de la muerte del amante? Más carnaza para ellos.

Sonó el telefonillo. Se le cortó la respiración. Dudó si ir. Quizás podría fingir que no estaba en casa. Suspiró y se levantó. Eran Montse y Susana. Prefirió no escuchar cómo su corazón se entristecía por unos instantes. Su orgullo empequeñeció un poco. Estaba segura de que sería Sergio. ¡Qué tonta era! Tal y como lo había tratado y, ¿aún esperaba que él fuera detrás de ella? Les abrió la puerta y se fue a cambiar. Había confianza, pero tampoco era cuestión de recibir a sus amigas medio desnuda.

Fue a su cuarto y se puso unas mallas y una

camiseta ancha. Susana y Montse entraron y cerraron la puerta tras ellas. En cuanto las vio, se dio cuenta de que sabían lo que había sucedido, pero ¿cómo? Montse se adelantó a su pregunta.

—El otro día le di mi teléfono a Luis, el amigo de Sergio.

—¿Te ha llamado Sergio? ¿Por qué?

Se sentó en el sofá y le dio un trago al *bourbon*.

—Estaba preocupado… No le coges el teléfono. Dice que preferiría venir, pero estaba hasta arriba de curro. — Montse se sentó a su lado.

—También dijo que la situación entre vosotros no estaba bien… ¿Y eso? ¿Algo que confesar?

Se rio. Susana se había sentado al otro lado y le había hecho cosquillas. Se sintió algo aliviada. Y, a la vez, algo agobiada. ¿Cómo era posible sentir cosas tan contrarias a raíz de un mismo hecho? Sentía placer por saber que él se preocupaba por ella y se había esforzado por localizar a sus amigas para que no estuviera sola en esa situación. Pero también, la sensación de que él se esforzara tanto… Era agobiante.

—¿Qué prefieres contarnos primero?

Estuvo tentada de responder a la pregunta de Montse con un «nada», pero no sería justo. Sus amigas dejaban todo lo que estaban haciendo por estar a su lado... Después del tiempo que había estado sin quedar con ellas, después de haberlas tenido abandonadas... Definitivamente, no se merecía la suerte que tenía con la gente que la rodeaba.

Les preguntó qué querían beber. Se lo sirvió y, tras acomodarse de nuevo las tres en el sofá, empezó a contarles todo.

· · ·

Emborracharse con unas amigas en tu casa siempre era un plan agradable y divertido. No se necesitaba nada más. ¿Qué sentido tenía irse a locales abarrotados de gente donde te cobraban una pasta por la bebida que, encima, muchas veces era de mala calidad, aguantando buitres y música repetitiva? Ahí podían poner la música que querían, beber alcohol de buena calidad y charlar y reírse tranquilamente. Era mucho más fácil olvidarse de los malos momentos y de las sombras que oscurecían su alma.

De pronto, alguien llamó al timbre, y se quedaron en silencio.

—No estamos haciendo tanto ruido, ¿no?

Se levantó temiendo que algún vecino fuera a tocarle las narices. Su relación con ellos era casi nula. Nunca había sido muy sociable. Los saludaba cuando se cruzaba con ellos; si veía a alguien cargado, lo ayudaba... Pero nunca había sido de entablar amistad con ellos.

Salió del salón con Montse y Susana haciendo el tonto detrás de ella. Miró por la mirilla y tuvo que volver a mirar.

—Es Sergio.

Las risas de sus amigas no se hicieron esperar. Les mandó callar. Lo que le faltaba. Suspiró. Intentó centrar su cabeza y expulsar la neblina que el alcohol había creado en su mente. Luego abrió.

—Hola... —Se sintió estúpida. No sabía ni qué decirle.

—Hola.
Él tampoco ayudaba mucho. Se quedaron quietos en la puerta, mirándose fijamente.

—Acabo de terminar de trabajar. —Miró la hora; era realmente tarde para salir de currar—. Solo quería ver que estabas bien.

—Sí. Gracias... Han venido Montse y Susana... Gracias por avisarlas...

—No tienes por qué darlas.

¿Por qué se estaban portando de una manera tan ridícula? Sentía que se habían convertido en dos adolescentes al día siguiente de haberse liado. Notó las risas de sus amigas por detrás.

—Hola, chicas… —las saludó Sergio al oírlas. Ellas le respondieron al unísono con un alegre y travieso «hola».

—¿Quieres pasar?

—Yo… No quería molestar.

—No mo…

Montse y Susana no le dejaron terminar de hablar. Rápidamente, se abalanzaron sobre él y, cada una de un brazo, lo metieron dentro de la casa. Y ella no sabía si reír o matarlas. Notó la mirada divertida de Sergio posándose sobre ella cuando pasó a su lado, y supo que su rostro había esbozado una sonrisa algo tontorrona. Cerró la puerta y se dirigió al salón.

Montse y Susana hacían un interrogatorio con todas sus letras y sin ningún disimulo a Sergio. Él parecía relajado y divertido; lo habían sentado en el sofá, colocándose ellas de tal manera que su única opción era sentarse al lado de Sergio. No podían ser más descaradas. Vio cómo Sergio, entre risas, se servía una copa de *bourbon.*

—No te cortes, sírvete solo —bromeó.

—¿Acaso no me has invitado a entrar?

—Pero no a beber...

—No seas rácana... Mañana te compro una botella nueva...

—¿Una botella? ¿Tanto vas a beber?

—Tendré que ponerme a vuestro nivel.

Las tres se rieron. Ella se acercó al sofá, pero no se sentó al lado de Sergio. Cogió su copa y se sentó en el suelo. Notó las miradas furiosas de sus amigas, pero las ignoró.

—Pues... Creo que nos tenemos que ir. Es tarde, y mañana tengo que madrugar...

No le dieron ni tiempo a protestar. Sus amigas se levantaron de golpe, cogieron sus abrigos, bolsos y, lanzando unos besos al aire, se encaminaron hacia la puerta. Se puso de pie al instante y se fue tras ellas.

—¿Qué hacéis? ¿Podríais ser un poco menos descaradas?

—¿Descaradas nosotras? ¡Anda ya! ¿Por qué crees

que ha venido a verte a estas horas?

—Se os olvida el pequeño detalle de que aún estoy casada. Hace menos de un mes, vivía con otro hombre.

—Y a ti se te olvida que estás separada, que tu marido ya tenía sustituta antes de dejarte, que, a veces, no hay que pensar tanto las cosas…

—¡Y que está muy bueno! —interrumpió Susana a Montse.

—No grites… —les pidió, rezando para que Sergio no la hubiera oído.

Sus amigas le dieron un beso y luego se fueron. Cerró la puerta y se quedó apoyada en ella unos instantes. Inspiró y luego, armándose de valor, volvió al salón. Sergio se había puesto en pie y cotilleaba su colección de vinilos. Se apoyó en el quicio de la puerta para observarlo.

—¿Algo interesante?

Sergio se volvió y la recorrió con la mirada. De pronto, recordó que iba vestida con unas simples mallas y una camiseta ancha. ¿No tenía ropa menos atractiva?

—Tus amigas son estupendas.

—No te encariñes con ellas, voy a matarlas.

—Si lo haces, tendré que detenerte.

La voz de Sergio estaba cargada de sensualidad. Se acercó a ella sin dejar de mirarla.

—Y yo que pensaba utilizarte de coartada.

Sintió cómo la tensión sexual que siempre había existido entre los dos iba creciendo aún más. Ardiendo en su interior. Amenazando con quemarlos. Sergio estaba ya pegado a ella, y Áurea había subido la mano hasta juguetear con su camisa. Notaba la respiración agitada.

—¿Una coartada? Tendré que buscar una que te tenga entretenida toda la noche…

—¿Toda la noche? —Levantó una ceja; la mano de él se deslizó por su cintura.

—Claro. Si nos fuéramos a dormir, no podría asegurar que no te escabulliste mientras dormía para matar a tus amigas.

—¿Y crees que serás capaz de aguantar toda la noche despierto?

Se habían ido acercando lentamente, ya solo los separaban unos milímetros al uno del otro. Sus respiraciones se mezclaban, y casi podían oír el corazón del otro latiendo a gran velocidad.

—Ponme a prueba…

Áurea sonrió. La necesidad de besarlo era cada vez más grande. Sus dedos ansiaban su piel, y todo su cuerpo deseaba sentirlo dentro de ella. Y sentía que a él le sucedía lo mismo. Y eso era completamente afrodisiaco. Que alguien te desee tanto o más que tú a él provocaba una excitación que no se podía definir.

Tenía ganas de él. Pero estaba disfrutando de ver las pupilas de Sergio dilatadas e inundadas de deseo, de sentir los escalofríos que le provocaba con solo rozarlo, de notar sus ganas creciendo por segundos…

—Áurea…

—Dime…

A Sergio le costaba hablar. Era demasiado tentador. Se separó suavemente, se giró y salió del salón. Avanzó por el pasillo. A mitad del mismo, se paró, se giró y lo miró con coquetería.

—¿Vienes?

Sergio reaccionó de golpe. Se acercó, casi corriendo, y ya no paró. La cogió por la cintura, la apretó contra él y la pared del pasillo y devoró su boca con pasión. Ella lo cogió por la nuca para apretarlo aún más contra ella… Sentía que el fuego que emanaba de cada poro de sus pieles iba a acabar por calcinarlos a los dos.

—No juegues más conmigo.

Sergio habló entre besos mientras la agarraba por el trasero para elevarla. Ella rodeó su cintura con las piernas y apretó sus cuerpos aún más. Notó cómo él gemía de placer... No quiso preguntarle a qué se refería exactamente, si a ese juego de provocación antes del sexo o a su relación... En ese momento le daba igual. Solo le importaba sentirlo dentro de ella y dar rienda suelta a la pasión que sentían.

. . .

No supo a qué hora se habían quedado dormidos. Habían ido desnudándose de camino a su habitación, dejando todo un reguero de ropa a lo largo del pasillo hasta llegar a la cama, donde ya se había desatado la locura. Y, una vez que los dos habían terminado, no le quedaban ni fuerzas para abrir los ojos. Sergio se había quedado tumbado encima de ella, aún en su interior, y refugiaba el rostro entre su hombro y su cuello. Una pequeña vocecita le dijo que debería apartarlo, pero no lo hizo. Era tan agradable sentir su calor... Al día siguiente, podría echarle la culpa al alcohol... Ahora solo quería sumergirse en el mundo de los sueños, sintiéndolo.

Cuando se despertó, estaba tapada por una sábana y enredada en los brazos de Sergio. Lo observó en silencio. ¿Y ahora? ¿Qué podía hacer? *«No juegues conmigo»*, le había dicho esa misma noche. Y, aunque ella podía fingir y hacerse la tonta, y tomárselo solo como que se refería únicamente a ese momento de tonteo, era consciente del verdadero significado de esas palabras.

—¿Alguna vez te han dicho que estás preciosa por las mañanas?

Sergio había abierto levemente los ojos y la había apretado contra él.

—No te pega usar frases hechas.

Sergio la miró y le retiró un mechón de pelo. Y ella no sabía qué hacer... No quería hacerle daño. No quería rechazarlo... Pero tampoco quería una escenita romántica y «pastelosa». Se sentía fatal. Se sentía como una bruja que utilizaba a un gran chico solo para el sexo... Y es que este era espectacular... Y no porque ella no hubiera disfrutado anteriormente ni porque Sergio fuera un maestro del sexo. No. Era algo más profundo y más complicado, era la conexión que se creaba entre los dos.

Sonrió y luego se levantó de la cama. Buscó una camiseta para ponerse. No iba a ser tan ridícula como para enrollarse con una sábana, al estilo de las películas, como si no acabaran de pasar toda la noche desnudos; pero iba a preparar el desayuno, y tampoco era cuestión de darles una alegría a los vecinos.

—¿Quieres algo de café? Si quieres darte una ducha, tengo toallas limpias en el armarito del baño. Con toda confianza.

Así era mejor. Tomar las riendas del día y evitar la conversación que sabía que Sergio se moría por tener. No era tonta. Sabía que, antes o después, tendrían que tenerla, pero cuanto más tiempo hubiera pasado desde que habían follado, mucho mejor.

Sergio la miró con profundidad, analizándola, con el gesto serio y un extraño brillo en los ojos. Luego pareció rendirse. Quizás dándose cuenta de que, si tuvieran esa conversación en esos momentos, no acabaría precisamente bien.

—No hace falta, gracias. Tengo que pasarme por casa para cambiarme de ropa.

Se giró hacia él. Se mordió el labio inferior. Comprendía que se fuera, que no quisiera alargar la situación. Y era consciente de que era lo mejor, no quería volver a verse envuelta en una discusión sin sentido... Pero eso no quitaba que le doliera un poco. O, quizás, simplemente no quería quedarse a solas.

No quería volver a pensar en qué narices estaba

haciendo con su vida. Todo estaba yendo demasiado rápido. De la noche a la mañana, Juan la había dejado, había descubierto que estaba con otra, y ella se había liado en varias ocasiones con Sergio… ¿Cómo podía odiar a Juan por dejarla por otra, cuando ella no había tardado ni un mes en llevarse a otro a la cama que había compartido con él?

—De acuerdo…

—¿Te pasas luego por comisaría? Tenemos mucho trabajo por delante. Tenemos a una chica que salvar.

Lo decía de esa manera, con ese tono de voz, más propio del héroe de una película, que era imposible no creerlo.

—Pasaré primero por el despacho… Ya sabes, los diminutos han debido dejarme las imágenes del portal de Miguel.

Se quedaron en silencio. El recuerdo de todo lo que había pasado en los últimos días era abrumador. Miguel había muerto asesinado, probablemente a manos de Andrés. Y el día anterior habían visto cómo sufría un terrible accidente su único sospechoso…

¿Su único sospechoso? Algo encajó en su cerebro. Sergio la miró. Se había dado cuenta de que algo había surcado su cabeza.

—¿Qué pasa?

—Andrés no pudo hacerlo solo… Él no era la figura que se ve en el vídeo. Él estaba dentro de la casa, sale demasiado pronto como para que le diera tiempo…

—Un cómplice… ¿Quién?

—No lo sé. Tenemos que revisar todo lo que tenemos.

—Perfecto, ¿te espero en la comisaría en una hora?

Asintió. Algo bullía en su interior. Cuando un trabajo te apasionaba tanto como a ellos, el darte cuenta de que has encontrado algo que te podía ayudar a resolver el caso… era casi tan excitante como los momentos anteriores a un beso. Y se aguantó las ganas de volver a besarlo.

—Voy a hacerme un café. Nos vemos en nada.

Salió de la habitación. En esos momentos, no podía estar pensando en líos amorosos. Tenía que encontrar a Isabel. Y cada hora que pasaba podía ser mortal.

La falsa verdad

10

Nunca le había gustado tener que pasar por el puesto de control de la comisaría. No por tener que dar su DNI para que le tomaran los datos, eso lo veía normal (aunque ya había ido tantas veces que tenían que conocerla), era por el hecho de tener que quedarse ahí esperando a que fueran a buscarla. La primera vez lo asumía, pero tras haber colaborado en varias ocasiones con ella... A veces, creía que el chico de la entrada lo hacía aposta, que obtenía placer en verla ahí, como un animal encerrado...

Y lo que menos soportaba era cuando llegaba Sergio con esa sonrisa de suficiencia, con ese gesto de ser «un valiente príncipe que iba a rescatar a la desvalida y perdida princesa». Y es que él era muy consciente de lo mucho que odiaba esa situación.

—El chico de la puerta me odia... Creo que cada vez me deja esperando más tiempo.

—No le culpo... Yo también te haría esperar con tal de estar más tiempo viéndote el culo.

Le dio un codazo al que él respondió fingiendo que le había destrozado el esternón. Llegaron al despacho donde trabajaba Sergio. Se quedó quieta en mitad del mismo, contemplándolo. Vio la línea temporal, los mapas, fotos, datos... La foto de Miguel la golpeó. Giró, y sus ojos fueron a la imagen del accidente de Andrés.

—¿Estás bien?

Sergio se había acercado a ella, pero manteniendo las distancias. Se volvió hacia él. Suspiró. Nunca se acostumbraría a ver cadáveres. Personas con las que había hablado, a las que había mirado a los ojos. Había sentido el calor de su piel al darles la mano... Y, de pronto, enfrentarse a unos ojos vacíos, a una piel helada... No. Nadie estaba preparado para asumir la muerte.

—No te preocupes. Vamos a trabajar. ¿Por dónde empezamos?

Se dirigió a la mesa de Sergio, cogió una silla y se sentó. El ordenador de Isabel estaba cerrado, en una esquina, y el resto de la mesa estaba invadida por diferentes carpetas. Sergio era muy ordenado. Cada línea de investigación la guardaba en una carpetilla de cartón para tenerlo todo localizado.

—Me han mandado el informe de la autopsia de Andrés, pero no hay nada que no sepamos.

—No hace mucha falta leerla. —Como si fuera a olvidar cómo murió—. ¿Qué te parece si yo reviso los vídeos del día de la muerte de Andrés y el de la desaparición de Isabel, y tú investigas un poco a Andrés?

—No tiene ficha policial. Está limpio. He solicitado que nos den acceso a sus cuentas corrientes. Una patrulla ha ido a su casa. Tenemos fotos y un informe. No hay restos de Isabel más allá de los que pudiera dejar tras algún encuentro sexual con él. El resto de las huellas y rastros los están analizando.

—¿Y sus redes sociales?

—Tengo a un...

—¿Y por qué no cotilleas su perfil desde el ordenador de Isabel? No podrás ver sus mensajes privados, pero, mientras esperas, podrás ver las fotos que tenía y demás. Isabel y él eran amigos en todas las redes sociales... Y las tenía abiertas en el ordenador.

Sergio la miró divertido. No dijo nada. Se sentó en su silla y se giró hacia el ordenador de Isabel. Lo abrió y esperó a que se encendiera.

—¿Puedo usar tu ordenador?

—¿No has traído el tuyo? —Sergio se reía. Ella se giró hacia su maletín—. Cógelo, tontorrona.

—Paso.

—Eres una cabezota.

No le contestó. Cogió su ordenador y se puso a trabajar. Vio, por enésima vez, el vídeo del secuestro de Isabel. Y no consiguió ver nada. Era desesperante. ¿Quién narices era la figura que se llevaba a Isabel? ¿Quién era el cómplice de Andrés?

—¿Algún amigo de Andrés podría ser este tío?

Miró por encima del hombro de Sergio lo que él estaba haciendo. En esos momentos, leía unos mensajes privados que le había mandado Isabel a Andrés. Silbó.

—Creo que eso no se puede leer en este horario.

—¿Te escandaliza leer las cosas, pero no hacerlas?

Sergio se había vuelto hacia ella. La tensión volvió a aparecer. No. Ese no era sitio para eso. Pero no podía dejar que siguiera afectándola a ella ni al caso.

—No puedo darte lo que necesitas.

Lo soltó de golpe. Sabía que no era lo más adecuado, no era la manera más sutil y delicada de afrontarlo. Pero ya lo había soltado.

—¿Y qué sabes tú lo que necesito?

—Nos conocemos desde hace mucho tiempo... Siempre lo has dicho: quieres una relación. Quieres una novia que no tenga serios problemas de compromiso...

—¿Problemas de compromiso? Estuviste casada.

Sergio había intentado bromear, pero ella lo miró con seriedad.

—Y mira cómo acabó... Mi matrimonio se ha acabado porque yo no conseguía comprometerme. Mi trabajo siempre ha estado por encima de todo...

—Áurea... Mírame. Comprendo la obsesión por el trabajo...

—Sergio...

—Áurea... No te estoy pidiendo nada.

Sergio la miraba con tanta dulzura, y ella notaba que no se correspondían las palabras con lo que le transmitían sus ojos.

—Yo... Aún estoy casada. Estoy empezando a tramitar mi divorcio... Ahora mismo no puedo...

No sabía qué decirle. ¿Que sí podía acostarse con él, pero no entablar una relación formal? Porque era a lo que sonaba. Sexo sí, amor no. Sin embargo, Sergio pareció entenderla sin tener que hablar.

—No te preocupes… Sigamos trabajando.

Sergio se giró de nuevo hacia el ordenador. Se quedó parada unos instantes. ¿Qué decirle? ¿Cómo arreglar todo lo que había hecho mal? Luego suspiró y se volvió hacia su ordenador. «Podría haber ido peor», pensó. Ya ni se engañaba a sí misma. Mejor concentrarse en el trabajo. Ya tendrían tiempo de discutir mil veces cuando encontraran a Isabel.

· · ·

—¡¡Mira!!

Se levantó de golpe de la silla y volvió a sentarse. Sergio se volvió hacia ella, acercó su asiento y miró el ordenador.

—¿Qué has encontrado?

—En el vídeo se ve entrar a Miguel y Andrés juntos, horas antes de la muerte de Miguel.

—¿Juntos?

Sergio estaba tan extrañado como ella. ¿Qué hacía Miguel invitando a entrar a su casa al amante de su novia? En el vídeo se los veía entrar hablando, relajados… Sin grandes gestos afectivos que pudieran hacerles ver que tenían una amistad, pero… se conocían. ¿Desde cuándo?

—Quizás los unió la preocupación por Isabel…

—Quizás…

Tamborileó con los dedos en la mesa. ¿Podría el amor que ambos sentían por esa chica haberles hecho olvidar que Isabel había estado jugando con ellos? Ella no podría. Pero claro, no era que ella fuera la mejor persona del mundo.

—¿Qué se pudo torcer para que Miguel acabara como acabó?

La pregunta de Sergio le rondó la cabeza unos minutos. Sergio se volvió a centrar en unos papeles que había sacado de una de sus carpetas. No se molestó ni en preguntarle qué eran… Seguía centrada en esas imágenes.

—Hay algo que no cuadra… Si vas a fingir un suicidio… ¿Cómo dejas la casa tan destrozada?

Se inclinó hacia la pantalla y avanzó el vídeo. Paró. Observó. Y volvió a parar la imagen. Ahí estaba…

—Volvió.

Sergio se aproximó de nuevo.

—¿A qué te refieres?

—Andrés... Volvió a la casa. No se los ve salir en ningún momento. Supongo que saldrían por la puerta del patio. O saldría Andrés transportando a Miguel ya muerto... No tendría sentido que saliera si no es por ahí... Se ve cómo llega la policía, alertada por algún vecino... Y al poco, mira... ¿Te suena esa moto?

Áurea señaló a una moto que se paraba unos instantes, y cuyo conductor hacía un amago de bajarse de ella hasta que vio a un policía salir del portal. La moto desapareció instantes después... Los dos conocían perfectamente esa moto. La habían visto saltar por los aires hacía menos de veinticuatro horas.

—Volvió a limpiar...

Sergio había pensado en voz alta. Ella simplemente asintió con la cabeza.

—Hay que tener mucha sangre fría...

—La pregunta es... —Se volvió hacia el tablón y miró las fotos de Miguel y de Andrés que Sergio había puesto allí, por encima de las fotos de sus muertes—: ¿Fue allí con la idea de matarlo o fue una discusión que se les fue de las manos?

Alguien llamó a la puerta del despacho. Un chico joven, vestido de uniforme, cargaba con varias carpetas. Pidió disculpas, se acercó, dejó todo lo que llevaba en las manos encima de la mesa y se volvió a ir. Ninguno de los dos le hizo mucho caso. Ella seguía mirando la imagen congelada de Andrés en su moto yéndose de casa de Miguel e Isabel.

Se levantó. Miró la línea temporal. Repasó mentalmente todas sus conversaciones con los dos fallecidos. Siempre había tenido muy buena memoria, pero en esos momentos deseaba tener una de esas fotográficas... Quizás así podría recordar qué era lo que se le estaba escapando.

Volvió a acercarse a la mesa. Puso el vídeo del secuestro de Isabel. Y volvió a pararlo cuando aparecía la figura desconocida que se llevaba a Isabel. Se mesó el cabello. Le empezaba a doler la cabeza. Se volvió hacia Sergio.

—¿Tienes las llamadas telefónicas de Miguel o de Andrés?

—Tienen que llegar... ¿Qué estás pensando?

—Que si era la primera vez que se veían... ¿Lo lógico no hubiera sido quedar en un sitio neutral? ¿Invitas a tu casa al amante de tu novia, después de saber que ha estado ahí mismo, días antes... en tu cama... con tu pareja?

—Si lo dices de esa manera...

—No hay otra, Sergio... No es coherente. No es lógico. Las personas somos simples... Respondemos a nuestros instintos... Y esa actitud... no es normal.

—Áurea, ¿estás insinuando que se conocían de antes?

—No sé de cuánto tiempo... No sé si, simplemente, se conocían pero Miguel no sabía que se tiraba a Isabel o...

Sergio miró la imagen que ella había congelado en el ordenador. Luego volvió a mirarla. Se había dado cuenta de cuál era la duda que la estaba atormentando por dentro.

—¿Crees que eran cómplices?

. . .

Sergio había llamado para solicitar las llamadas tanto de Andrés como de Miguel. Les tocaba esperar. Mientras, la nueva suposición les llenaba la mente. Habían comprobado la altura de la misteriosa figura que se llevaba a Isabel. La altura coincidía, y la constitución... Y ahora, con la duda en la cabeza, sí le encontraba parecido y no podía creerse que no se hubiera dado cuenta de que, bajo esas pintas y ese gorro, se ocultaba Miguel.

—¿Y el móvil? ¿Por qué iba a querer secuestrarla? No han pedido dinero. Miguel nunca quiso fama...

No podía creerse que ese chico nervioso que había entrado en su despacho, días antes, para que investigara su desaparición había orquestado todo eso…

—¿Y Andrés? Quizás fue él quien dio el chivatazo a la prensa…

Áurea bebió un poco del café que, minutos antes, Sergio había ido a buscar. Para ser un café de una máquina expendedora no estaba mal, pero necesitaría diez como ese para espabilarla del todo.

—Eso cuadra… Pero ¿por qué secuestrarla?

—Quizás Miguel supo de la existencia de Andrés, quizás se hartó de las infidelidades; quizás Andrés se hartó de ser el segundo plato y de las mentiras de Isabel sobre que iba a dejar a su pareja, y decidieran darle una lección… Y se les fue de las manos…

—¿Y lo de Miguel? Quizás él quería confesar, discutieron y… ¡El mensaje del móvil!

Sergio la miró comprendiendo lo que quería decirle… Buscó entre sus papeles y luego leyó en voz alta: «No puedo más… Tenemos que hablar».

—¿Crees que iba a confesar? Quizás el mensaje era para ti… O para Andrés. Para decirle que no aguantaba con esa locura…

Se quedaron en silencio unos instantes. Sumergidos en sus pensamientos, intentado encajar el puzle que tenían ante ellos.

—Pero no cuadra... —Sergio se puso en pie mientras hablaba. Miró las fotos del piso de Miguel.

—Lo sé... El secuestro de Isabel fue medido al milímetro, fue organizado para no dejar pistas... Andrés se fue con el cadáver de Miguel, dejándolo todo tirado y siendo un verdadero caos...

—Entonces..., ¿nos hemos confundido? ¿El cómplice de Andrés es otro o hay otra persona involucrada?

El teléfono de Sergio empezó a sonar, y él respondió con rapidez. Estaban esperando tantas pruebas que era imposible no sentirse ansiosos. Sergio colgó. Se le había hecho eterno el tiempo que él había estado hablando, aunque, probablemente, hubieran sido solo unos segundos. Se giró hacia su ordenador.

—Tenemos ya acceso a las cuentas bancarias de Miguel y de Andrés. ¿Por cuál empezamos?

—Andrés.

—¿Motivo?

—Si estaba compinchado, Miguel deduciría que la policía examinaría sus cuentas bancarias...

—Buen razonamiento.

Sergio abrió la aplicación pertinente, tecleó unos datos que le habían debido dar por teléfono y en nada estaba examinando la cuenta de Andrés. No tardaron mucho en mirarse el uno al otro. La cuenta de Andrés no llamaría la atención en ningún otro momento. Un joven trabajador, con un salario bastante pobre que, seguramente, cobraría parte de su sueldo en negro y retiraba el dinero periódicamente... No les llamaría la atención hasta unos días antes de la desaparición de Isabel, donde se podía observar un extraño ingreso. Una cantidad no muy desorbitada, pero bastante más alta de la que él solía cobrar... Más de lo que cobraba en varios meses. Y, tal y como lo había cobrado, había sido sacado. Abrieron los detalles del movimiento, y Áurea notó cómo se quedaba blanca.

—¿Por qué coño le hace un ingreso la editorial de Isabel a Andrés?

Eso sí que no tenía sentido. Se sentía un poco frustrada. A cada paso que daba, en vez de resolverle una duda, le creaba otras. ¿Qué pintaba la editorial en esa historia? ¿De qué conocían a Andrés?

—Habrá que preguntarles qué relación laboral

tenían con el sospechoso del secuestro de una de sus becarias... Alguna razón tiene que haber... ¿Por qué se iban a liar en un asunto tan sucio solo por una becaria?

—Es más que una becaria.

Sergio la miró extrañado. Estaba claro que no había leído todas sus notas... Ya le echaría la bronca en otro momento. En esos instantes, tenían algo mucho más importante. Se aproximó de nuevo al ordenador de Isabel, abrió su correo y, tras buscar el que quería, le dijo a Sergio que leyera. Él se volvió enseguida hacia ella.

—¿Y esto?

—¿No te suena?

—Claro que sí. Es uno de los libros más vendidos el pasado verano... ¿Por qué lo tiene Isabel? ¿Lo ha pirateado?

—No. Lo ha escrito.

La cara de Sergio era todo un poema. Y no le extrañaba. A ella también le había costado creérselo.

—¿Es un «negro»?

Asintió con la cabeza. Sergio se echó para atrás en su silla, pensando.

—Pero sigue sin tener sentido... ¿Realmente crees que una editorial así organizaría el secuestro de una chica solo para que no salga a la luz que usa «negros»?

—No. No lo creo. —Y eso era lo único que tenía claro en esos momentos.

—¿Entonces...?

—¿Sinceramente? No tengo ni idea.

· · ·

Se removió inquieta en su asiento. No conseguía sentirse cómoda en el asiento del coche. Notó la sonrisa divertida de Sergio mientras conducía por las calles de Madrid. No pudo evitar recordar cómo, horas antes, había montado en ese mismo coche, en ese mismo asiento, para emprender una alocada persecución que acabaría con la muerte de su sospechoso. Un sospechoso que, quizás, fuera el único que sabía dónde estaba Isabel.

—¿Qué piensas?

Sergio no se volvió hacia ella ni un segundo mientras hablaba.

—Pienso en Isabel. Pienso en dónde estará. Y en cómo. Si Andrés era su raptor, si no la encontramos a tiempo... ¿Cómo va a alimentarse?

Sergio no le respondió. Siguió con la mirada fija en su camino.

—¿Qué piensas ahora tú?

—Sabes las probabilidades que hay de que Isabel ya no esté con vida, ¿verdad?

Quiso pegarlo. A él y a su maldita realidad. El cuerpo semidesnudo de Lucía volvió a atormentarla. No. Isabel tenía que estar aún con vida. Había algo en su corazón que le decía que estaba viva. Que aún tenía una oportunidad de encontrarla, y no pensaba rendirse.

—Quizás sería mejor que fueras tú a hablar con la editora, y yo siguiera buscando alguna nueva pista.

—Eres quien mejor conoce el caso, necesito tus ojos y tu instinto... Será algo rápido. Y, cuando volvamos, tendremos sobre la mesa toda la información que necesitamos.

Suspiró. No dijo nada más. Tampoco era que tuviera mucho que decir. Aparcaron justo delante del edificio. Salió del coche y lo contempló durante unos instantes. Luego se dirigieron hacia el interior.

Mientras Sergio hablaba con la recepcionista

(rubia, como ya había deducido en su llamada telefónica), ella observaba el ajetreo de la oficina. Era un lugar tan normal. No. No se podía creer que entre esas cuatro paredes se pudiera haber planeado un secuestro...

—Buenos días, soy Laura. Me han dicho que me buscaban.

Se giró. Laura era una mujer joven, atractiva y delgada, y emanaba una gran seguridad. Y, definitivamente, había algo en ella que no le gustaba nada. No podría decir lo que era.

—Buenos días.

Sergio se presentó y la presentó. Áurea pudo percatarse de la mirada que el policía echaba a la jefa de Isabel. Laura también se dio cuenta y sonrió coqueta. Bufó. Lo que le faltaba por aguantar.

—Vamos a mi despacho, y me cuentan en qué puedo ayudarles...

Aunque hablaba en plural, Laura solo se dirigía a Sergio. Y su compañero parecía encantado. Definitivamente, tendría que haberlo dejado solo y haberse ido ella a seguir investigando.

Entraron en el despacho de Laura, y esta se sentó en su mesa. Sergio se sentó en una de las sillas. Ella prefirió quedarse de pie, apoyada en una pared, para observar todo con detalle.

—¿En qué puedo ayudarles?

Había mujeres que, en cada gesto que hacían, gritaban a los cuatro vientos: «sexo». Y a ella, que siempre le había parecido genial que una mujer se sintiera tan segura de su propia sexualidad, solo le salía odiarla. Y lo peor era que era consciente de por qué: por lo a gusto que se veía que estaba Sergio con ella.

—Venimos a hablar sobre Isabel Esteban.

—Imaginaba… ¡Qué desgracia su desaparición! Aquí estamos todos consternados… Era una gran becaria… Lo que no sé es en qué podría yo ayudarles… en este tema.

Áurea levantó una ceja. Le dieron ganas de soltarle que sabía toda la verdad sobre el trabajo de Isabel, pero no podían desenvainar todas sus armas. Y bastante grande era ya la bomba que iban a soltar. Sergio sonrió, abrió su mochila, sacó una carpeta y le pasó el extracto del banco donde aparecía el pago a Andrés.

—¿Reconoce este pago?

Laura cogió la hoja, la miró y se la devolvió.

—Es nuestra cuenta bancaria, de eso no hay la

menor duda. Pero no sé a quién se le ha hecho. Como comprenderán, eso lo lleva otro departamento.

—La transferencia se hizo unos días antes del secuestro de Isabel… Y se hizo desde esta editorial a uno de los secuestradores.

La reacción de Laura fue inmediata. Se puso blanca y pareció que se le paraba el corazón durante unos instantes. No. No era la reacción de una culpable.

—No lo entiendo… Yo…

Tartamudeaba… Sergio se levantó y se puso a su lado. Demasiado cerca para su gusto.

—Necesitaríamos la factura o los motivos por los que se ha hecho esa transferencia.

—Claro… Lo que necesite… Yo… —Laura descolgó el teléfono, marcó y, casi al momento, empezó a hablar con alguien. Le dio todos los datos de la transferencia. Y luego, tras pedir que no tardaran mucho, volvió a colgar—. Van a mirarlo…

—¿Cuánto tardarán?

—Espero que no mucho… Yo… Es cierto que últimamente había tenido algunos enfrentamientos con Isabel, pero nada personal. Cuando trabajas mano a mano con alguien, hay roces… Pero…

—No se preocupe… No se sienta culpable… Esta es mi tarjeta, cuando sepa algo… dígamelo.

—Por supuesto… Le llamaré enseguida.

Sergio le dedicó una de esas sonrisas suyas que solía usar con las chicas guapas. Suspiró.

—¿Cuándo fue la última vez que tuvo contacto con Isabel? —interrumpió el momento.

—No lo recuerdo… Normalmente hablábamos más por *mail.* Isabel solía trabajar desde su casa… Yo… Podría consultarlo…

Estaba completamente aturdida y empezó a revisar su agenda… Les dijo que había hablado con ella el lunes anterior al secuestro. Negó que hubiera hablado con ella el martes de su desaparición.

—Pues… creo que eso es todo. Por favor, llámenos cuando tenga toda la información de la transferencia.

—Por supuesto… Les llamaré.

Se dio la vuelta y se dirigió hacia la puerta. Giró la cabeza.

—Sergio, ¿vienes o te quedas?

Sergio se encogió de hombros y se volvió hacia ella con una sonrisa divertida. Laura los acompañó hasta la puerta. Allí se despidieron.

—Si les puedo ayudar en algo más…

—La mantendremos informada.

Le dio la mano. Ella la miró fijamente. Examinándola.

—Dele saludos a Raúl.

—No sabía que conocía a Raúl… —le dijo extrañada.

—Coincidimos un par de veces…

Se encogió de hombros, y salieron de la oficina. No dijeron nada en el ascensor.

—¿Piensas que dice la verdad? ¿Que no sabía nada…? —rompió el hielo. Odiaba esa tensión…

—Lo creo…

—Y yo… ¿Y ahora?

—A seguir currando.

• • •

Salieron del ascensor. Sergio avanzó hacia la puerta, pero ella se quedó quieta delante del cartel que anunciaba el piso en el que se encontraba la editorial. Ese lugar guardaba demasiados secretos, y ella sentía la necesidad de sacarlos todos a la luz. Sergio se acercó.

—Me parece que podemos descartarla como sospechosa.

No le contestó. Solo asintió con la cabeza. Por muy mal que le hubiera caído, ella también era partidaria de esa opción. Pero necesitaba otra opinión... Y Laura le había dado la posibilidad de conseguirla al momento. Cogió su móvil y llamó. Raúl se lo cogió al segundo toque.

—¿Qué necesitas, preciosa?

—Raúl, ¿conoces a una editora de la editorial Paraíso que se llama Laura?

El silencio le respondió al otro lado de la línea. Luego, oyó cómo su compañero se aclaraba la garganta y comenzaba a hablar.

—Sí. De un viejo caso... ¿Por?

—Me ha dado saludos para ti. ¿Qué opinas de ella?

—¿Es por el caso de la chica desaparecida? Laura quizás no sea la persona con más ética del mundo, pero no la veo involucrada en un secuestro. Es ambiciosa, pero no... —Se detuvo. Debía estar buscando la palabra adecuada—. No es mala persona.

—Ya... ¿Y tu relación con ella?

—Un error.

No hizo falta que le dijera nada más. La reputación de su colega le precedía.

—¿No te me irás a poner celosa? Sigues siendo mi detective favorita.

Se rio. Lo necesitaba. Y, en su risa, desahogó mucha de la tensión acumulada.

—¿De ti? Ni de coña.

Y era verdad. No se ponía celosa por él. Miró a Sergio, que la contemplaba en silencio, esperando que ella terminara de hablar.

—Muchas gracias, Raúl. Te debo una copa.

—Cuando quieras.

Colgó el teléfono con una sonrisa en los labios. En esos días, había hablado más con Raúl que en todos los años que habían trabajado puerta con puerta... Y era agradable poder tener un amigo en el trabajo. Alguien que comprendiera todos los pormenores de su trabajo.

Notó que Sergio seguía mirándola expectante. Salió del edificio y se dirigió al coche a paso ligero. Él la siguió extrañado.

—¿Pasa algo?

Se volvió hacia Sergio, que se había colocado justo detrás de ella. Demasiado cerca para su gusto.

—¿A qué te refieres?

—Te noto tensa.

Él puso sus manos en los brazos de Áurea, acariciándola por encima de la ropa. Quiso retirarse de golpe, alejarse de ese contacto, huir del escalofrío que le había recorrido cada parte de su cuerpo... Negó con la cabeza. Necesitaba centrarse en el trabajo. Y ella era una experta en eso.

—Se te olvida un detalle. Quizás Laura no sepa nada del pago a Andrés, pero alguien de esa editorial lo realizó. Y no creo en las casualidades.

—Bueno... Laura ya nos ha dicho que, en cuanto sepa algo, nos llamará.

—Estoy segura de que te llamará.

Había intentado quedarse callada. Morderse la lengua y no pronunciar nada que le hiciera ver a Sergio que le habían molestado las miraditas que había intercambiado con la sospechosa... Sergio la cogió por la barbilla y le subió el rostro hasta que se miraron a los ojos, inclinándose hacia ella.

—¿Estás celosa?

No le contestó. Se conocía y sabía que, si abría la boca en esos momentos, no saldría nada agradable de entre sus labios. Se soltó bruscamente y se volvió hacia el coche. Vio, en el reflejo de la ventanilla, cómo una sonrisa divertida se dibujaba en el rostro de Sergio. Suspiró. Apretó los puños. Si no, acabaría volviéndose y dándole un puñetazo.

—¿Piensas abrir el coche o te vas a quedar mucho tiempo parado?

Sergio soltó una carcajada y rodeó el vehículo. Ella aprovechó para girarse y mirar hacia el edificio que se alzaba frente a ella. Lo examinó lentamente. Como si pudiera decirle algo, como si la pista definitiva estuviera ahí, delante de ella. Realmente no podía creerse que alguien secuestrara a una chica solo para que no revelara que era la escritora fantasma de un autor de *best seller*... Pero seguía volviendo a ella la misma maldita pregunta: ¿Por qué habrían pagado esa cantidad de dinero a Andrés?

Había aprendido en su trabajo que las casualidades no solían existir. Y, en esa ocasión, todas sus alarmas pitaban como locas.

11

Las llamadas telefónicas de Andrés y Miguel no les aclararon nada. No había entre ellos ningún intercambio de llamadas ni de mensajes. El único número que tenían en común era el de Isabel.

Áurea estaba de pie delante del tablón. Intentando encontrar algo que se les hubiera pasado. Una pista que los llevara a localizar dónde podía estar Isabel. Mantenía la esperanza de encontrarla con vida, pero... Cada rato que perdían, cada segundo que malgastaban reducía radicalmente las probabilidades.

—La prensa ya se ha enterado de la muerte de Andrés.

Una muchacha vestida de uniforme había entrado en el despacho para decírselo.

—¿Cómo narices...?

La ponía furiosa. ¿Quién se había ido de la lengua? ¿Cómo había pasado una historia, que a nadie parecía importarle, a ser el centro de atención de todas las cadenas y, en especial, de esos pseudoperiodistas que vivían del morbo y las desgracias ajenas? ¿No podría existir un término medio?

—Es normal, Áurea. Yo ya no me sorprendo ni me enfado por esas cosas… A veces, hasta hacemos apuestas sobre cuánto van a tardar…

Gruño y se acercó a la mesa. Habían imprimido las llamadas telefónicas que habían realizado los dos sospechosos… Miró a Sergio.

—¿Y las recibidas?

—¿Las recibidas?

—Sí. Ya sabemos que desde sus móviles no se han puesto en contacto. Tampoco por *mail*, pero de alguna manera quedarían el día de la muerte de Miguel. Dudo que fuera una casualidad. Y también dudo que Andrés fuera a ver a Miguel por su propia iniciativa, y él lo invitara a su casa…

—¿Entonces?

—Siguen existiendo las cabinas…

Sergio se sentó en su ordenador asintiendo. Lo vio teclear y, a continuación, empezó a imprimir. Áurea cogió el taco de hojas. Uno era el listado de llamadas recibidas de Andrés, y otro, las de Miguel. Le dio las de este último a Sergio y ella comenzó a revisar las de Andrés. Se sentó y empezó a subrayar todas aquellas susceptibles de ser teléfonos públicos. Era una labor odiosa. Era buscar una aguja en un pajar.

—Áurea, mira esto.

Se volvió hacia Sergio. No se esperaba que él estuviera casi pegado a ella, y chocó sus piernas contra las de él al girar la silla perdiendo, debido impulso del giro, la estabilidad por unos instantes. Instantes en los que Sergio la agarró con fuerza, acercándose aún más a ella para evitar que se cayera. Y ella maldijo la tensión sexual que la rodeaba, que se podía tocar y que le hacía desear más... Pero ese no era el momento, y ella no iba a perder más tiempo con una historia que no estaba preparada para vivir.

—Gracias. —Se soltó de entre sus brazos y se volvió a acomodar en su silla—. ¿Qué has encontrado?

—Mira este número. Tiene varias llamadas. Y la última fue poco más de una hora antes de que Andrés y él fueran a su casa.

Contempló el número. Sergio se volvió de nuevo hacia su ordenador. Odiaba esperar a que él encontrara los datos que necesitaban, aunque fuera algo tan rápido como eso.

—Sí. Es un teléfono público. Ahora, vamos a ver dónde está…

El programa que utilizaba Sergio no era como el que se podía ver en las películas y series yanquis, donde el mapa les aparecía con una vista de satélite. Ahí solo aparecía la dirección, y luego, después de hacer clic en el mismo, ya aparecía el mapa.

Examinó la zona que se mostraba en la pantalla del ordenador. Frunció el ceño. Parecía un polígono.

—¿Puedes ampliar el mapa para ver dónde está?

Sergio asintió en silencio y amplió la zona de búsqueda. Se miraron fijamente. Eso no podía ser casualidad. El polígono estaba a menos de un kilómetro de donde desaparecía la señal del teléfono de Isabel.

—Tiene que estar ahí.

—El polígono es bastante grande… Tenemos que ver qué edificio está abandonado o en desuso.

—¡Pues vamos ahí y los recorremos uno a uno!

Sergio la miró unos breves segundos. Y, con solo la mirada, supo que, por desgracia, las cosas no se hacían así. Empezó a andar por toda la habitación como un gato encerrado. Sergio salió del despacho. Ella volvió a mirar el mapa. No podía ser casualidad. Puso el Google Maps y la vista de la cámara... Ahí estaba la cabina. Movió un poco la imagen. En la esquina más cercana había un bar. Tamborileó con los dedos en la mesa.

Luego se dirigió al perchero, cogió su chaqueta, su mochila y salió de la sala. Miró el pasillo, no había ni rastro de Sergio. Suspiró. Sabía que se iba a enfadar mucho con ella, pero no tenía tiempo que perder. Tenía que encontrar a Isabel.

. . .

Iba a mitad de camino cuando el móvil le empezó a sonar. Era Sergio. No tenía la menor duda. No tenía ni que mirarlo. Descolgó a través del manos libres. No era muy partidaria de hablar por teléfono mientras conducía, pero, en esos momentos, no iba a parar para escuchar cómo le echaba la bronca por haberse ido... Solo podía pensar en llegar cuanto antes.

—Áurea, ¿qué narices haces?

—Estoy harta de quedarme quieta, esperando... Tú sigue investigando desde tu despacho si quieres...

—Áurea..., ¿no estarás conduciendo mientras

hablamos?

—¿Quieres algo más?

No estaba de humor para escuchar sus sermones... Oyó a Sergio suspirar. Seguramente, armándose de paciencia... Centró su vista en la carretera. Ya le quedaba poco para llegar. ¿Qué pasaría si en el bar encontraba una pista de dónde podía estar Isabel? Sabía que no podía ir sola o, al menos, no era recomendable.

—Sergio, yo comprendo que tú tengas que dar unos pasos... Yo solo voy al bar de al lado de la cabina... quizás alguien haya visto a Andrés y nos pueda ayudar a eliminar locales... No te preocupes; si me entero de algo, te llamo.

Sergio no estaba muy de acuerdo con ese plan. Tampoco le dejó protestar. Le colgó antes de que dijera algo más. Y siguió directa a su destino.

Encontrar la cabina no fue tan fácil como ella pensó en un principio. Todas las malditas calles le parecían iguales, y, en muchos de los edificios, ni siquiera aparecían los nombres de las calles. Pero, por fin, la encontró. Aparcó la moto en la acera de enfrente y se acercó hacia la misma. Miró a los alrededores. No hubo suerte. No había ninguna cámara de tráfico en las inmediaciones. Y no pudo evitar plantearse que estaba buscado aposta. Quizás simplemente fuera su imaginación; seguramente no tuvieran tantas cosas tan controladas. Nadie era tan minucioso. Se repitió a sí misma que el crimen perfecto no existía. Y si existía, ese no era.

Se apoyó en la cabina. Miró a su alrededor. Intentaba imaginarse a Andrés en ese mismo lugar. ¿Vendría andando o en moto? ¿Qué llamaría menos la atención? Entró en la cabina. Sabía que era imposible, pero no podía perder la esperanza de encontrar algo que Andrés se hubiera dejado olvidado... Sin embargo, en ese pequeño y reducido espacio no había más que una caja de tabaco vacía, colillas por el suelo y bastante polvo. Y encima ni siquiera le valían esas colillas para comprobar si Andrés había estado ahí. No quería pecar de prejuiciosa, pero no veía a ese chico fumando tabaco *light*.

Salió de la cabina y se dirigió al bar. A esas horas, no parecía estar muy lleno. Se deseó suerte. Ojalá en alguna de las ocasiones que Andrés fuera a la cabina entrara en ese local a tomarse algo.

Iba a entrar cuando empezó a sonarle el teléfono. Era otra vez Sergio. Quizás hubiera encontrado algo.

—Dime.

Sintió cómo el corazón le latía a toda velocidad. La ansiedad empezaba a aparecer en su cuerpo, y el miedo a encontrarse en otro callejón sin salida era cada vez mayor.

—Creo que hemos localizado el sitio... —Sintió

cómo las piernas le temblaban. Era incapaz de hablar—. ¿Dónde estás?

—Al lado de la cabina…

—Perfecto. Estamos al lado. En menos de dos minutos te recojo.

—¿Cómo…?

—Yo también tengo diminutos que me ayudan…

—Sergio…

No estaba para bromas en esos momentos… Oyó el ruido de las sirenas inundando el polígono. Y el coche de Sergio apareció al instante por la calle, directo hacia ella. Casi ni le dejó frenar. Se introdujo en el coche mientras colgaba el teléfono, y, rápidamente, se dirigieron al noroeste del polígono.

—Solo hay tres locales vacíos en este polígono. Uno de ellos, según nuestros confidentes, lo utilizan gran cantidad de drogatas… No es el mejor lugar para esconder a nadie; rápidamente, alguien la habría visto y se hubiera corrido la voz…

—¿Y por qué habéis descartado el otro?

—No lo hemos descartado del todo. Solo nos hemos dividido…

—Pero... entonces... ¡Mejor voy yo a uno y tú a otro!

—Áurea... Sabes que no puedes entrar...

Le hirvió la sangre... Sergio aparcó justo delante de la verja de un viejo edificio. Realmente parecía que llevaba mucho tiempo sin funcionar. Áurea, en cuanto notó que el coche se paraba, se desabrochó el cinturón y salió. Sergio lo hizo justo detrás de ella para pararla.

—Áurea...

—Vamos, Sergio... El raptor está muerto... Lo vimos morir... No voy a correr ningún peligro...

—No lo sabemos. No sabemos si Andrés trabajaba solo, si lo hacía con Miguel o si había alguien más ahí... No puedo dejar que participes en la operación...

Sergio la había apoyado en el coche y la cogía por los brazos. De pronto, subió una de las manos para cogerla por la barbilla y obligarla a mirarlo fijamente.

—Sabes que soy mejor que muchos de tus hombres.

Sabía que su voz sonaba tranquila y serena, pero, por dentro, le temblaba todo. Por la cercanía del cuerpo de Sergio y, sobre todo, por el ansia de que esa pesadilla terminara bien.

—No tengo la menor duda... Es más, estoy seguro

de eso... Pero no podría perdonarme que te pasara algo.

Y, sin previo aviso, sin ninguna señal, Sergio agachó la cabeza y abordó su boca con decisión, pasión y mucha ternura. No supo reaccionar. Disfrutó del beso y de todas las sensaciones que el cuerpo de Sergio le producía. Cuando se separó de ella, aún seguía sintiendo el roce de sus labios contra los suyos, el corazón montando una fiesta en su pecho y las respiraciones entrecortadas.

—Espera en el coche...

—¿En tu coche?

El placer que la había invadido segundos antes empezaba a pasársele debido a esa orden que acababa de recibir...

—Iremos narrando todo por la radio... Así podrás escucharnos al momento.

Quiso decirle que tenía pinchadas sus frecuencias de radio, pero prefería no meterse en líos. Sonrió y, sin perder más el tiempo, se metió en el coche preparada para el rescate...

• • •

Odiaba esa situación. La odiaba a muerte. Quieta en

ese coche, escuchando lo que pasaba en el edificio que se plantaba ante sus ojos. Abrió la guantera. Había tenido suerte. Un maldito paquete de tabaco. Bajó un poco la ventanilla mientras se encendía el cigarro. Llevaba siglos sin fumar, pero, en esos momentos, lo necesitaba como el aire que respiraba.

La noche caía sobre Madrid. Se encontraban a las afueras. En un pequeño polígono medio vacío. Se sonrió. Era un lugar tan peliculero. Tan propio de Hollywood (o de una serie de policías). Solo faltaba una falsa alarma, una trampa. Una explosión. Dio una larga calada mientras desterraba esos pensamientos de su cabeza. ¿Cómo se le ocurrían esas cosas en aquel momento?

«Aquí hay una puerta».

La voz de uno de los policías a través de la radio llegó hasta ella. Notó cómo el aire se le iba de los pulmones. Muriéndose de ganas de estar ahí dentro. De acompañarlos en esa expedición. Odiaba quedarse atrás. *«Pues haberte hecho policía».* Esa era la voz de su madre, que nunca comprendería su decisión. Un fracaso como hija. Eso era. Pero era muy buena en lo suyo. Por mucho que sus progenitores no quisieran verlo. Si estaban allí, era por ella. Si no hubiera sido por su trabajo, seguramente no habrían llegado allí. Hubiera sido otro nombre en la lista de desaparecidos sin localizar.

Prestó atención al ruido que procedía de esa maldita radio. Se oía tan mal, con tantas interferencias. Se encendió un cigarro con la colilla del anterior. Ya se arrepentiría al día siguiente. Esa tarde no podía evitarlo. Era eso o destrozarse las uñas o salir corriendo hacia ese garaje por el que habían entrado.

«Por aquí... hay algo».

¿Algo? ¿Qué narices significaba algo? Se estaba quedando sin aire. Y, de pronto, ya no estaba en ese polígono, estaba en el descampado que la perseguía en sus sueños. No. Se obligó a volver. Esa vez no le podía pasar. No. Esa vez tenían que haber llegado a tiempo. No soportaría dos caras persiguiéndola en sus pesadillas.

«Veo un cuerpo... Sí. Hay alguien tirado en el suelo. Parece una mujer… No consigo adivinar si está viva o no».

¿Un cuerpo? ¿Viva o muerta? Cerró los ojos y, sin poder evitarlo, le pidió a Dios que estuviera viva. Por favor...

«¡Avisad a los sanitarios!».

El corazón le dio un nuevo brinco en su pecho. Si necesitaban a los médicos, era por algo...

—Está viva... —susurró varias veces como si necesitara creérselo.

«Primero tenemos que despejar la zona».

La voz de Sergio pidiendo calma la irritó. Sí, ya la habían encontrado, pero ella no sabía en qué condiciones, y cualquier segundo podía ser vital. Por mucho que comprendiera que tenían que asegurarse de que ningún secuestrador andaba cerca... Si es que no estaban ya todos muertos.

«Despejado. Que pasen los sanitarios».

Los vio avanzar rápidamente hacia la entrada de la fábrica. Uno de los policías había salido a buscarlos para ir directos.

«Áurea, puedes entrar».

La voz de Sergio le sonó más maravillosa que nunca. No se lo pensó ni un segundo. No fuera a ser que recapacitara y se lo pensara bien. Salió del coche, apagó el cigarrillo, se sujetó el cabello en una coleta alta y se dirigió a la puerta de la fábrica. Un joven policía la saludó en la misma, indicándole a dónde tenía que ir. A su lado entró parte del equipo de la científica. Sonrió con cinismo. Tanta rapidez y efectivos se debían, en gran parte, a la repercusión mediática que el caso había adquirido en las últimas horas.

Bajó unas escaleras. Abrió su mochila y sacó una linterna. El lugar era tenebroso. Los escalones gemían bajo su peso, la humedad se le introducía en los pulmones helándole hasta el alma… ¿Había estado ahí todos esos días o la habrían cambiado de sitio?

El sótano era un pasillo lleno de puertas blindadas; al fondo del mismo, vio a los sanitarios sacando a Isabel de uno de los extraños almacenes que había en ese lugar. Aceleró el paso. No quería interrumpir el rescate, pero necesitaba verla, necesitaba ver que estaba bien...

La contempló. Estaba sucia. Con los ojos perdidos en el infinito. Debía de haber pasado un infierno, pero estaba allí. Viva. Y, muy pronto, completamente recuperada.

—Está bien.

No se esperaba que Sergio apareciera por una de las puertas que invadían el pasillo. No dijo nada más. Le pasó unos guantes para que no tocara nada sin ellos y volvió a entrar en la habitación. Lo siguió. Estaba claro que el secuestrador la utilizaba como despensa. Había latas de conservas, pan de molde, embutidos, briks pequeños de zumo... Eso, al menos, parecía una buena señal. Isabel no habría pasado hambre.

—La querían con vida...—murmuró mientras observaba todo su alrededor.

—Eso parece... Pero... ¿para qué? No habían pedido rescate, no ha sido algo precipitado a raíz de alguna discusión... ¿Qué interés tendría Andrés en retenerla aquí?

Se encogió de hombros. Ojalá Isabel pudiera

aclarar algunas de esas preguntas.

—¿Puedo ver dónde la tenían?

Sergio le hizo un gesto con la cabeza, lo siguió de nuevo al pasillo y se fueron al final del mismo. Isabel no estaba ya. La debían haber subido a gran velocidad. ¿Cuánto tiempo habría estado sin ver la luz del día? No se lo podía ni imaginar. A lo largo de su carrera había podido hablar con varios supervivientes de secuestros, pero nunca dejaba de sorprenderse por la maldad que podía acumular el ser humano.

La habitación donde habían encontrado a Isabel era más pequeña que la que servía de despensa. Tenía un colchón hinchable en una esquina. Una sábana y una pequeña manta. Poco más adornaba el lugar. Un pequeño orinal en una esquina y un plato sucio en la más lejana. Al menos, la sala estaba bien iluminada por un flexo situado en el techo. Las paredes eran grises, completamente lisas. El sitio estaba bastante más limpio de lo que podía esperar.

Los chicos de la científica ya habían esperado para tomar fotos por todos lados.

—¿Quieres que vayamos al hospital? Aquí poco podemos hacer ya.

Asintió ante la pregunta de Sergio y se dirigió a la salida de la habitación. Cuando llegó a la puerta, se volvió para observarla. ¿Por qué sentía que había algo que se le escapaba en toda esa historia?

La falsa verdad

12

Había convencido a Sergio para ir en su moto con la excusa de que no iba a dejarla en mitad del polígono. Tuvo la sensación de que él no se opuso tanto como otras veces y, curiosamente, eso la hizo sentir incómoda. El beso que le había dado antes volvió a su mente. Era muy consciente de que hacía siglos que no sentía ese extraño y placentero calor cuando alguien la besaba.... ¿Alguien? Hacía mucho que Juan no le había hecho sentir esas mariposas revoloteando por su cuerpo... Quizás simplemente era eso. Que hacía demasiado que ya no estaba enamorada de su marido... Su marido... Por mucho que su corazón hacía tiempo que no se sentía atado a él, por mucho que su cerebro le gritaba que eso estaba muerto... ella nunca se había atrevido a verlo... Al final, hasta tendría que darle las gracias a Juan por irse con otra... Si no, quizás ninguno de los dos hubiera dado el paso.

Frenó en un semáforo y notó cómo Sergio aprovechaba para agarrarse a su cintura con más fuerza. Sintió un pequeño escalofrío recorriéndole el cuerpo, pero decidió ignorarlo. No era el momento para pensar en su relación con Sergio… Y tampoco sabría qué decirle. Se sentía mal por tener algo con él mientras aún estaba empezando a tramitar su divorcio, y se sentía aún peor por saber que necesitaba tiempo, que no podía embarcarse en algo serio en esos momentos… Pero era egoísta. Sentir a Sergio dentro de ella, perderse en su boca y en sus manos… Era demasiado tentador, demasiado placentero…

Aparcó en las cercanías del hospital. No estaba muy lejos del polígono, por lo que no habían tardado mucho en llegar. Sergio la paró de golpe. Su corazón se aceleró. No estaba preparada para volver a enfrentarse a sus ojos… Pero se equivocaba.

—La prensa…

—¿Cómo es posible?

En el *parking* del hospital había varias furgonetas de diferentes televisiones. Se quedaron quietos, observando la situación. Se volvió hacia Sergio.

—¿Quién se lo ha dicho? ¿¡Quién narices se lo ha dicho!? Tienes un maldito topo en la unidad. Si no, no es posible que se hayan enterado tan rápido. ¡Si han llegado antes que nosotros!

Sergio no dijo nada. No hacía falta. Su rostro expresaba todos los pensamientos que pasaban por su cabeza, y sintió una enorme necesidad de abrazarlo. Pero se la guardó en un rinconcito de su corazón.

—¿Y ahora? —preguntó volviendo a mirar hacia los periodistas que se amontonaban a unos metros delante de ellos.

—Siempre hay más de una puerta…

Miró de nuevo a Sergio. Lo había dicho de tal forma que parecía ir con un doble sentido que no acababa de entender. Sin embargo, se encogió de hombros y, dando una vuelta, se dirigió por el camino que indicaba Sergio.

Consiguieron entrar en el hospital sin llamar la atención de nadie. Avanzaron por el pasillo con el corazón palpitando. Ya sabía que estaba bien, pero hasta que no pudiera decírselo ella por si sola…

En la puerta de la habitación que le correspondía a Isabel había dos policías charlando animadamente.

—Buenas… —Sergio tomó la iniciativa. Los dos policías se volvieron hacia ellos—. ¿Está ya en la habitación o siguen observándola?

—Aún no la han subido.

—De acuerdo.

Entraron en la habitación para esperar. Era una habitación individual bastante espaciosa para lo que solían ser las habitaciones de hospital. Se acercó a la ventana. No, por suerte, esa ventana no daba a la entrada donde decenas de periodistas acampaban.

—¿Qué estarán diciendo? ¿Puedes poner la televisión?

—Se necesita una tarjeta o algo... —Sergio examinaba la televisión.

—Es increíble. Luego nos acercamos a comprarle una, por si acaso... Aunque no sé si es positivo que vea ciertas cosas.

Áurea se sentó en una de las sillas, sacó su móvil y empezó a navegar. Pronto se quedó con la boca abierta.

—¿Sabes quiénes están aquí abajo hablando con la prensa?

—¿Quién? —Sergio se acercó a ella para mirar por la pantalla de su móvil.

—La madre de Isabel y su nueva pareja.

Notó el enfado invadiendo los ojos de Sergio. Normal. Ella misma había pasado del asombro al enfado.

—¿Te puedes creer que ni siquiera ha pasado por la comisaría para saber algo de su hija desde que saltara la noticia? Llamaron por teléfono y poco más...

Apagó el móvil. No quería seguir escuchando tonterías. Se puso de nuevo de pie. ¿Cuánto quedaría para que llegara Isabel? ¿Estaría en condiciones para contarles algo de lo que le había pasado?

La puerta se abrió de golpe, y los dos se giraron. La madre de Isabel apareció. Y no. No parecía una madre desolada y desesperada por volver a ver a su hija. Era una mujer atractiva y que había sabido envejecer muy bien. Seguro que tenía más años de los que aparentaba.

—Buenas tardes. —Parecía sorprendida de encontrarlos allí—. Creía que esta era la habitación de mi hija.

—Lo es.

Sergio le echó la bronca con la mirada. Su tono había sido borde y seco. Pero no podía evitarlo, ni tampoco quería hacerlo. Esa mujer le daba asco. Su teatro de madre cariñosa y preocupada era solamente eso: un teatro. Sergio se acercó a la mujer.

—Buenas tardes, me llamo Sergio. Áurea fue la detective con la que se puso en contacto Miguel para denunciar la desaparición de su hija. Hemos trabajado mano a mano para encontrar a Isabel.

—Muchísimas gracias por su trabajo.

La madre de Isabel le hizo ojitos a Sergio. Lo que le faltaba. Miró al nuevo padrastro de Isabel; se había quedado en la puerta, callado, intentando pasar desapercibido y con cara de no saber muy bien qué narices estaba haciendo ahí.

—¿Sabe si falta mucho para que la suban?

—Por ahí viene…

Fue el padrastro quien contestó a su pareja. Todos se volvieron. Isabel iba en una camilla. Varias personas la acompañaban. La madre se lanzó hacia ella antes de que nadie pudiera reaccionar. Fue hacia Isabel y la cogió de la mano mientras gritaba lo mucho que la quería y frases por el estilo.

—¿Qué haces aquí?
La voz de Isabel había sonado aún más dura que la suya segundos antes. Se soltó de su mano e intentó sentarse. Uno de los sanitarios que estaban a su lado se lo impidió.

—No te levantes…

—Hija, ¿cómo no iba a estar aquí? Estaba preocupada por ti…

—¿Preocupada por mi? Ya…

Los camilleros ponían cara de circunstancias mientras seguían avanzando hacia la habitación. Ni Áurea ni Sergio retiraron la mirada de la escena que se estaba originando delante de ellos.

—Pero, hija…

—No quiero verte… Vete.

—Isabel…

El tono de la madre había cambiado. Ya no parecía una madre preocupada, había cambiado su rol a uno mucho más frío y amenazante.

—Vete… Este no es tu momento.

Los camilleros y los médicos entraron en la habitación junto con Isabel y les pidieron que salieran de la misma unos momentos. El silencio que se hizo cuando cerraron la puerta era abrumador. Sergio se volvió hacia la madre de Isabel.

—No se lo tenga en cuenta. Ha pasado un infierno. Váyase al hotel, descanse… Mañana seguro que estará más receptiva.

Ni siquiera le contestó. Se dio la vuelta y se alejó de ellos camino de la salida. El padrastro se despidió con un «hasta luego» y se fue tras ella.

—Vaya familia… —murmuró.

Y luego se volvió hacia la puerta. Suspiró. Esperaba que no tardaran mucho en abrir y dejarlos pasar.

· · ·

El médico salió de la habitación mientras los camilleros seguían acomodándola. Se dirigió directamente a ellos.

—La paciente está bien. No tiene lesiones graves. Está algo deshidratada y débil, pero teniendo en cuenta las circunstancias, está realmente bien. Es una chica muy fuerte.

Sentía que había un «pero» que no se estaba atreviendo a decir en voz alta.

—¿Hay algo más? —preguntó.

—Tiene síntomas de haber sido violada.

Tragó saliva. No tenían bastante con secuestrarla… ¿Por qué iban a querer violarla Andrés o Miguel? Ya tenían relaciones sexuales con ella. ¿Querían castigarla por haber jugado con ellos? ¿Había sido solo uno o los dos?

Se despidieron del médico y entraron en la

habitación. Isabel los esperaba sentada en la cama. Miraba por la ventana. Parecía muy pensativa. Se volvió hacia ellos al oír la puerta abriéndose. Pareció aliviada al ver que no los acompañaba su madre.

—¿Cómo te encuentras?

Isabel la miró fijamente. Tenía una expresión perdida en el rostro, seguramente intentando situarse y saber si la conocía o no. No debía ser nada fácil volver a la realidad tras esos días en cautiverio.

—Bien...

—Me llamo Áurea. Miguel —le tembló un poco la voz al pronunciar su nombre— me contrató para encontrarte.

—¿Miguel? ¿Dónde está?

Tragó saliva. Se acercó a ella y se sentó a su lado en la cama. Nunca se le había dado bien dar noticias de ese estilo.

—Ahora no te preocupes por él... Lo importante es que tú estés bien.

—¿Recuerdas algo de tu captor? ¿Lo reconociste?

Sergio cortó la conversación. Sin embargo, usaba un tono de voz tan dulce y sencillo que no te hacía sentir molesto como si estuvieras en un interrogatorio. Se le daba realmente bien. Ella era un desastre en ese sentido.

—No... Siempre iba con una máscara... No hablaba... Nunca me respondía.

—¿Cómo era la máscara?

—Blanca. Con unas lágrimas rojas...

Áurea cogió su móvil y buscó en el navegador. Luego le enseñó su pantalla a Isabel, que se quedó paralizada mirándolo. Sabía que, quizás, era muy pronto para volver a enfrentarse a esa imagen, pero tenía que hacerlo. Miró a Sergio, asintió y se guardó la imagen en su móvil. Por desgracia, no parecía un producto muy difícil de conseguir.

—¿Siempre era la misma persona?

—Yo... Creo que sí... Eran encuentros rápidos.

—¿Recuerdas algo del secuestro?

—No... Yo... Estaba... —Isabel se calló, sin saber cómo continuar.

—Con Andrés... —la ayudó—. Lo sabemos...

—¿Y Miguel lo sabe? —parecía realmente horrorizada.

Volvió a suspirar. Sabía que tenía que decírselo. Pero tampoco sabía cuál era el momento perfecto. Si es que existía alguno.

—No te preocupes ahora por eso... Estabas con Andrés... ¿Qué pasó después?

—No lo recuerdo... Lo primero que recuerdo es despertarme en una habitación oscura, tirada en un colchón. No sé cuánto tiempo había pasado. Había un plato de arroz delante de mí... Pero no lo tomé... Al menos al principio...

—¿Te maltrataron?

Áurea se volvió hacia Sergio. ¿No podía haber sido más sutil, más delicado con ese tema? Sergio no le devolvió la mirada, seguía con los ojos posados en Isabel sin desviarse lo más mínimo. Seguramente conocedor de la expresión que le dedicaría en esos momentos.

Isabel miró por la ventana; una sombra cubría sus ojos...

—No...

—Isabel... Los médicos te han revisado y...

Vio cómo la chica suspiraba, miraba sus manos pensativa... Había que darle tiempo para que asumiera todo lo que le había pasado. No podían presionarla. La cogió de la mano y se la apretó.

—No te preocupes… No necesitas hablar. Ya ha acabado todo… —Sabía que las palabras no curaban las heridas, pero si podía aliviarla, aunque solo fuera un poco…

—¿Quién me ha podido hacer esto?

Suspiró. ¿Qué decirle?

—La investigación está abierta. Lo único importante es que ya no pueden hacerte daño. —Sergio conseguía que una frase tan formal estuviera llena de candor.

Isabel asintió con la cabeza. No dijo nada. Sin embargo, su expresión indicaba que quería decirles algo importante.

—¿Qué le ha pasado a Miguel?

Suspiró. No podían seguir alargándolo mucho más tiempo. Si en algún momento ponía la televisión, se iba a enterar de la peor manera posible.

—Miguel no aguantó más… Se suicidó. Lo siento mucho… No quería que te enteraras así, pero…

Isabel no dijo nada. Se llevó las manos a la cara. Inspiró y espiró con fuerza.

—¿Sufrió?

—No.

Mintió. ¿De qué servía decirle la verdad en esos momentos?

—Hay algo más... —Sergio se acercó unos pasos a donde estaban ellas. Áurea dudó. Esa parte de su trabajo no le gustaba nada. Sergio continuó hablando—: Andrés tuvo un accidente de moto.

El rostro de Isabel se tornó aun más blanco. Demasiadas malas noticias en un solo día.

—Yo... Creo que necesito dormir algo...

—Descansa. Mañana volveremos.

Odiaba tener que dejarla sola en esa situación y tras haber tenido que soltar dos bombas... Pero comprendía que necesitara estar a solas un poco para conseguir asimilar todas las cosas que le habían pasado.

· · ·

—¿Dónde te dejo?

Habían salido del hospital por la misma puerta que

habían entrado. La prensa seguía en la puerta. El responsable de comunicación del centro daba un pequeño discurso informándolos de que Isabel estaba bien; en pocos días podrían darle el alta, y ella podría volver a su vida.

Volver a su vida... No tenía claro que Isabel pudiera volver a su vida. Su pareja y su amante estaban muertos. Cuando todo eso pasara, Sergio pasaría al departamento oportuno todos los datos sobre su empleo en la editorial. No. La vida de Isabel nunca volvería a ser igual.

Estaban al lado de su moto. El silencio había reinado entre los dos desde que habían salido de la habitación. No podía parar de pensar en Isabel y en todo lo que había sucedido desde que Miguel entró en su despacho para pedirle ayuda.

—¿Te apetece que vayamos a tomar algo para celebrar que la hemos encontrado sana y salva?

Suspiró. Si la situación entre ellos fuera distinta, si estuvieran como un par de semanas antes, si no hubiera sucedido nada entre ellos..., ni lo hubiera dudado. Tomarse unas cañas tras encontrar a un desaparecido era una hermosa rutina. Y se sintió muy tentada de hacerlo... Realmente, le vendría muy bien desconectar y relajarse...

Y recordó el beso que, horas antes, Sergio le había dado. Recordó su calor y sus ansias... y recordó su cuerpo sobre ella, sus manos recorriéndola por completo... Y la pasión que la llenaba y la llevaba hasta el límite del placer.

Miró a Sergio. Se perdió en sus ojos, que la miraban expectantes... Se mordió el labio inferior. Era completamente tentador irse a tomar algo con él y dejarse llevar... Y acabar la noche refugiada en su pecho y en sus labios... Pero no podía...

—Estoy cansada... Creo que necesito dormir un poco... ¿Te importa si lo dejamos para otro día? Aún nos queda saber por qué narices lo hizo Andrés...

La decepción se hizo visible en el rostro de Sergio. Dio un paso hacia ella y le acarició el rostro con su mano derecha. Y algo en su interior le gritó que cambiara de opinión, que se fuera con él... Pero no podía... No iba a seguir jugando con él ni con sus sentimientos...

—Otro día... Te lo prometo.

Se alejó de su contacto y se dirigió a su moto. Le tendió un casco y se puso el suyo. Sergio no dijo nada, se montó justo detrás de ella y se enganchó a su cintura.

—Llévame a comisaría.

Ella asintió con la cabeza y puso la moto en marcha. No dijeron nada en todo el camino. Su mente no podía parar de darle vueltas a todo lo que había sucedido entre ellos los últimos días. Se encontraba perdida... Era como si se encontrara en un cruce de caminos, sabiendo que tenía que tomar una decisión… Pero ni siquiera era capaz de ver el cruce…

Paró la moto delante de la comisaría. Sergio se bajó de la misma y se quedó de pie a su lado. Ella se sintió muy tentada de no bajarse siquiera de la misma para no alargar aún más ese momento en el que no sabía que decirle a Sergio. Sin embargo, él le tendió el casco, y tuvo que levantarse de la moto para guardarlo en la maleta. No obstante, no se quitó el suyo. Así podía ocultar su mirada de los ojos de él. Pero cuando se volvió a girar hacia donde estaba Sergio, la sujetó por los hombros y, con rapidez, alzó las manos, le desabrochó el casco y se lo quitó.

—Sergio…

No sabía qué decirle. Sin embargo, se había dejado hacer…

—Áurea, te lo dije en serio antes… No te estoy pidiendo nada. Y soy muy consciente de que acabas de salir de una relación, que aún estás empezando con los trámites de divorcio… Ni siquiera puedo estar seguro de que no os arrepintáis e intentéis salvar vuestro matrimonio…

—Eso no va a pasar.

La sola idea de imaginarse volviendo a entablar una relación amorosa con Juan le daba repelús. Sergio volvió a acariciarle el rostro y dio un paso hacia ella. Sintió cómo su respiración se agitaba al compás de la de él, y cómo un escalofrío de placer le recorría cada parte de su cuerpo, pidiéndole que se dejara llevar.

—No voy a negar que me alegra escuchar eso... Pero no quiero que te sientas presionada; no quiero que pienses que necesito más de lo que puedes darme... Y comprendo que necesites tiempo...

—Yo no puedo pedirte que me esperes...

Se sentía completamente abrumada. Sergio sonrió. Tenía la sonrisa más seductora que había visto en su vida. Le derrumbaba todas las barreras que ella se empeñaba en construir a su alrededor. Necesitaba espacio. Necesitaba alejarse de él... Porque, si no lo hacía, si permanecía más tiempo ahí, a su lado, perdida en sus ojos, acabaría rindiéndose otra vez al deseo y a sus ganas de él... Y no podía... Sergio le había dicho, la noche que se habían encontrado de marcha por Madrid, que no quería ser su colchón... Y tenía razón, no se lo merecía. Pero seguía ahí, quieta, sumergida en su mirada.

—No me lo has pedido... Te lo estoy ofreciendo yo. Y aunque, te lo aseguro, me muero de ganas de volver a besarte, de volver a desnudarte y sentirte... No puedo dejar de pensar en lo increíble que es estar dentro de ti ni en la suavidad de tu piel...

La respiración de los dos se había vuelto loca. La voz de Sergio había tomado un tono grave y completamente sexual que la devoraba por completo... Y ya no podía pensar en otra cosa que no fueran ellos dos... Y era plenamente consciente de que, si en esos momentos él la besara, se dejaría llevar sin pensar en nada más...

—Y aunque me vuelve loco tenerte cerca y no poder dejarme llevar por todos mis instintos... Y aunque sé que luego me echaré la bronca... Aunque me cueste muchísimo no presionarte... Te doy el tiempo que necesites...

—Gracias...

Se sintió ridícula. ¿Realmente le había dado las gracias? Después de todo lo que le había dicho, a ella solo se le había ocurrido decir eso... Era para matarla. Sergio sonrió levemente, luego se separó de ella y le devolvió su casco.

—Pero no tardes...

Ella simplemente asintió. Se puso el casco y, sin decir nada más, se montó en su moto y se fue.

13

Llevaba dos días sin salir de su casa. Aprovechando la excusa de que era fin de semana y que Isabel estaba ingresada y aún no estaba en condiciones para un nuevo interrogatorio, le dijo a todo el mundo que no se acababa de encontrar bien y que necesitaba descansar. No era una ingenua. Sabía que no la creían, pero al menos habían respetado su decisión.

Se había pasado gran parte del tiempo entrenando en su pequeño gimnasio. Golpeaba el saco como si no hubiera mañana, levantaba pesas y hacía abdominales hasta no poder más... Todo con tal de no pensar.

Tampoco podía trabajar. Con las prisas, se había dejado su ordenador en el despacho de Sergio, y no iba a llamarlo para recuperarlo. *«Te doy el tiempo que necesites».*

Lo primero que había hecho, nada más llegar a casa tras dejar a Sergio en la comisaría, había sido llamar al hermano de Susana, que se había ofrecido a llevarle todo el papeleo del divorcio para pedirle que aceleraran el proceso.

Rubén la informó de que Juan no estaba poniendo mucho de su parte y no paraba de dar largas…

«*¿Ya te estás arrepintiendo de haberte precipitado?*», pensó.

—Dile que tengo fotos suyas con su amiguita y que no tengo problemas en mostrarles, a nuestros amigos comunes y a su familia, que lo nuestro no falló por mi trabajo, sino porque él es un infiel.

—¿Estás segura? —La voz de Rubén se balanceaba entre la duda y el miedo.

—No lo haría… No soy así… Pero él no lo sabe. Y tiene un miedo tremendo a quedar mal delante de los demás. Le gusta demasiado el papel de víctima, y así no podría seguir usándolo.

—De acuerdo…

Rubén no estaba muy seguro de que todo fuera a suceder como ella le había dicho, y sabía que no se quedaba conforme. Y ella no podía evitar sonreír al pensar que había ido a topar con el único abogado de divorcios con principios.

No puso mucho la televisión en esos días. Las noticias abrían con información sobre Isabel y su rescate. Y ella se sentía aliviada al saber que habían llegado a tiempo, que, con el paso del tiempo, Isabel podría volver a tener una vida normal... Pero aún no comprendía qué motivos habrían podido tener Andrés y Miguel para organizar algo así. Y tampoco sabía si podría seguir implicada en el caso. Seguramente no. Su trabajo ya había terminado. La había localizado. ¿Y ahora?

Y sabía que tenía la respuesta al alcance de la mano. Solo con levantar el teléfono y llamar a Sergio, sabría qué tenía que esperar, si podría o no ayudar a averiguar el móvil del secuestro.

¿Y si había una tercera persona implicada? ¿Y si Isabel aún corría peligro? No... En esos momentos, acercarse a esa chica sin que todo el mundo se enterara era misión imposible. No tenía que temer por la seguridad de Isabel. Más allá de las ansias de reconocimiento de su madre. «*Vete... Este no es tu momento*». Esa frase había resonado en su cabeza durante todo el fin de semana. En un principio, se le había pasado por alto, tan impaciente estaba por saber cómo se encontraría... Pero luego, una vez en su casa, después de haberse dado una paliza entrenando, mientras el agua de la ducha caía sobre ella, la frase volvió a su mente. «*Este no es tu momento*». Una frase muy dura hacia una madre. Y tenía la sensación de que a la madre de Isabel le pasaba como a su exmarido... Le encantaba ser la víctima de las situaciones. Pero... ¿hasta ese punto?

Se había quedado esos dos días en casa con la intención de desconectar, de descansar, de poner su cabeza en orden y encontrar qué camino debería tomar con respecto a su vida, pero se despertó el lunes igual de perdida que el viernes. Y sin muchas ganas de ir a trabajar. Sobre todo porque primero tendría que ir a la comisaría a por su ordenador. Quizás, si iba muy temprano, Sergio aún no habría llegado y podría evitarlo... ¿A eso habían llegado? ¿En eso se había convertido?

Se dio una ducha, se tomó un café y, sin pararse mucho a pensarlo, salió de su casa camino a la comisaría. Tenía que ser como quitarse una tirita.

. . .

Durante unos instantes pensó que iba a tener suerte. No fue Sergio quien fue a buscarla a la entrada de la comisaría, sino una chica de uniforme con la que había coincidido en un par de ocasiones. Era muy jovencita y llevaba poco en el cuerpo. Le caía muy bien. Había algo en ella que le recordaba a sí misma. La llevó hasta el despacho de Sergio y, una vez allí, la dejó sola.

No quería quedarse mucho tiempo. No quería tentar a la suerte. Sergio podría llegar en cualquier momento. ¿Y qué pensaría cuando viera que había ido, se había llevado su ordenador y no le había dicho nada?

Estaba siendo realmente injusta con él.

Recogió las cosas, intentando desconectar el cerebro y el corazón; solo actuar. Aunque pudiera parecer una huida. Pero era una huida hacia delante. Metió todas sus cosas en la mochila y luego miró a su alrededor. En la mesa había un montón de carpetas, todas ordenaditas... Pero colocadas de diferente manera a como las habían dejado el viernes. ¿Sergio había estado trabajando durante el fin de semana? Se giró hacia el corcho. Allí no parecía haber ninguna novedad. Miró los retratos de Miguel y de Andrés. Seguía sin comprender qué motivos podrían haber tenido para secuestrarla. No le cuadraba.

—Hola...

Maldijo mentalmente. ¿Por qué narices se había quedado mirando el tablón que ya conocía de memoria? Suspiró. Fingió una sonrisa y se volvió hacia Sergio, que la contemplaba desde la puerta.

—Hola...

Y ya volvían a parecer dos adolescentes que no saben comportarse tras haberse liado. Pero lo cierto era que no sabía qué decirle a continuación. Sergio miró el hueco que había dejado su ordenador en la mesa y luego dirigió la mirada hacia su mochila. No era tonto. Sabía perfectamente que ella había planeado irse sin decirle nada. Y volvió a atravesarla con la mirada. No sabía cuánto tiempo estuvieron así.

—Van a darle el alta a Isabel. ¿Quieres acompañarme?

—¿Tan pronto?

Sergio se encogió de hombros. Áurea volvió a mirar al tablón.

—¿Qué va a pasar con la investigación?

Más silencio. Se volvió hacia él.

—¿Qué pasa?

—Nada. Simplemente, ha perdido prioridad...

—¿Prioridad?

Notaba el enfado creciendo en su interior. Si se paraba a pensarlo, podría comprenderlo, pero...

—Lo importante era encontrar a Isabel. El secuestrador está muerto... No se cierra el expediente, pero...

—Sergio, tú sabes que hay algo que no cuadra. Que Andrés no tenía motivos para organizar algo así.

—Áurea, sabes cómo funcionan las cosas. Y más con

casos tan mediáticos como este. Hay mucha presión por cerrar los casos.

—Así que, simplemente, van a culpar a Andrés y no se va a profundizar más…

Sergio metió las manos en los bolsillos mientras la miraba. Sabía que la estaba dejando que se desahogara, que soltara toda la bilis y todo su enfado… Ella empezó a despotricar mientras andaba en círculos por la habitación. Sergio ni se inmutó.

—Áurea, no dudes que seguiré buscando los motivos… Y si encuentro algo, serás la primera en saberlo.

Y, de esa manera tan sutil, le dejó claro que, para ella, ese caso se había terminado. No podía enfadarse. A ella la habían contratado para encontrar a Isabel, y lo había hecho, había logrado triunfar… Pero no se sentía así. Sergio dio un paso hacia ella, seguramente con la intención de consolarla, pero luego se detuvo.

—Has hecho un trabajo increíble. Si no hubiera sido por ti, si no hubiera sido por tu instinto, que te dijo que no era una simple fuga… ¿Quién sabe qué hubiera pasado con Isabel?

—Mi instinto. Pues sigue confiando en mi instinto… Aquí hay algo que no cuadra.

Se acercó a él. Sin retirar su mirada de sus ojos. Sergio se mesó los cabellos.

—Áurea, no está en mis manos. Y lo sabes.

Se quedó parada. ¿Realmente le tocaba rendirse?

—Tengo que ir a recoger a Isabel... Me gustaría que vinieras. Ha preguntado varias veces por ti.

Sintió ganas de abofetearlo por cambiarle de esa manera el tema, pero sabía que no tenía sentido seguir hablando de lo mismo. Se giró hacia el tablón y miró la foto de Miguel. ¿Por qué narices ayudaría a Andrés en ese asunto?

—Áurea, sabes que no puedes seguir con el caso.

Se giró hacia él echando chispas con los ojos.

—No hace falta que me digas cómo hacer mi trabajo.

Sergio simplemente asintió en silencio. No merecía la pena responderle. Se dio la vuelta y se dirigió a la puerta. Cuando llegó a la misma, se volvió hacia ella y, con un simple «vamos», salió. Áurea suspiró. Volvió a mirar los rostros que la contemplaban desde el corcho y luego se fue tras Sergio.

. . .

—El otro día estaba muy perdida y no te di las gracias por todo lo que has hecho por mí.

Isabel estaba ya vestida de calle cuando llegaron. Beatriz, su compañera de la facultad, le había llevado algo de ropa. No envidiaba a Isabel. De la noche a la mañana, había perdido a su pareja, a su amante, con su madre no era que se llevara precisamente bien y, si supiera lo que la mayoría de sus presuntos amigos decían de ella... La única que la había apoyado había sido Beatriz. Nada más verla entrar por la puerta, se había acercado a ella para darle un breve abrazo y darle las gracias. Se sintió azorada unos instantes. Sergio sonreía con dulzura.

—No tienes que dármelas. Me alegro mucho de que estés bien. Eso es lo único que importa.

—Lo estaré...

—Estoy segura.

Isabel sonrió; luego, se acercó a la ventana y miró el paisaje. Por suerte, los periodistas no tenían acceso a la zona a la que daba la ventana. Si no, estaba segura de que tendrían una cámara enchufando a ese lugar las veinticuatro horas del día

—¿Hay mucha gente abajo? —habló pensativa.

—Podemos salir por otra puerta tranquilamente. —

Sergio se acercó a Isabel para darle un leve toque en la espalda y relajarla.

—No os preocupéis. Antes o después tengo que enfrentarme a ellos. Mejor aquí que en la puerta de mi casa.

—Me parece muy sensato...

¿Muy sensato? Ella no sería capaz de reaccionar con esa cabeza fría en un momento así. Realmente admirable. La observó en silencio. Vio cómo cogía su chaqueta y, con un solo gesto de cabeza, le indicó a Beatriz que la acompañara a la salida. Sergio y ella se miraron unos instantes y luego fueron detrás de Isabel.

La prensa esperaba en la puerta. Todos se volvieron hacia ella y, sin piedad, se abalanzaron para poder colocarse en el mejor sitio posible y conseguir el plano perfecto. Todos empezaban a llamar a Isabel, preguntándole cómo estaba y cuestiones por el estilo. Áurea se echó para atrás. Lo que menos le apetecía era salir en las cámaras de televisión.

—Yo... quería daros a todos las gracias por estar tan preocupados por mí. Han sido días muy duros, y aún estoy muy agotada. Sé que tenéis muchas preguntas, y os aseguro que, muy pronto, estaré encantada de responder a todas ellas. Ahora mismo, necesito descansar y asumir todo lo que ha sucedido. Pero quería hablar con todos vosotros para dar las gracias públicamente a la policía y, sobre todo, a la detective que contrató mi pareja para encontrarme. Sin ella, no sé qué hubiera pasado conmigo. Nunca se rindió. Ni siquiera cuando mi raptor acabó con la vida de Miguel. No se dejó vencer por las malas lenguas que insinuaban que yo me había fugado. Solo deseo que mi mala experiencia sirva para dar visibilidad a todas esas chicas que desaparecen cada día, y que el Gobierno invierta más en su investigación para que nadie tenga que pasar ni un día en un infierno.

No podía negar que la chica hablaba bien. Se estaba ganando a la prensa. Y no pudo evitar ponerse colorada al oír las palabras que le había dedicado.

—¿Y qué nos puedes decir de los rumores que te sitúan como autora de varios de los libros de Enrique Octavio?

Todos se volvieron hacia la periodista que había hecho la pregunta. Eso sí que no se lo esperaba. Intercambió una mirada con Sergio.

—Yo... —Isabel dudó unos instantes—. Ahora mismo no puedo hacer ninguna declaración sobre ese tema.

Decenas de preguntas empezaron a solaparse, unas sobre otras, sin dejar siquiera que Isabel pudiera responderlas. Se le notaba el nerviosismo en la mirada.

—Sergio, tienes que sacarla de ahí... Demasiada presión.

—Voy.

Vio cómo Sergio se acercaba a Isabel, le ponía la mano en la espalda y tomaba el control de la situación.

—Como ya les ha dicho, contestará a sus preguntas en otro momento. Ahora mismo, lo único importante es que ella descanse.

Algunos periodistas no se dieron por enterados y siguieron haciendo preguntas, la mayoría de bastante mal gusto. Sergio avanzó, retirándolos, como si fuera un guardaespaldas de película. Áurea se dio la vuelta y volvió a entrar al hospital. Lo que menos le convenía a su trabajo era salir en todas las televisiones. Además, no le gustaba formar parte de todo ese circo.

Se dirigió a la puerta por la que siempre entraban ella y Sergio, y salió del hospital. Vio cómo Sergio había metido a Isabel y a Beatriz en el coche, y sonrió. Él se giró hacia ella; a pesar de la distancia, sabía que la había localizado. Le hizo un gesto con la mano, a modo de despedida. Él simplemente asintió con la cabeza y se metió en el coche. Suspiró. Se dio la vuelta y se dirigió al metro. Se giró levemente para ver alejarse el coche. Miró su móvil y lo volvió a guardar. En el fondo, le venía bien que la hubieran retirado del caso. Ella ya había encontrado a

Isabel, su trabajo estaba finalizado. Ahora le tocaba centrarse en sí misma, descansar, desconectar y organizar su vida de una vez por todas.

. . .

Se metió en la bañera. Se fue sumergiendo lentamente en el agua, cerró los ojos y se centro en el sonido de la música que llegaba hasta ella. Suspiró. Necesitaba, como el comer, desconectar de todo; olvidarse de ese caso y de todos los sucesos que habían dominado su vida en las últimas semanas.

Sabía que debía sentirse contenta, satisfecha. Había encontrado a Isabel sana y salva, pero no podía considerar ese caso como un éxito. Por el camino, había perdido a Miguel y, con la muerte de Andrés, nunca acabaría de saber cuáles habían sido los motivos para ese secuestro. Miguel... Recordó su tierna mirada cuando entró por primera vez en su despacho. Le parecía estar viéndolo en esos momentos. Aún no comprendía por qué se había unido a Andrés en esa locura... No tenía sentido.

Abrió los ojos. De golpe. Se sentó en la bañera, alargó el brazo para coger la toalla que había dejado en un taburete, se secó la mano y cogió su móvil. Encontró rápidamente lo que buscaba y reprodujo el vídeo. No podía ser... ¿Cómo no se había dado cuenta en aquel momento?

Se puso de pie y salió. Se secó a gran velocidad. Salió del baño y se puso lo primero que encontró. Ropa interior, unos vaqueros, una camiseta blanca de tirantes y su cazadora. Cogió la mochila que usaba de bolso y salió de su casa a gran velocidad.

Se montó en su moto. Ni siquiera pensó. Se movía por puro instinto. No se dirigió a la comisaría. Ni al bar de siempre. Algo en su interior le decía que estaría en su casa, intentando (como había intentado ella momentos antes) desconectar de todo lo que había pasado. Aparcó justo delante y entró en el portal. El portero la miró con desconfianza, pero al ver que ella se movía con firmeza y naturalidad, volvió a bajar su vista hacia el periódico. Montó en el ascensor y le dio al botón de la última planta. Ni se planteó que tendría que justificar cómo sabía su dirección cuando él nunca se la había dicho. Tampoco se planteó que podía estar acompañado.

Todo eso empezó a pensarlo cuando ya había llamado al timbre. Pero no iba a acobardarse, ni echarse para atrás. En ese momento había cosas más importantes. Sergio le abrió la puerta extrañado. Llevaba puestas, únicamente, unas bermudas rojas. El pelo húmedo confesaba que lo había pillado en la ducha.

—¿Áurea? ¿Qué ha pasado?

Sergio no se había movido de la puerta, no había

hecho signo alguno de ir a dejar que entrara. Le dio igual. Entró empujándolo levemente, sacó su móvil del bolsillo y le puso el vídeo que había guardado minutos antes.

—¿Qué narices es eso?

—Calla y escucha.

—Es la declaración de Isabel ante la prensa. Ya la he escuchado. Estaba delante, igual que tú.

—Pues, igual que a mí, se te ha pasado algo importante. Calla y presta atención a todo lo que dice.

La conversación no era precisamente agradable. El tono de ambos rozaba lo borde, pero le daba igual. Ya tendrían tiempo de superar todos los recelos y malentendidos que pudiera haber entre ellos. Sergio cedió, cogió su móvil y empezó a escucharlo con atención. Ella lo observaba con miedo. Esperaba que él escuchara lo mismo que ella y llegara a la misma conclusión.

No hizo falta que terminara el vídeo. De pronto, paró la reproducción, la echó para atrás y volvió a escucharla. Sí. Se había dado cuenta de que algo no cuadraba. Se giró hacia ella.

—¿Cómo es posible?

No esperó su respuesta. Se dio la vuelta y se dirigió

hacia el interior de la casa. Ella lo siguió en silencio, sorprendida por esa reacción. Sergio había entrado en una habitación que se situaba al fondo del pasillo, y tecleaba a gran velocidad en un ordenador de sobremesa.

Puso la declaración que había hecho Isabel a la policía, prestando gran atención no a lo que ella decía, sino a lo que le decían ellos.

—¿Y en el hospital?

—No. La gente que lo sabemos somos muy pocos. Ni siquiera todos los de mi equipo conocían ciertos detalles…

Se quedaron en silencio. La misma pregunta les rondaba la cabeza. Volvió a poner la parte de la declaración de Isabel que no les cuadraba…

«Sin ella, no sé qué hubiera pasado conmigo; nunca se rindió. Ni siquiera cuando mi raptor acabó con la vida de Miguel».

¿Cómo narices sabía que la muerte de Miguel no había sido un suicidio? En ningún momento se lo habían dicho ellos, y la prensa estaba convencida de que había sido así...

—Solo veo una forma de que lo supiera...

—Quizás se lo dijo Andrés mientras estaba secuestrada, a modo de tortura...

—En su declaración dice que su secuestrador no habló con ella ni una sola vez. Que su contacto se limitaba a dejarle la comida y recogerla. Nada más...

—Áurea... Si ni nosotros ni ninguno de mi equipo se lo ha dicho, si Andrés no se lo dijo...

—Lo sé...

Era consciente de que estaba soltando una acusación muy grave. Sin ninguna pista. Sergio se levantó, le cogió el móvil y volvió a escuchar la frase de Isabel, como si necesitara creerse que no eran su imaginación o sus oídos jugándole una mala pasada... Luego le devolvió el teléfono, se mesó los cabellos mientras suspiraba y posó los ojos en los suyos.

—Y ahora, ¿qué?

—Pues nos toca seguir investigando...

14

Algo positivo tenía ir en el coche de Sergio a la comisaría: no tener que pasar por el maldito control. Claro que anotaban su entrada, pero no tenía que esperar a que alguien fuera a por ella como si fuera una niña pequeña. Esa era la excusa que le había puesto Sergio para convencerla de que dejara ahí su moto y fueran juntos.

Fueron directamente al despacho de Sergio. Áurea se acercó al tablón. De pronto, todo acababa de tener sentido. Pero les tocaba demostrarlo, y eso no iba a ser nada fácil.

—Tengo que hablar con mi superior y explicarle nuestras sospechas. Intenta no liarla mientras te dejo sola; ahora mismo ya no estás autorizada para seguir en el caso.

Áurea levantó una ceja ante la frase de Sergio. Estuvo tentada de soltarle alguna maldad, pero se reprimió y cambió de registro.

—Prometo portarme bien.

Miró a Sergio intentando imitar al gato de *Shrek*. Sergio negó con la cabeza y luego se marchó.

«Este no es tu momento». La frase que Isabel le había dicho a su madre empezó a tener algo de sentido... Pero le costaba creérselo. Lo que estaba claro era que Isabel sabía mucho más de lo que le había dicho. ¿Por dónde empezar a investigar? Miró el ordenador de Isabel, que seguía descansando encima de la mesa de Sergio. Se sentó frente al mismo y lo encendió. Tenía que haber algo que se les había escapado.

Sergio llegó antes de que hubiera podido comenzar a trastear con la computadora. Su rostro sombrío expresaba que no traía buenas noticias. Y, por si su gesto no era suficiente, el portazo que dio nada más entrar en la habitación era bastante aclaratorio.

—¿Qué ha sucedido?

—Dice que no quiere una caza de brujas. Que no podemos deducir que Isabel oculta algo solo por una frase. Que tenemos mucha presión por el hecho de haber «ignorado» a Miguel como para criminalizar a la víctima.

—No es solo por una frase... ¿Por qué le dijo a su madre que este no era su momento? ¿Y qué víctima de secuestro has visto que rechazara la opción de huir de la prensa? ¿Y quién más tenía la capacidad de unir a Andrés y a Miguel en esta locura? No queremos criminalizar a la víctima. Querémos aclarar las lagunas que hay en todo el caso.

—Áurea, no me tienes que convencer. Le he expresado todo eso y más… Pero, para él, el único raptor fue Andrés, y, simplemente, fue…

—¿Porque Isabel lo rechazó y se le fue la olla?

Sergio se encogió de hombros. Áurea tiró a la mesa, con rabia, el bolígrafo que había cogido para tomar notas… Se echó para atrás en la silla.

—¿Y entonces? ¿Qué hacemos ahora?

—Mis superiores no quieren que pierda el tiempo con este caso.

Áurea se levantó llena de ira. No se podía creer que eso estuviera pasando. Miró el tablón. Miró la foto de Miguel. Luego se encaró con Sergio.

—Tú haz lo que quieras. Yo no pienso rendirme.

Se dirigió hacia la mesa donde había dejado su mochila. Sergio la retuvo y le dio la vuelta para que volviera a mirarlo.

—Yo nunca me rindo. En nada…

Notó cómo le temblaba el cuerpo entero. La ira que

corría por sus venas y el deseo que palpitaba en cada poro de su piel tomaban el control... Una mezcla explosiva. Miró fijamente a Sergio, posó la vista en sus labios entreabiertos, que la esperaban ansiosos... Sería tan fácil... No pensar en el después, dejar a un lado el cerebro y dejarse llevar por los instintos más básicos.

De pronto, alguien llamó a la puerta deshaciendo la magia del momento. Haciendo que se separaran de golpe, como si ya no soportaran el fuego que los invadía.

—Pasa.

Sergio tuvo que aclararse la voz antes de hablar, y lo hizo sin retirar la vista de ella ni un instante. Áurea, por el contrario, se giró hacia la puerta en un intento de conseguir que su corazón volviera a latir a una velocidad normal. La chica que alguna vez la había ido a buscar entró con una sonrisa tímida.

—Perdonad... Me han pedido que te entregue esta carpeta.

—Gracias, Sonia.

La chica sonrió dulcemente y luego se giró hacia Áurea.

—Felicidades... Has hecho un trabajo increíble con el caso de Isabel Esteban...

—Gracias.

Le ardió en la garganta esa palabra, pero la pobre chica no tenía la culpa. Sonrió, y la chica volvió a irse cerrando la puerta tras ellos. Se volvió de nuevo hacia Sergio, que mantenía la carpeta en las manos. Temió que fuera un nuevo expediente, un nuevo caso en el que sumergirse, y que se olvidara de Isabel y de sus sospechas. Sergio le leyó la mente.

—Es, simplemente, papeleo para cerrar el caso... Y, para eso, me solicitan que recoja unos últimos testimonios...

Una sonrisa iluminaba el rostro de Sergio.

—¿Eso qué significa?

—Pues que, aunque oficialmente la versión válida es la del secuestro por despecho...

—Tienes permiso para seguir...

Era una gran noticia.

—Pero con discreción... Y hay un problema...

—¿Cuál?

—Oficialmente, tú no estás trabajando en el caso. Ya han pasado el informe de contabilidad a tu jefe, con tus honorarios... Supongo que tendrás que hablar con él.

Se rio. Gómez iba a acabar por matarla. Eso o la echaba. Se encogió de hombros. A las malas, siempre se podía coger esos días que había planeado cogerse para irse de viaje con Juan.

—¿Por dónde has dicho que empecemos?

—Cogiendo todo y yéndonos a mi casa.

Levantó la ceja, divertida, y Sergio simplemente se rio mientras se encogía de hombros.

. . .

—¿Y se puede saber por qué tenemos que venir a tu casa y no a la mía?

Estaban dejando las cosas en el salón de la casa de Sergio. Áurea no podía parar de mirar a todas partes. Estaba decorado con mucho gusto. Una mezcla entre lo clásico y lo industrial... Le encantaba.

—Podría decir que fui el primero en decirlo, o que mi casa es más grande y supongo que tengo más comida en la nevera que tú... —Iba a poner cara de ofendida, pero seguramente era verdad—. Pero es que, además, yo tengo esto.

Sergio desapareció unos segundos y volvió con una pizarra portátil. No pudo evitar soltar una carcajada.

—Solo a ti se te ocurriría tener una pizarra en casa. Y luego la adicta al trabajo soy yo…

—¿Ves cómo somos el uno para el otro?

Lo había dicho como si nada y se calló nada más decirlo. Y Áurea se preguntó si había sido una buena idea haberse ido a trabajar a una casa en vez de a su despacho, donde nadie los vigilaría.

—Bueno… —Abrió su mochila y empezó a sacar las carpetas—. ¿Trabajamos?

—Claro. Empecemos a colocar todo…

Volvieron a hacer la línea temporal, a colocar las fotos y todos los datos que habían ido recopilando hasta ese momento.

—¿Y ahora?

Miró el tablón intentando cuadrar todo lo que tenían…

—Entonces, tenemos dos opciones… Isabel fue secuestrada por Andrés, pero, en algún momento de su secuestro, se dio cuenta de quién era… Pero… ¿por qué mentirnos?

—Solo mientes cuando tienes algo que ocultar… Si ella planeó todo, ¿cuál sería el motivo? ¿Qué lleva a alguien a fingir su propio secuestro?

—Empecemos primero a encontrar las pruebas que nos aseguren que eso fue lo que pasó. ¿Pruebas que descarten que Andrés fuera la cabeza pensante?

Se sentó en el sofá más cercano. Le dolía la cabeza. Sentía una inconmensurable necesidad de encontrar la solución a ese extraño puzle que se formaba ante sus ojos. Y lo peor era que era consciente de por qué se sentía así. Tanto Miguel como Andrés, incluso Isabel, le habían mentido, y ella se había creído sus mentiras. Habían jugado con ella y con su trabajo…

De pronto, una copa de vino apareció ante sus ojos. Levantó la mirada, Sergio la observaba con una sonrisa. Cogió la copa mientras se burlaba de él.

—¿El alcohol nos va a ayudar a resolver las dudas?

Sergio iba a replicarle cuando su teléfono empezó a sonar.

—Es Laura… —Al principio no cayó en quién era, y la expresión de su cara se lo dejó bien claro a Sergio—. La editora de Isabel.

No le dio tiempo a decirle nada. Contestó al

teléfono. Áurea bebió un largo trago. En esos momentos, se la terminaría por completo. No sabía qué narices le estaría contando esa mujer a Sergio, ni si era por algo del caso o porque quería algo más. Y, aunque era consciente de que eso debería darle igual…, era algo que no podía controlar.

—¿Estás segura de eso? —El tono de Sergio había cambiado y atrajo su atención—. ¿Y algún papel que lo corrobore? Ya… Entiendo… Muchas gracias, Laura. —Parecía que iba a colgar, pero se equivocó—. Dime… ¿Quedar a tomar una copa o a cenar? —Y en el siguiente trago se terminó toda la copa. Sergio la observó fijamente—. Claro… Sería un placer… Pero, como comprenderás, tiene que ser cuando todo esto haya pasado. Claro… Seguimos en contacto.

Sergio colgó, y ella se levantó para coger la botella de vino que él había dejado con anterioridad en la mesa. Se decía a sí misma que esa rabia que sentía no eran celos… Pero le costaba convencerse de eso.

—No me parece muy profesional que organices una cita con una mujer implicada en la investigación.

Ni siquiera se volvió para mirarlo. Sergio hizo un pequeño ruidito con la garganta de satisfacción, y ella sintió ganas de darle un buen puñetazo.

—Creía que los dos habíamos quedado en que era inocente… ¿O es que estás celosa?

—¿Celosa? Simplemente no me parece ético.

—Ya... —Sergio se acercó a ella y se situó a su espalda. Ella notó cómo, con la yema de un dedo, le acariciaba la piel del brazo y sintió ganas de retirarla de golpe, pero no lo hizo, no le iba a dar el gusto de pensar que ese roce la afectaba—. Qué tontería la mía pensar que, durante unos instantes, has tenido ganas de marcar tu territorio.

—¿Vas a seguir diciendo tonterías o me vas a decir si te ha llamado para algo más que para ligar contigo?

Sergio se retiró de su lado y se dirigió hacia una de las carpetas del caso.

—¿Recuerdas la transferencia que se hizo desde la editorial a la cuenta de Andrés?

—Claro. —Mientras hablaba, se acercó de nuevo al sofá donde había estado sentada y le dio un trago al vino. Tenía que empezar a controlar lo que estaba bebiendo.

—Es la última nómina que le han pagado a Isabel. Fue ella quien solicitó que ese mes se la abonaran en dicha cuenta.

—¿Lo solicitó ella? —Tamborileó con los dedos en la mesa. Eso sí que no se lo esperaba—. Intentaba culpabilizar a Andrés...

Sergio la miró fijamente a raíz de su frase.

—A él y a la editorial. Todo fue de palabra. Lo pidió como un favor personal y de urgencia. Les aseguró que se pasaría por la oficina a firmar lo que ellos quisieran, pero lo demoró, y como...

—Como es un caso especial, tampoco podían presionarla mucho.

—Exacto.

Se levantó de nuevo y anduvo por la habitación. ¿Por qué culpabilizar a Andrés? ¿Cómo había conseguido que su pareja y su amante colaboraran en esa locura?

—¿Y si Andrés la sobornaba?

Sergio se acercó a la pizarra mientras hablaba, buscando en la mirada de Andrés una respuesta a todas sus preguntas.

—¿Y sigue liándose con él?
—En el vídeo solo se ve que entran en el portal, como si fueran simples conocidos.

—Entonces... Andrés chantajea a Isabel... ¿por? Y ella planea junto a Miguel para culpar a Andrés de todo... Pero entonces, ¿cómo es que estaba el móvil de Andrés cerca de donde desaparece la señal del móvil de Isabel? ¿Lo llamarían para que fuera allí? ¿Sería un sitio donde sabían que iba a menudo? ¿Se enteró Andrés de que Miguel estaba detrás de todo, se enfrentaron y se les fue de las manos?

—Muchas preguntas…

—Y ninguna respuesta me convence.

• • •

Era desquiciante no encontrar nada que les aclarara ese maldito puzle. Habían vuelto a ver los vídeos que tenían. Revisado las notas de sus charlas con Miguel y Andrés. No. Nadie podía montar todo eso y no meter la pata. Estaban hablando de una joven, no de una mente criminal. Isabel no tenía antecedentes de ningún delito en su juventud; quitando la fuga con Miguel años atrás, no tenía ni una maldita multa de tráfico…

Se levantó. Anduvo por la habitación, se sentía como si fuera un animal enjaulado.

—¿Tienes tabaco? —Necesitaba relajarse de alguna manera, y, en esos momentos, esa era la menos peligrosa de todas las que se le pasaban por la cabeza.

—No fumo.

—Tenías un paquete de cigarros en el coche.

—Eso es para emergencias…

—¿Y esto no lo es?

Sergio se rio y luego se levantó. Vio cómo salía del salón y se perdía por el pasillo. Volvió con un paquete y un mechero en la mano. Se los pasó al momento. Fue curioso. Los miró. Ya no sentía esa necesidad de fumar. De todos modos, no los dejó muy lejos. Los depositó en la mesa, al lado de su teléfono. Se fijó en su móvil.

—Pásame las llamadas recibidas de Andrés…

—¿Qué se te ha ocurrido? —Sergio cogió la carpeta correspondiente y se la pasó.

—No lo sé…

Empezó a mirar el listado. No había nada llamativo. Casi todos eran números que habían conseguido localizar. Y de pronto, un número que le era familiar. Lo señaló con el dedo. Sergio se sentó en el sofá, pegado a ella, para leer por encima de su hombro.

—Ese número… —Miró a la pizarra. Contempló la foto de la cabina del polígono y el número que habían escrito a su lado—. Eso desmonta la teoría de que Andrés no supiera nada.

—Hay algo más…

—¿El qué?

—Mira… La fecha y la hora de la última llamada recibida.

Sergio miró el dato que ella le marcaba con el dedo. No tardó ni un segundo en ver lo mismo que ella.

—Miguel ya estaba muerto… ¿Quién lo llamó desde la cabina?

—Solo nos queda una opción…

Ninguno de los dos quería decirlo en voz alta. Era una realidad demasiado dura, demasiado cruel… Le costaba creer que alguien pudiera hacer algo así.

—Pero… ¿por qué?

La respuesta a la pregunta de Sergio era la verdadera clave de toda esa historia… Áurea se levantó y empezó a andar por el salón con la mirada perdida, intentando buscar una solución que se le escapaba de entre los dedos.

—Este no es tu momento. —murmuró recordando la frase que Isabel le había dicho a su madre y que, por fin, encajaba en esa historia.

—¿Qué quieres decir? —Sergio la miraba desconcertado.

—¿No lo recuerdas? Se lo dijo Isabel a su madre en el hospital…

—¿Quieres decir que ha organizado todo esto para tener atención?

—¿Cómo se llama esa enfermedad que hace que las personas se provoquen lesiones, a sí mismos o a sus hijos, para que la gente les haga caso?

—¿Crees que puede tener un estado exagerado del síndrome de Münchhausen?

—Eso o es una auténtica sociópata…

—Realmente no es algo muy habitual, pero cada año suele haber dos o tres personas que fingen un secuestro… Aunque no suelen estar tan organizados ni preparados. Normalmente, suelen ser para pedir un rescate a la familia o para esconder lo que han hecho durante un periodo de tiempo…

—¿Y la muerte de Miguel fue un «simple» daño colateral?

—Creo que Isabel no programó que no todo el mundo puede ser tan frío…

—¿Crees que Miguel se echó para atrás, Andrés fue a convencerlo y se les fue de las manos?

—Eso me cuadra... —Se quedaron unos instantes en silencio—. También hay otra opción que quizás no te guste...

—¿Cuál? —Áurea le respondió con un nudo en la garganta. Era consciente de lo que le iba a decir y tenía razón, no quería escucharlo.

—Antes has dudado de si no le habrían tendido una trampa a Andrés. Sería la manera de convencer a Miguel para que participara en esa locura...

—¿Y por qué luego lo llamó desde la cabina? ¿Cómo sabía que había muerto Miguel? Y Andrés tiene llamadas desde antes...

—¿Y cómo convencer al novio y al amante para participar juntos?

—Quizás no lo sabían... Quizás ambos creían que eran los únicos... Quizás pensaban que le tendían una trampa al otro...

—¿Tú te das cuenta de la descripción que estamos haciendo de Isabel?

No le respondió. Se acercó a la pizarra, cogió el marcador y empezó a escribir. Sergio se levantó y se puso a su lado.

—Solicita la nómina a la cuenta de Andrés. Llamada desde la cabina tras la muerte de Miguel. Sabe que Miguel no se suicidó. No huye de la prensa. —Sergio fue leyendo en voz alta al ritmo que ella iba leyendo—. Lo de la llamada no podemos demostrar que fue ella.

Áurea miró la pizarra durante unos instantes y luego se volvió hacia Sergio con una sonrisa.

—Coge tu cazadora. Ahora toca ir en mi moto.

—¿A dónde?

Áurea se giró de nuevo hacia la pizarra y señaló la foto donde se veía la cabina y, al fondo, el bar.

. . .

El bar estaba muy concurrido a esas horas. Aparcaron justo al lado de la cabina. Bajó de la moto y se quedó mirando hacia la calle por la que se iba a la fábrica abandonada donde habían encontrado a Isabel.

—No debe de haber ni diez minutos andando desde el local hasta aquí. ¿Comprobasteis si hay más cabinas en el polígono?

—No. —Sergio anotó algo en la libreta que había sacado instantes antes de su chaqueta—. Pediré también que miren si hay alguna cámara cercana...

Suspiró. Asintió en silencio y volvió a mirar hacia el bar. No estaba muy convencida de poder encontrar algo que le sirviera en ese lugar. ¿Realmente alguien se fijaba en los demás? En este mundo en el que todos íbamos a lo nuestro, centrados en nuestros trabajos y en nuestros propios problemas..., ¿alguien iba a fijarse en quién usaba o dejaba de usar una vieja cabina? Bueno... quizás precisamente por eso... porque ya nadie las usaba.

—¿Qué estrategia prefieres para interrogar?

Sergio la sacaba de sus pensamientos. Mejor. Empezaba a anochecer y ella comenzaba a notar el cansancio acumulado.

—Te dejo elegir a ti.

Sergio exageró una cara de asombro, y ella estuvo tentada de darle un codazo por burlarse de ella. Entraron en el bar. Muchas personas, la mayoría de ellas varones. El olor a fritanga se mezclaba con el del sudor de todas esas personas, que solo buscaban un ratito de desconexión entre el trabajo diario y el hogar.

Nadie se fijó en ellos al entrar, y se dirigieron a la barra. Sergio pidió un par de cervezas al camarero, y se sentaron en sendos taburetes. Áurea sabía que había hecho bien en dejarle llevar el interrogatorio. Estaba demasiado nerviosa para poder mantener la calma y no saltar sobre el camarero para sacarle, por las buenas o por las malas, la información que necesitaban. Sergio parecía más tranquilo.

—Mira, ¿esa no es la chica que han encontrado aquí al lado?

La voz de un chico joven, sentado justo detrás de Sergio, les llamó la atención. Era un muchacho algo más joven que ellos, pelo negro, ondulado, ojos oscuros y cansados. Señalaba a la televisión que colgaba de una de las paredes.

Efectivamente. Ahí estaba Isabel. Por suerte, no estaba dando otra entrevista como había temido durante unos segundos. Luego pensó en que, seguramente, antes negociaría con los medios para contar su trágica historia.

Al compás de una voz en *off* de mujer, iban apareciendo diferentes fotografías que Isabel tenía subidas, en abierto, en su Instagram; las mismas que, días antes, ella había estado revisando. Isabel con Andrés en el bar; con sus compañeros de la facultad, bebiendo y fumando tirados en el césped; muchas fotos de ella sola posando, y otras que pretendían ser artísticas con ella mirando por una ventana, echando el humo del tabaco a la cámara, sumergida en el mar... Toda la vida de una chica reducida a simples imágenes que solo dibujaban lo que ella quería mostrar, no lo que realmente era.

—¿La encontraron aquí?

Sergio se hizo el tonto... Ese chico le acababa de echar un cable para poder sacar el tema sin delatarse. El camarero se giró hacia él, Áurea se percató de que su rostro se iluminaba levemente. Parecía contento de poder cotillear y contar la historia. Hasta le parecía que fardaba porque se hubiera encontrado allí a Isabel.

—A unos metros de aquí... En una fábrica abandonada. Dicen que su amante la tenía retenida...

—¿Aquí al lado? ¿Y nadie se dio cuenta?

—Por aquí pasan muchas personas diferentes cada día. Hay mucho movimiento de personas y vehículos...

—¿Me está diciendo que el secuestrador ha podido estar por aquí tomándose una cerveza tan tranquilo?

—Es posible...

—Pero estoy segura de que alguien como usted habrá visto algo diferente en estos días...

Áurea sonrió al camarero, no tenía la menor duda de que, dándole algo de coba, obtendrían lo que necesitaran... Aunque también tendrían que seleccionar después cuánto era verdad y cuánto era exageración.

—No serán periodistas, ¿verdad?

Se rio. No era la primera vez que le hacían esa pregunta, ni sería la última, de eso estaba segura.

—No, claro que no... Era simple cotilleo... Intento imaginarme cómo se sentirán ustedes al saber que esa pobre chica ha estado ahí, a unos metros, secuestrada... No debe de ser fácil. —Empatizar con el interrogado siempre se le había dado bien... y esa vez no iba a fallarle la técnica.

—No lo es... Lo cierto es que el chico vino un par de veces a tomar un café. Vino, pidió, se tomó el café, pagó y se marchó. No habló con nadie, no levantó la vista ni un solo instante. Ahora comprendo que quería pasar desapercibido... Aunque, al comportarse de esa manera, conseguía el efecto contrario... Aquí todo el mundo grita, comenta los deportes, despotrica sobre el trabajo...

—Ya... Aunque, entre nosotros, —Sergio volvió a entrar en la conversación— la foto esa que han puesto del chico... No es que parezca muy inteligente como para organizar un secuestro así... ¿Y qué pretendía? ¿Que la chica sufriera un síndrome de Estocolmo?

El camarero se rio.

—No lo parece, no... Pero aquí siempre vino solo.

—Me he quedado sin batería... ¿Tienen cabina? —

Áurea sonrió cambiando de tema.

—¿Cabina? —Estaba segura de que no solían preguntarle eso muy a menudo—. No, pero tiene una ahí mismo.

Se volvieron hacia la calle. El camarero les señalaba, por la ventana, la cabina desde la que se habían hecho todas las llamadas.

—¿Sabe si funciona? —El camarero se encogió de hombros—. ¿Ha visto a alguien usándola? Por no ir hasta allí y que no funcione...

—Pues ahora que lo dice... Creo que vi al chico este... al amante... Y otra persona...

Intentó no volverse hacia Sergio, no mostrar más emoción de la debida.

—¿Otra persona? ¿No me diga que cree que había otro cómplice?

—Ni idea... Aunque lo cierto es que el chico no parecía una gran mente criminal...

—Eso es cierto... ¿Y cree usted que esa otra persona...? ¿Pudo ver algo?

—Lo cierto es que no pudimos verlo bien. Iba con gorra y gafas... y ropa ancha... Llamaba la atención porque iba bien abrigado... Ya sabéis: gorro, bufanda, guantes... Podría haber sido hasta una mujer y no se distinguiría...

Ya no pudo evitar mirar a Sergio. Vio cómo pagaba, y se despidieron del camarero. Era inútil alargar esa conversación. Salieron del bar y se dirigieron hacia donde estaba la moto aparcada.

—Una persona... que no sabe si era hombre o mujer... No ayuda mucho. —Sergio hablaba como para sí mismo.

—Ni siquiera podemos dedicarnos a coger huellas dactilares de la cabina... No tenemos nada que pueda demostrar que fue Isabel la que llamó a Andrés desde la cabina...

Se quedó parada unos instantes. Las imágenes que había visto en la televisión y que ella misma había revisado varias veces... No sabía si sería una pérdida de tiempo o no, pero tenía que intentarlo. Se descolgó la mochila de un hombro y abrió uno de los bolsillos de la misma. Sergio la miraba desconcertado. Se dirigió a la cabina. Ahí estaban. Las colillas de tabaco *light*.

15

Volvieron a casa de Sergio unas horas después. Habían tenido que pasar por comisaría para dejar las colillas. No sabía si habría o no suficiente ADN en ellas para que fuera una muestra útil, y tampoco tenían la certeza de que pudieran ser de Isabel. Solo unas imágenes de ella fumando...

—¿Cuánto creen que tardarán en decirnos algo? —le preguntó a Sergio mientras se encaminaban hacia su moto a la salida de la comisaría.

—Si tenemos suerte, un par de días...

—Si todo fuera como en las series yanquis, antes de cenar tendríamos las respuestas...

Sergio se encogió de hombros. Parecía más pensativo de lo normal. Montaron en la moto, y se dirigió hacia su casa. Paró justo delante del portal. Sergio se bajó y se volvió hacia ella.

—¿Quieres subir? Podemos cenar y seguir

buscando nuevas pruebas.

La voz dubitativa de Sergio le dejó clara cuál era la respuesta que tenía que darle. Pero, aun sabiendo que era lo correcto, no pudo evitar que su propia voz temblara al contestarle.

—Yo... necesito descansar. Vendré mañana temprano... Prometo traer chocolate con porras.

Sergio no dijo nada, solo asintió con la cabeza, y ella se fue antes de que pudiera despedirse. Era cierto que estaba cansada y necesitaba dormir..., pero no huía por eso, huía porque necesitaba estar sola, necesitaba tirarse en su cama y desconectar... Y necesitaba alejarse de Sergio un rato. Y temía que, si se quedaba a cenar, si trabajaban hasta tarde, si acababa pasando la noche ahí..., volvería a meter la pata, volvería a hacerle daño...

Llegó a su casa y se quedó quieta. Reconoció el coche que estaba detenido justo delante de su portal. Suspiró. Era lo que menos necesitaba en esos momentos. Y estuvo muy tentada de dar la vuelta e irse lejos. Pero sabía que, antes o después, tendría que enfrentarse a él. Aparcó la moto, se bajó de la misma, se quitó el casco y fue hacia el coche intentando insuflarse, en cada paso que daba, una seguridad que le costaba tener. Él la vio llegar y salió del vehículo. Se quedaron mirándose fijamente.

—Me has puesto un detective...

Pensó que gritaría, que la insultaría... Pero su tono era muy triste, sin apenas fuerza... Como si se perdiera dentro de su propia garganta sin atreverse a salir... Se quedaron de pie, el uno frente al otro. Examinó al que aún era su marido. Parecía que hubieran pasado años desde que se había ido, sin avisar, sin despedirse, de su casa.

—¿Cómo sabes que no fui yo misma?

—Porque te conozco... Nunca dejarías que tus sentimientos alteraran un caso.

Algo que en cualquier otra persona podría interpretarse como un halago, sonó completamente diferente en la voz de Juan. Pero no iba a entrar en un intercambio de insultos indirectos. Estaba realmente agotada...

—Juan, ¿a qué has venido?

—¿Vas a mostrar esas fotos a nuestros conocidos?

—Firma el divorcio. ¿Por qué vamos a alargar algo que no tiene sentido?

Juan bajó la cabeza unos instantes, quizás arrepentido de haberle puesto eso en la nota... Pero no la conmovió ni lo más mínimo. Y eso incluso llegó a asustarla, el no haber sentido nada.

—Hice muy mal las cosas...

—Sí. Pero eso ya no tiene remedio...

—¿Y si...?

—No lo digas... No quiero escuchar tonterías.... No hay otro camino para lo nuestro... —lo interrumpió—. Firma el divorcio y sé feliz con tu ligue. Y si quieres seguir haciéndote la víctima, hazlo. Me da igual.

—No puedes recriminarme que buscara fuera lo que no tenía en casa...

—Yo tampoco lo tenía y no lo busqué...

Se daba cuenta del cinismo de sus palabras. Cierto era que ella nunca había hecho nada con Sergio hasta que Juan se había ido de su casa, ni siquiera se lo había planteado hasta entonces... pero tampoco había tardado demasiado en sustituirlo en su cama. Suspiró.

—Juan, los dos metimos muchísimo la pata. Para empezar, nos casamos muy jóvenes, creyendo que era lo que tocaba... Y fuimos felices un tiempo... Pero no evolucionamos juntos. No nos comprendíamos, no teníamos el mismo objetivo. Terminemos ya con esto. Firma el divorcio. Hagamos algo bien. Y quizás, algún día, podamos quedarnos con lo bueno y recordarnos con una sonrisa.

—¿Destruirás esas fotos?

No pudo evitar sonreír con una mezcla de tristeza y sorna. De todo lo que le había dicho, eso era lo único que le importaba a él. Que no saliera a la luz que estaba con otra mujer antes de abandonar el hogar familiar.

—No se las mostraré a nadie. Diremos que, simplemente, no funcionó, y que esperamos ser amigos algún día.

Juan captó rápidamente la amenaza. La miró con profundidad y luego suspiró.

—Mañana firmaré los documentos.

Dio media vuelta, se metió en el coche y se fue. Áurea se quedó mirando cómo se marchaba, cómo se iba de su vida sin saber cuánto tiempo pasaría antes de que volvieran a encontrarse. Lo vio alejarse, vio cómo el hombre con el que había creído que construiría todo su futuro desaparecía... Y no sintió nada. Solo vacío. Y eso sí que le asustó. No pensó. Volvió a ponerse su casco, se montó en la moto y volvió por el mismo camino por el que había venido.

• • •

«Solo vas a trabajar». No paraba de repetirse la

misma frase. Llegó al portal de Sergio y dudó. Quizás había decidido salir, quizás estaba durmiendo, quizás estuviera con alguien... Suspiró y llamó al telefonillo. La voz de Sergio le respondió al otro lado.

—Soy Áurea. ¿Puedo subir?

Sergio no dijo nada. Pareció dudar unos instantes. Luego sonó la apertura de la puerta, y entró. «Solo vas a trabajar», volvió a repetirse mientras se miraba en el espejo. No lo pensó. Abrió la mochila, sacó su pequeño neceser y, como un acto reflejo, se retocó. «¿Qué coño estás haciendo?». Guardó otra vez el neceser y volvió a meterlo en la mochila.

Las puertas del ascensor se abrieron, y dudó. Sabía que ya no había marcha atrás, que no podía darle al botón de bajar y fingir que no había pasado nada. «Vamos, Áurea, tú sola te has metido en esto, te toca asumir las consecuencias».

Sergio la esperaba con la puerta abierta y una expresión de desconcierto en la mirada. Suspiró y se dirigió hacia él. Entró en la casa sin decirle nada, sin casi intercambiar ni una mirada con él. Oyó cómo Sergio cerraba la puerta tras ella y cómo la seguía hasta el salón. Observo los papeles extendidos sobre la mesa y la pizarra...

—Has seguido trabajando... —No era una pregunta, simplemente, un pensamiento en voz alta.

—¿Qué ha pasado, Áurea?

Sergio se había puesto justo detrás de ella, a solo unos centímetros; si se giraba, se chocaría con su cuerpo. El olor de Sergio la rodeó, llenándole la mente de recuerdos y sensaciones.

—Nada... No iba a conseguir dormir y... Prefiero seguir trabajando.

Dejó su mochila y su cazadora sobre una mesa. Se acercó a la pizarra y empezó a revisar todo lo que tenían hasta ese momento. Sergio volvió a acercarse, la agarró por los hombros y la giró.

—¿Qué ha pasado?

—Nada...

—¿Por qué has vuelto, entonces?

—Para trabajar...

Sergio la había acercado demasiado a él. La miraba a escasos centímetros, y ella no pudo evitar bajar la vista hacia sus labios. Y, cuando volvió a mirarlo a los ojos, comprobó que estos estaban centrados en su boca... El cuerpo de Sergio estaba impregnado de deseo, y eso la excitaba muchísimo. Vio cómo se mordía el labio inferior, notó sus dedos clavándose levemente en sus brazos... Sabía que se estaba conteniendo, que estaba luchando contra sí mismo. Sentía cómo la deseaba, cómo ansiaba volver a besarla, desnudarla, acariciarla e introducirse dentro de ella... Y sentía esas mismas ganas en ella...

—Vale. —Sergio la soltó como si quemara y se alejó. Y se dio cuenta de que volvía a respirar. No se había percatado de que había dejado de hacerlo—. ¿Has cenado algo?

—No...

—Iba a hacerme unas pizzas... ¿Alguna preferencia?

Sergio se dirigió a la cocina mientras hablaba. Se dio cuenta de que le temblaban las piernas y se regañó. Luego, ella lo siguió.

—Mientras no tengan piña... lo que sea.

—Eso sería un sacrilegio.

Sergio metió una pizza en el horno mientras hablaban. Le sonrió. El momento tenso que habían tenido segundos antes parecía haber pasado a un segundo plano. Una parte de su cuerpo protestó, gritándole, desde lo más oscuro de su ser, que no había ido a trabajar y que dejara de fingir...

—¿Una cerveza?

La voz de Sergio volvió a sacarla de sus pensamientos. Sergio le tendía una lata y la miraba fijamente, como si pudiera colarse en su mente. La cogió, la abrió y le pegó un largo trago. Luego se giró y volvió al salón donde tenían todo.

—¿Has encontrado algo nuevo?

—A ver... Tenemos que Isabel solicitó a la editorial que su última nómina, bastante suculenta, por cierto, se la pagaran en la cuenta de Andrés.

—De lo cual solo tenemos la palabra de Laura.

Había intentado mostrar indiferencia al nombrarla, pero no pudo conseguirlo. Se sentó en el sofá mientras lo hacía y pudo ver por el rabillo del ojo la sonrisa socarrona que iluminó el rostro de su compañero.

—Tenemos las llamadas hechas desde la cabina a Andrés cuando Miguel ya había muerto.

—Que no tenemos prueba alguna de que hiciera Isabel.

—Tenemos que esperar a las pruebas de los cigarrillos. Pero no paro de pensar en que lo tenía todo muy bien calculado como para tirar las colillas ahí...

—Quizás nunca pensó que sospecharíamos de ella.

Me parece que se cree más lista que nosotros.

—Pues que siga creyéndolo. Eso es lo que hace que cometan errores.

—Pero necesitamos más… Incluso aunque haya ADN de Isabel en los cigarrillos… no es conclusivo.

Sergio se sentó a su lado. Demasiado cerca para su gusto.

—Áurea, si no quieres contarme qué te ha pasado desde que nos hemos despedido antes hasta que has vuelto a aparecer en mi puerta… no te presionaré. Pero no puedes dejar que tus sentimientos afecten al caso…

Se puso de pie. La frase le había recordado lo que le había dicho Juan. Era cómico que, un rato antes, su todavía marido la acusara de no dejarse influir por los sentimientos, y, ni una hora después, su ¿amante? le pidiera que no dejara que estos entorpecieran la investigación.

—No me ha pasado nada. Solo he tenido un pequeño encontronazo con Juan.

—Ya…

Se volvió hacia Sergio. Un velo oscuro había cubierto sus ojos verdes.

—Le pedí a un compañero que lo investigara.

—¿Por qué hiciste eso?

—Porque sospechaba que estaba con otra... Y tenía razón.

—¿Cuándo averiguaste que te había engañado?

La pregunta de Sergio, unida a la mirada que le echó, era bastante clara. Tragó saliva. Sergio se levantó de golpe y se fue hacia la cocina.

—Sergio, no es...

—¿Qué no es? ¿El día de la discoteca te acababas de enterar de que tu marido te engañaba, que te había dejado por otra?

Sergio se había vuelto hacia ella. Sus pupilas echaban fuego. Alzó la mano que tenía libre para acariciarle el brazo, pero él se retiró con un gesto brusco.

—Responde a mi pregunta...

—Sí, pero eso no influye en...

—¿En qué no influye, Áurea? ¿Hubieras intentado liarte conmigo esa noche si no lo hubieras sabido?

—Esa pregunta no es justa. Expones un escenario

irreal…

—¿Qué soy para ti?

—Sergio… Me prometiste darme tiempo…

¿Cómo narices habían llegado a ese punto? Sintió las lágrimas luchando por salir de sus ojos. No se lo permitió. Se quedaron en silencio, demasiado rato. Mucho más de lo que ella podía soportar. Dejó la cerveza en la mesa y se encaminó hacia la puerta tras coger su cazadora y su mochila. Sergio no se movió. Ni siquiera cuando pasó por su lado. En la puerta dudó.

—Juan quería volver a intentarlo… Le he dicho que lo nuestro se ha acabado para siempre, y me ha prometido que mañana firmará los documentos de divorcio. Yo ya se los mandé firmados el otro día al abogado.

Sergio se volvió y se acercó a ella rápidamente. La paró justo cuando iba a abrir la puerta de la calle. No le dio la vuelta. Solo la abrazó por detrás.

—Áurea, lo siento. Tienes razón. Te prometí tiempo, pero… me cuesta. No te vayas. Quédate. Cenemos. Sigamos trabajando. Prometo no volver a presionarte.

Sonrió levemente. Los dos eran conscientes de que era una promesa que no podía asegurar que fuera a cumplir. Y ella era consciente de que lo mejor sería irse.

Poner un poco de distancia. Dejar que esa situación se enfriara… Eso sería lo más coherente.

—Se va a quemar la pizza.

Se soltó del abrazo de Sergio y se dirigió hacia la cocina dejando por el camino su mochila y su cazadora. Ya tendría tiempo de arrepentirse de esa decisión.

. . .

Los primeros rayos de luz le golpearon el rostro despertándola. Se estiró, deleitándose en el suave roce de las sábanas que la rodeaban, sin abrir aún los ojos, sumergida en un olor que ya le era muy familiar y que activaba todos sus sentidos. Abrió los ojos de golpe. Esa no era su casa, no era su cama. ¿Dónde estaba? Tardó en reaccionar. Contempló lo que la rodeaba. Líneas rectas, colores claros, un gran ventanal desde donde se intuían unas bonitas vistas de Madrid.

Intentó hacer memoria. Lo último que recordaba era estar en el sofá de Sergio, medio tumbada, releyendo por enésima vez todas sus notas, intentando encontrar, inútilmente, otro hilo del que ir tirando. Rememoró que se encontraba agotada y que, en más de una ocasión, le había costado mantener los ojos abiertos. ¿Cómo había llegado del sofá a la cama? Imaginaba que esa era la habitación de

Sergio. Y, ¿dónde estaba él? Lo único que la tranquilizaba era que estaba completamente vestida; aún llevaba sus vaqueros y su camiseta blanca de tirantes.

Se levantó de la cama y salió de la habitación. En la sala reinaba el silencio. Avanzó por el pasillo. Y, en el salón, tumbado en el sofá, tapado únicamente con una manta, dormía Sergio.

¿Se había quedado dormida en el sofá y él la había llevado hasta su cama volviéndose él al salón? Era plenamente consciente de que una sonrisa tonta se había afincado en su rostro al pensar que él podía haberse comportado de esa manera tan gentil.

Se acercó a él, se sentó a su lado en el sofá, con mucha delicadeza, intentando no despertarlo. No llevaba puesta ninguna parte de arriba, y no pudo evitar pasear su mirada por su torso desnudo, conteniendo el impulso de acariciarlo... Le retiró un mechón de pelo del rostro. Él se movió un poco, permitiéndole contemplar perfectamente su rostro, sus facciones masculinas, sus labios carnosos... Se acercó a él y le dio un leve beso, rozando sus labios con toda la delicadeza de la que era capaz.

Y, como si fuera Blancanieves, él abrió los ojos, la miró como si aún estuviera soñando. Se fue a retirar, intentó echarse para atrás de nuevo, pero él se lo impidió. Sintió cómo elevaba sus manos para poner una en su espalda y la otra en su nuca para, a continuación, volver a atraerla hacia sí. Y la besó. Atrapó su labio inferior entre los suyos y succionó. Luego empezó a sentarse sin soltarla, sin dejar de besarla, profundizando en ese beso, colando su lengua en busca de la de ella...

—Sergio...

Una parte de ella le decía que tenía que pararlo, que no podían continuar así..., que no había cambiado nada desde el día anterior, y esa situación iba a acabar muy mal. La otra..., la otra le decía que ella ya le había advertido a Sergio de que no podía darle más que eso, que ya se lo había dicho, y, si él no lo comprendía, no era culpa suya...

—No te preocupes... —Sergio fue echándola para atrás, tumbándola en el sofá mientras sus manos empezaban a buscarla, ansiosas y su boca empleaba sus labios para mordisquearle el cuello y llenarla de mil sensaciones—. Me vuelves loco...

—Pero...

Intentó, de una manera muy débil, retirarlo de encima de ella. Aún no sabía cómo lo había hecho, pero había conseguido tumbarla y colar las piernas entre las suyas. Sentía su erección apretándose contra ella, sus manos acariciándola por encima de la ropa, y su boca había pasado de su cuello a su clavícula...

—Te deseo… Más que a nada…

—Y yo a ti…

Sabía que esa no era la manera de pararlo, pero la estaba llevando, en unos segundos, a un punto de no retorno donde les sobraba la ropa y les faltaban más besos y caricias… Notó las manos de él bajando hacia sus vaqueros, desabrochándoselos… Y antes de que volviera a protestar, Sergio volvió a cerrar su boca con un beso lleno de pasión, lleno de necesidad, lleno de ansia… Luego le mordisqueó el lóbulo de la oreja mientras le susurraba con una voz cargada de deseo.

—No soy un niño pequeño, Áurea; soy consciente de lo que hago… No me estás engañando, no me estás utilizando… Sé lo que tenemos. Pero no puedo estar más tiempo sin sentirme dentro de ti…

Mientras hablaba, había colado una de sus manos entre su piel y su ropa interior hasta llegar a su sexo y había comenzado a juguetear con él. Áurea elevó las caderas en un acto reflejo que él no dejó escapar. En un abrir y cerrar de ojos, le retiró los pantalones y las bragas. Y ella ahogó el gemido que salió de su garganta al notar cómo él se introducía de golpe en su interior.

—No… Quiero oírte gemir, quiero oír cómo pronuncias mi nombre, cómo me pides más…

Áurea elevó las manos, le cogió el rostro entre ellas y se lo acercó para besarlo como si lo necesitara para respirar... Elevó las caderas para que él la penetrara con más fuerza, plenamente consciente de esa necesidad que él tenía de escuchar cómo decía su nombre... Necesitaba no sentir que era un colchón para ella. Sin darse cuenta de que nunca había sentido tanto placer como cuando era él quien la besaba, la acariciaba y se movía dentro de ella.

16

Se habían vuelto a quedar dormidos, desnudos, sudorosos, bañados de placer... Abrió los ojos y observó el rostro de Sergio, apoyado en su hombro, con una hermosa expresión de paz. Sería tan fácil y reconfortante despertarse así cada mañana... ¿Por qué huía tan rápido de él? ¿Por qué no dejarse llevar?

Con delicadeza, salió de entre sus brazos y volvió a taparlo con la manta. Buscó su ropa en el suelo y se vistió. Cogió su mochila y su chaqueta y, tras mirarlo una vez más, se fue de su casa. Ya en el ascensor, decidió mandarle un mensaje. No quería que se despertara y descubriera que se había ido sin decirle nada.

«Necesito cambiarme de ropa y hacer algunas cosas. Nos vemos luego».

Se guardó el móvil en la mochila. No sabía cuánto tardaría él en despertarse. No se sentía bien. Sabía que no había hecho lo correcto. Que una buena persona no debía salir huyendo de la casa de alguien con el que acababa de acostarse... Pero ella cada día estaba más convencida de que tampoco era la mejor persona que existía.

Se fue a su casa. Se duchó y se puso ropa limpia. Luego se quedó quieta delante del espejo, sin saber qué más hacer. Preparó café y se sentó frente al televisor. No era lo que más le apetecía en esos momentos, sobre todo teniendo en cuenta que, seguramente, aún seguirían hablando del caso de Isabel. Pero tenía curiosidad por ver si habían descubierto algo, si alguien más se había fijado en que en la declaración de Isabel había algo que no cuadraba. No. Bebió un largo trago de café mientras seguía haciendo *zapping* de un programa a otro... Más de lo mismo. La noticia importante, en todo aquello, parecía ser el hecho de que fuera una escritora fantasma. Los periodistas incluso habían acosado a Enrique Octavio, que no había hecho ninguna declaración... La editorial había sacado un comunicado desvinculándose de ese asunto, culpando únicamente a Enrique. Se preguntó a qué acuerdo habrían llegado con Isabel. Vio cómo varios periodistas se apostaban en el portal de Isabel...

¿Había vuelto a su casa? ¿Al mismo lugar de donde, teóricamente, la habían sacado drogada para hacerle vivir su peor pesadilla?

Cogió su chaqueta, su mochila y salió de su casa. Sabía que no era una buena idea. Que no era más que un estúpido impulso, pero estaba harta de quedarse quieta mientras veía cómo le habían tomado el pelo. Aparcó por detrás del edificio, cerca de la puerta de servicio, que seguía abierta. Estaba claro que la gente no aprendía.

Isabel no tardó en abrirle la puerta con una sonrisa que, en esos momentos, le pareció hasta ofensiva.

—Áurea, ¡qué maravilloso que haya venido a verme! Pase, pase... ¿Cómo ha conseguido evitar a todos los periodistas?

—Por la puerta del patio...

Entró mirando a su alrededor, contemplando la casa, intentando encontrar algo diferente, algo en lo que no se hubiera fijado aún. Sobre la mesa, una botella de vino vacía y un par de copas. Isabel se percató de su mirada.

—Ayer no podía dormir. Necesitaba un poco de alcohol para nublar la mente.

—O para celebrarlo, ¿no? —Su tono era seco y duro. Isabel tenía que haberlo notado desde el principio, aunque lo disimulaba mucho.

—También... No todos los días se puede celebrar que has sobrevivido a una pesadilla.

—¿Y quién fue tu acompañante?

—Beatriz. Se ha portado muy bien estos días. Creo que es la única amiga que tengo... ¿Le pasa algo?

—Sé la verdad.

Se volvió hacia ella para estudiar su reacción. Ella la miró fijamente. No fingió una cara de asombro, ni de culpabilidad, ni de desconcierto... Nada...

—¿La verdad? ¿A qué se refiere?

—Conmigo no tienes que fingir... Sé la verdad sobre tu secuestro.

Isabel sonrió levemente y luego pasó a su lado hasta sentarse en un sofá; le indicó con la mano que la imitara. Ella no aceptó el ofrecimiento. Siguió mirándola desde arriba. Isabel, simplemente, se encogió de hombros.

—Áurea... La verdad es muy relativa. En realidad, hay miles, millones de verdades... Una por cada persona que vive en este mundo.

—No te me pongas metafísica... Hay cosas que son de una manera y punto. Hay cosas que son blancas o negras, no existen grises.

Isabel se la quedó mirando con sus grandes y oscuros ojos. Pensativa. Meditando sus pasos. Siempre había tenido claro que era una mujer muy inteligente, pero hasta ese momento, intercambiando una de las miradas más intensas de su vida, no se había dado cuenta de hasta qué punto.

—¿Te puedo contar una historia, Áurea? —Ella asintió en silencio, intrigada por ver adónde la iba a llevar esa conversación. Se había percatado de que Isabel había pasado de tratarla de usted a tutearla—. Yo no tengo muchas amigas. Nunca se me ha dado bien entablar relación con personas de mi mismo género. Siempre he sido muy competitiva. Sé que es un problema que tengo que solucionar.

—¿Puedes ir al grano?

—Por supuesto. Tenía una amiga. Una noche, después de que hubiéramos estado de fiesta, no volvió a su casa. Simplemente desapareció.

—Y la policía no os hizo caso, ¿no?

Ya se conocía ese discurso. Y a ella también la irritaba de una manera que no podía explicar... Pero eso no era excusa, no la justificaba.

—Mi historia va a ayudar a visibilizar ese problema. La gente vive sin saber lo que realmente pasa a su alrededor. Decenas de chicas desaparecen, y a nadie le importa. Familias enteras destrozadas porque no hay recursos suficientes, porque hay cosas más importantes en las que gastarlos que una chica de clase baja que vuelve borracha de una fiesta... Y luego está la prensa... Ha sido muy divertido ver cómo algunos medios me juzgaban; juzgaban mis fotos de Instagram, mi ropa, mi trabajo de camarera… El machismo que rezuman es vomitivo. Todo eso lo voy a reflejar en mi libro…

—¿Tu libro?

Ahí estaba el acuerdo con la editorial. Isabel sonrió de oreja a oreja.

—No te preocupes, te dejaré bien. Es más… serás la estrella. Una joven mujer detective que decide desafiar lo que todo el mundo dice. Sigue su instinto y decide que no va a dejar que ninguna otra chica muera… Lucía, ¿verdad?

El oírle mencionar el nombre de Lucía hizo que le ardiera la sangre. Había sido una víctima mientras que ella solo buscaba aprovecharse para tener fama.

—Creo que no deberías poner el punto y final a ese libro tuyo. Una pregunta: ¿Lo escribiste antes o después de convencer a Andrés y a Miguel para hacer toda esta mierda?

Isabel no respondió. Solo sonrió levemente.

—¿Cómo has podido…?

—Áurea, las mujeres tenemos que luchar para sobrevivir en este mundo. Seguro que tú misma has tenido que esforzarte el doble que cualquier compañero para que te tuvieran en consideración… A mí me pasa lo mismo.

¿Sabes lo que es ver tus libros publicados bajo otro nombre, ver que los reconocimientos y premios que tenían que ser para mí iban para un tío que ya no sabe ni juntar dos palabras con sentido? Y el maldito miedo constante solo por el hecho de ser mujer. Vivimos en un mundo en el que a las mujeres nos dicen cómo vestir, cómo ser, cómo comportarnos para no tentar a los hombres...

—¡No me des discursos feministas! ¡No intentes manipular todo un ideario para salirte con la tuya! Eres como esas mujeres que fingen que las han maltratado para vengarse de su pareja..., haciendo retrasar mil pasos la lucha de la mujer. Con actitudes así, solo das alas a los cerdos que se oponen a la ley contra la violencia género, que vienen con el discursito de las denuncias falsas y todas esas mierdas... No te atrevas a envolverte en la bandera del feminismo cuando solo has pensado en ti y en hacerte famosa. No me vengas con lo difícil que es sobrevivir en un mundo de hombres, porque lo hago cada día. Y yo sí lucho para evitar que los nombres de esas chicas se pierdan en la memoria... Trabajo cada día por ello.

Isabel, simplemente, le devolvió una sonrisa. Una sonrisa que ella tuvo ganas de quitarle de una hostia. Luego se levantó y se acercó a la puerta.

—Es muy enriquecedor hablar contigo sobre estos temas... Pero me temo que en un rato tengo que estar en la editorial para aclarar ciertos temas de mi nuevo contrato.

Isabel abrió la puerta para que se fuera. Suspiró llena de ira. Avanzó hacia ella.

—Supongo que esta vez no solicitarás que pasen tu nómina a otra cuenta.

—No sé de lo que me estás hablando.

El tono divertido de Isabel no hacía más que reforzarle su sospecha. Cruzó la puerta y luego se volvió a girar sobre sus tobillos para hacerle una última pregunta.

—¿Por qué Miguel? ¿Por qué ha muerto?

Isabel seguía con esa maldita sonrisa. Inclinó la cabeza para un lado, dejando que todo su cabello la acompañara en el movimiento.

—No lo sé... Habrá que preguntárselo a él, ¿no? Se suicidó, ¿verdad?

Luego le cerró la puerta sin esperar más reacción por su parte. Ella se dirigió al ascensor. Sacó el móvil del bolsillo y paró la grabación. Se quedó pensativa unos instantes, luego llamó por teléfono.

. . .

Fue directamente a casa de Sergio. Entró en el

portal sin saludar al portero, que volvía a mirarla con cara de pocos amigos, y llamó a su puerta. Sergio le abrió la puerta con cara de póquer. No podía culparlo. En un minuto estaban follando y al otro ella se escabullía mientras él dormía. Pero él mismo se lo había dicho. Sabía lo que tenían... Que cada uno asumiera las consecuencias de sus actos.

—No has traído porras.

Sonrió recordando lo que le había dicho cuando se había ido, inicialmente, a su casa. Al menos, no parecía muy enfadado. Sin embargo, la sonrisa se le borró rápido al recordar lo que tenía que contarle.

Entró directamente hasta el salón. Aún estaba la manta tirada en el sofá donde, horas antes, habían estado follando. Cerró los ojos al recordar todo lo que Sergio le hacía sentir con un simple roce...

—¿Estás bien, Áurea?

Sergio parecía que era capaz de meterse en su cerebro. Y eso le asustaba.

—Tienes que prometerme que no te vas a enfadar conmigo...

Sergio levantó una ceja. Ella se volvió hacia él mientras se mordía el labio inferior, nerviosa.

—¿Qué has hecho?

Áurea sacó su móvil del bolso, buscó la grabación y se la puso. La cara de Sergio fue pasando por diferentes expresiones y colores. Dejó el móvil sobre la mesa y se sentó en el sofá. Sergio no se había movido del sitio mientras escuchaba.

—¿Por qué has hecho eso?

—Necesitaba verla, necesitaba ver su reacción...

—¿Te das cuenta de que ahora sabe que vamos tras ella?

—Sabe que yo voy tras ella. No tú.

—La madre que te...

Sergio empezó a dar vueltas por la habitación mientras farfullaba. Ella se volvió a poner de pie y se acercó a él. No tenía muy claro qué hacer ni qué decir.

—Me has prometido que no te ibas a enfadar...

—No lo he hecho, y lo sabes...

Sonrió pícara y supo que esa expresión lo desarmó por completo. Sergio subió sus manos para rodearle la cara con ellas.

—Un día voy a matarte... Lo sabes, ¿verdad? —Ella se limitó a sonreírle. Sergio suspiró y la soltó—. ¿Y ahora cuál es tu plan?

—Seguir buscando más pistas...

—Áurea..., tú no desvelarías a Isabel que sabes que fingió su secuestro para luego dejarla a su bola... —No pudo evitar que una enorme sonrisa de culpabilidad le dominara el rostro—. ¿No habrás vuelto a poner un localizador en el móvil de alguien?

Se rio.

—Hubiera sido una gran idea, pero no veía la manera de engañarla para que me dejara su móvil...

—Áurea...

Era divertido vacilarlo. Se acercó a él, puso las manos sobre su pecho aún desnudo y, tras ponerse de puntillas, lo besó. No lo pensó. No supo en qué momento habían llegado a esa intimidad... Había sido un beso diferente a todos los que se habían dado. Y había sido ella la que lo había iniciado. Un beso dulce, tierno, incluso divertido... Se separó de él desconcertada... Y se alejó de Sergio sin mirarlo a la cara.

—Le he pedido a un amigo detective que la vigile.

—¿Al mismo al que le pediste que vigilara a tu marido?

Se volvió hacia él. No entendía por qué le sacaba ese tema en esos momentos.

—¿Qué más da eso?

—Tienes razón, no es lo importante. ¿Por qué lo has hecho, Áurea? ¿Por qué no lo comentaste conmigo antes? Somos un equipo.

—No lo pensé. Estaba en casa, viendo las noticias… y no lo pensé. Me pareció increíble que volviera a la casa que compartía con Miguel y…

—Áurea, tú no eres culpable de lo que le pasó a Miguel. Es más…, el único culpable es él por meterse en todo esto.

—Bueno… ¿Con qué nos ponemos ahora?

Sergio sonrió con tristeza. Sabía que no lo engañaba. Que, aunque quisiera mostrarse indiferente, no lo era. No podía evitar pensar que Miguel hubiera hecho cualquier cosa que le pidiera Isabel, y que se lo habían cargado porque empezaba a mostrarse débil y temían que acabara confesando. O quizás siempre fue su idea inicial. Librarse de él. ¿Y culpabilizar a Andrés? ¿Convencer a los dos hombres de su vida para librarse después de ellos?

—Voy a por café. ¿Quieres?

Asintió en silencio mientras volvía a mirar el tablón. Isabel no podía haber planeado algo perfecto. No podía no haber metido la pata en algo. Volvió a poner la grabación intentando buscar alguna pista.

—Lo cierto es que parece una sociópata. —Sergio volvía a estar detrás de ella—. Pero sabes que esa grabación no sirve de nada. No llega a confesar nada.

—Ya… Siempre puedo filtrarla a la prensa.

Lo había dicho sin pensar, pero, en cuanto lo dijo, la tentación de hacerlo fue creciendo en su interior. Sergio le pasó una taza de café. Solo. Y bastante cargado por lo que pudo notar cuando le dio el primer sorbo. No dijo nada porque él supiera cómo le gustaba. Ese era su trabajo. Fijarse en los detalles de los demás. No iba a buscar nada romántico en ese hecho… Aunque no pudo evitar una sonrisa tonta. Sacudió la cabeza y volvió a centrarse.

—La fábrica. ¿Desde cuándo está abandonada?, ¿cuánta gente lo sabía?

—Cualquiera que pasara por allí lo sabría… Supongo que haría una búsqueda por los polígonos cercanos…

—Ella no tenía coche, ¿verdad?

—No.

—¿Cómo transportó Andrés el cadáver de Miguel?

Sergio se quedó mirándola. Esa pregunta era importante. No podían haberlo llevado en la moto. Pero, entonces, ¿cómo?

. . .

Empezaron a buscar como locos entre todos los papeles que tenían, entre todos los informes que habían hecho de cada uno de los integrantes de ese peculiar triángulo.

—¿Estáis seguros de que ninguno tenía vehículo?

—Claro que sí. Es una de las primeras comprobaciones que hizo mi equipo.

El tono de voz de Sergio había sido duro, seco y muy borde. Algo poco común en él. Se lo quedó mirando fijamente. Tentada de decirle algo, de gritarle que no pagara con ella sus propias decisiones. O si no era por haberse ido de su casa después de haber follado, si era por haber ido a casa de Isabel, que lo dijera... Pero que no se dedicara a entorpecer la investigación.

—De acuerdo... Pues, entonces... Algo se nos

escapa.

Se levantó, se acercó a su mochila y sacó un paquete de tabaco que había comprado justo antes de volver a casa de Sergio. Se encendió uno.

—¿No deberías pedir permiso antes de fumar en casas ajenas?

Sonrió. Se acercó a él. Dio una larga calada al cigarro y, antes de expulsar el humo, lo besó. Sergio reaccionó como ella esperaba: la agarró por la cintura y la atrajo hacia él. Dejó de besarlo, y él la miró negando con la cabeza.

—Algún día, estos truquitos dejarán de funcionarte...

—Una verdadera lástima...

Se mordió el labio mientras le pasaba el cigarrillo y se soltaba de su abrazo, y se encendió otro para ella sin poder disimular una sonrisa de satisfacción. Había conseguido relajar a Sergio, que volvía a mirarla como siempre.

Se acercó al tablón. Contempló las fotografías de las personas a las que había entrevistado que tenían relación con Isabel... Sergio se acercó por detrás. Puso el dedo índice encima de la foto de la madre.

—¿Su madre? —propuso.

—«Este no es tu momento…» —volvió a rememorar Áurea. Esa frase la había marcado tanto que no podía quitársela de la cabeza.

—Quizás por eso usaron su coche. Para tenderle una trampa. Si han metido un cuerpo ahí, el coche tendrá restos de Miguel por todas partes.

—De acuerdo con que Isabel es una sociópata, pero ¿tendería esa trampa a su madre? Además, ni siquiera vive aquí y, teóricamente, no se veían desde hace tiempo. Y no creo que el asesinato de Miguel estuviera dentro de los planes iniciales de Isabel… Creo que tuvieron que improvisar un poco.

—Sí. Estoy de acuerdo. No veo a Andrés yendo a casa de la madre de Isabel, pidiéndole el coche y volviendo… Además, ¿qué decirle? Si la madre de Isabel hubiera sabido de la desaparición de su hija antes, hubiera corrido a los medios hace mucho.

—¿Y robar otro coche? Ya lo hicieron con el primero.

—Preguntaré si han encontrado otro coche quemado en esos días.

Mientras hablaba, se dirigió a la mesa donde había

dejado su teléfono móvil. Ella aprovechó para coger el suyo y ponerlo a cargar un rato. Se sentó, inició su ordenador y puso las grabaciones que había hecho a lo largo de toda la investigación. No encontraba nada. No paraba de escuchar una y otra vez las grabaciones mientras Sergio hablaba con varias personas. Y, de pronto... una frase perdida entre una marabunta de frases le llamó la atención: «Es difícil pasar de ella... Más bien, imposible».

Se giró hacia el tablón y se puso de pie. De golpe. «Isabel tiene algo. Sería capaz de vender hielo en el Polo». ¿Cómo no lo había visto hasta ese momento? «Se ha portado muy bien estos días. Creo que es la única amiga que tengo...».

Sergio se giró hacia ella al ver su reacción. Se acercó con el teléfono en la mano tras pedirle a la persona con la que estaba hablando que esperase.

—¿Qué pasa?

No le salían las palabras. Tenía un nudo en la garganta. Simplemente, señaló la foto, que seguía en una esquina del tablón, relegada a un segundo plano, y se volvió hacia Sergio, que asintió con la cabeza y luego volvió a retomar la conversación telefónica.

—¿Puedes mirarme otro dato? Necesito que me mires si una persona tiene o no un coche a su nombre.

Áurea se volvió hacia la foto, que la observaba desde el tablón. Había sacado la imagen de una de las fotos que Isabel había colgado en Instagram, aunque nunca pensó que tuviera una gran relevancia.

—Beatriz, ¿en qué lío te ha metido Isabel? ¿Cuánto sabías de toda esta mierda?

Sergio volvió enseguida.

—Tiene coche. Tengo su dirección. ¿Vamos?

Asintió. Era consciente de que no podían perder mucho tiempo. Todos los que sabían algo del falso secuestro de Isabel estaban muertos. No podía permitirse una nueva víctima en ese maldito caso.

Ni siquiera se planteó discutir con Sergio el vehículo a utilizar. A pesar de que odiaba tener que ir de copiloto. En esos momentos, solo había una cosa importante: encontrar a Beatriz.

17

Beatriz estaba en su casa. Parecía realmente sorprendida de verlos allí. Suspiró. Había temido que Isabel se hubiera puesto en contacto con ella. Todas las personas que podían implicar a Isabel en su propio secuestro habían desaparecido. Aunque estaba segura de que ella no se había manchado las manos. Era mucho más inteligente que eso.

Los dejó pasar, sorprendida. Beatriz vivía con sus padres. Una casa bastante moderna. Observó la casa con disimulo. Cuando la conoció, sintió que era una chica de buena familia, y ahora ya no le quedaba ninguna duda. Beatriz parecía realmente nerviosa.

—¿Están tus padres?

Beatriz negó con la cabeza ante la pregunta de Sergio. Áurea seguía mirando a su alrededor, intentando memorizar todo. Luego se volvió hacia ella.

—Siento no haberte dicho el otro día que no era de la agencia...

—Usted estaba intentando encontrarla... Eso era lo importante. Pero... no entiendo en qué puedo ayudarla.

—No te preocupes... Solo intentamos dejar el caso bien cerrado para que no haya ningún contratiempo...

—¿Contratiempo?

—Ya sabes que, a veces, se juzga más a la víctima que al cerebro de un caso...

Hablaba casi en un murmullo. Sin dejar de observar cada detalle de esa casa propia de una familia de dinero. Sabía que era una chica acomodada, pero nunca pensó que tanto. Su vida no tenía nada que ver con la de Isabel... ¿Cómo había llegado a ser Isabel la hembra alfa de esa extraña amistad? Se volvió hacia ella, examinándola. Ahí lo tenía. Una buena chica, encerrada en una pequeña burbuja, demasiado dulce, demasiado buena... Tenía ese temblor en los ojos propio de las personas inseguras... Carne de cañón para alguien como Isabel.

—Tienes coche.

Sergio no había preguntado, lo había afirmado. Miraba a Beatriz fijamente. Con una dureza que no estaba acostumbrada a ver en él. Se apoyó en un armario para contemplar la escena. Quería verlo en acción, quería disfrutar de cómo manejaba la situación.

—Yo…

—Sabes por qué te lo digo, ¿verdad?

La voz de Beatriz temblaba. Llena de miedos, de inseguridad… Ocultando algo que no deseaba guardar en secreto.

—No tenía más remedio… No sabía qué hacer… Solo quería que no le hicieran nada…

Definitivamente, Beatriz no tenía nada de sociópata ni de criminal. Se había derrumbado con rapidez. Una criminal nunca confesaría tan rápido. A no ser que fuera una estrategia… Aunque no lo parecía.

—Bien… Siéntate y cuéntanos qué sucedió.

—Recibí este vídeo… —Las manos temblorosas de Beatriz cogieron su móvil. Sergio lo cogió con rapidez. ¿Temía que ella aprovechara para borrar algo del mismo?

—¿Cuál es tu contraseña?

Le tendió el móvil para que dibujara su patrón de desbloqueo.

—¿Dónde está el vídeo?

—En el WhatsApp… Lo recibí el otro día. No sabía qué hacer…

Sergio tecleó en el móvil. Áurea se acercó hacia él. Había encontrado lo que buscaba. Miró alternativamente el móvil y a Beatriz. Retorcía con sus manos el borde de su camiseta. Luego, las imágenes que salían del teléfono lo absorbieron por completo. Isabel, sentada en una silla, atada con una cuerda, miraba a la cámara con una expresión perdida.

«Beatriz, me tienen retenida... Necesito tu ayuda... No sé los motivos... Pero necesitan un coche... Por favor, déjales el tuyo. Deja el coche delante de tu portal, con las llaves debajo del felpudo del conductor... Dicen que te lo devolverán... Lo siento... Siento meterte en esto... Por favor, no digas nada. No llames a la policía... ni a Miguel... Dicen que acabarán conmigo si lo haces... Por favor... Eres mi única esperanza».

El vídeo, corto y directo, terminó. Cogió el móvil y volvió a verlo mientras se alejaba de Sergio, que se había vuelto hacia Beatriz. Definitivamente, la sala donde se encontraba Isabel era la sala donde la habían encontrado. Reconoció el número desde el que había sido mandado: era el de Andrés. Miró la hora: era anterior a la hora en que habían visto a Andrés y a Miguel entrar juntos en la casa del segundo... Un nudo se le formó en el estómago. No había sido algo casual. Había sido algo planeado. Aunque muy torpemente planeado. Quizás, debido a la necesidad de Miguel de confesar, todo se había precipitado. Lo que estaba claro era que Andrés había ido a casa de Miguel con una clara intención... Suspiró. Le costaba asumir que ese chico escondía un asesino... Por mucho que estuviera manipulado por Isabel.

—¿Dónde está tu coche ahora? ¿Te lo devolvieron?

—Sí... Está aparcado.

—Nos lo vamos a tener que llevar...

Ella asentía sin saber muy bien qué decir. Perdida. Empezó a llorar. Suspiró y se acercó a ella. En esa historia, Beatriz era la única víctima. La única que parecía realmente inocente...

—¿Me he metido en un lío? Yo solo quería... Siento no haber avisado... tenía miedo...

—No te preocupes... Comprendemos lo que hiciste. Pero ahora necesitamos que hagas una cosa...

—Claro...

—No puedes hablar con nadie de esta visita... Solo con tus padres... Dales mi tarjeta si necesitan hablar conmigo... —Sergio le pasó su tarjeta a Beatriz, que la agarró como si fuera su tabla de salvación—. Pero quiero que sepas que no estás metida en ningún lío. Tú comportamiento es comprensible...

Beatriz asentía. Áurea la miraba fijamente. No estaba segura de que estuviera comprendiendo lo que Sergio le estaba diciendo.

—Lo que mi compañero te está diciendo es que solo puedes hablar de esto con tus padres, ni siquiera puedes comentárselo a Isabel...

—¿A Isabel? ¿Por qué?

—Porque cuando pasas por una experiencia como la que ha sufrido ella se necesita un tiempo para volver a la normalidad, y los sentimientos se confunden, y estás más sensible de lo normal.

—¿Creéis que pensará que yo estuve implicada?

—No te preocupes... Simplemente, déjala sola unos días. Que se rehaga, que vuelva a la normalidad.

Le dolía verla así. Era la única buena de esa historia. Aunque, con todo lo que había pasado en esos días, ya no podía fiarse de nadie, pero... no iba a dejar de creer en su instinto. Siempre supo que en esa historia había algo más. Estaba convencida de que Miguel quería confesar y había muerto por ello. Y ahora... No, Beatriz era una buena chica manipulada por una sociópata.

· · ·

Le dolía dejar así a Beatriz, pero no tenían tiempo que perder. Sergio había llamado para que fueran a por el coche, decidido a localizar todas las pruebas que pudieran encontrar en el mismo. Mientras esperaban, le oyó hablar con su responsable, poniéndole al día de todo lo que habían encontrado. Estaba segura de que no era la noticia que más le gustaba recibir… Pero era lo que tocaba. Ella tampoco se sentía feliz. Tenía la mirada de Beatriz clavada en su retina. Verla llorar la había afectado más de lo que hubiera imaginado… Y se dio cuenta de que, quizás, eran las primeras lágrimas reales que veía derramarse en mucho tiempo. Y saber que la iban a herir aún más cuando se enterara de la verdad sobre su supuesta amiga…

Suspiró mientras intentaba alejar esos pensamientos muy lejos… Ahora no le servían de nada todos esos sentimientos. Sergio le pasó el brazo por encima de los hombros, como si notara que necesitaba un apoyo. Rebuscó en sus bolsillos. Necesitaba un cigarro. ¿Por qué narices había decidido dejar de fumar?

—¿Me acompañas a comisaría?

Asintió con la cabeza, pensativa. Tenía un pinchazo

en la sien. Demasiados datos y una sensación de tener que encontrar una solución rápido... Y podrían haber tenido más tiempo si ella no hubiera ido a hablar con Isabel... Había descubierto sus cartas ante ella y no tenía claro qué haría esa sociópata a continuación. Miró por el rabillo del ojo a Sergio. Si hubiera sido él quien hubiera cometido ese error de principiante, estaba segura de que se lo habría recriminado más. Definitivamente, Sergio era mejor persona que ella.

—El número desde el que se mandó el vídeo era el de Andrés, ¿verdad?

Volvió a asentir en silencio. La sorprendió ver cómo la grúa aparecía al final de la calle. Sergio sonrió.

—Máxima prioridad. No podemos permitir que siga burlándose de todo nuestro sistema.

De su garganta salió un ruidito irónico. Sergio la miró con una sonrisa dibujada en sus ojos.

—¿Me vas a soltar el discurso?

—No. Ya te lo sabes.

Y odiaba que él pareciera conocerla tan bien. Y odiaba ese calor que la llenaba cuando se daba cuenta de ese detalle. Necesitaba expulsarlo de su interior. Si no, acabaría por ahogarla... Y no podía permitírselo en esos momentos. La mejor opción era cambiar de tema.

—¿Qué pasos tenemos que dar ahora?

—El móvil de Andrés...

—¿Quieres buscar tomas falsas del vídeo?

—Supongo que estarán borradas, porque no localizamos el vídeo que acabamos de ver.

—Si tus duendecillos son incapaces de recuperarlo...

—No te preocupes. Tengo unos informáticos increíbles y, sobre todo, legales.

—No sé qué insinúas...

Sergio se volvió hacia ella, divertido, y la cogió por la barbilla para mirarla, mitad desafiante, mitad guasón.

—Insinúo que te gusta jugar con fuego...

—Así nunca paso frío...

—Hay muchas maneras de no pasar frío...

Sergio le devoraba la boca con la mirada, y ella se esforzaba por no ponerse de puntillas y besarlo.

La grúa llegó justo donde estaban ellos, cortando el

momento, haciendo que se separaran y rompieran el contacto visual. Y Áurea lo agradeció. El corazón se le estaba volviendo loco y no conseguía comprenderlo... Ni a su corazón ni a ella misma.

Sergio se acercó a uno de los operarios que habían bajado de la grúa para darle unas indicaciones que ellos escucharon en silencio, asintiendo y poniéndose a trabajar a gran velocidad.

—¿Vamos?

Volvió a asentir con la cabeza. Se sentía un poco ridícula. El dolor punzante no remitía. Buscó en su mochila, sacó la botella de agua y se tomó una pastilla. Sergio la observaba en silencio.

—Que se me olvidó la píldora el otro día...

Bromeó y vio cómo el gesto de él cambiaba de golpe. Luego soltó una carcajada y se dirigió hacia el coche de Sergio pasando por su lado.

—¿A que ahora ya no tienes frío?

Él se rio. Luego la siguió. Antes de entrar en el coche, miró hacia la grúa, que ya se llevaba el coche... Y tuvo la sensación de estar ya en la cuenta atrás... Ya estaban todas las cartas encima de la mesa. Solo faltaba descubrirlas y ver quién había jugado mejor.

· · ·

Tenía dos opciones mientras esperaba a que volviera Sergio. Se sentía como un animal encerrado en ese despacho. Daba vueltas sin parar. La última vez que había estado ahí, el tablón estaba lleno con toda la información sobre el caso de Isabel... Ahora estaba tan vacío... Se sentó encima de la mesa de Sergio lamentando no tener su ordenador allí. Tenía dos opciones: o seguir haciendo un surco en el suelo de esa habitación o trabajar... Cogió su mochila y sacó su libreta de notas. Su ordenador seguía en casa de Sergio... Tenía que recuperarlo... No es que temiera que se lo fuera a quedar o que le fuera a poner trabas para devolvérselo..., pero era más su propia necesidad... Sentía que ese caso estaba llegando a su fin, que, para bien o para mal, esa historia, la historia de Isabel, llegaba a su final... Ya no quedaban muchos más hilos de los que tirar.

Repasó todas sus notas. Las leía a media voz, como si hablara consigo misma. Y cuanto más lo pensaba, más se convencía de que la muerte de Miguel era lo que había descolocado todo el plan de Isabel. Aunque no podía descartar que no estuviera en sus planes librarse de los dos antes o después... ¿Qué esperaba? ¿Cómo había planificado Isabel que terminara esa historia?

Tenía claro que su objetivo era el que creía haber conseguido: fama y reputación. Que le publicaran su propia novela, ser reconocida...

Miguel había acudido primero a la policía, ese debía de ser el plan inicial; pero al no haber conseguido la respuesta esperada, había acudido a Áurea... ¿Por qué ella? ¿Solo porque había estado en su clase el día anterior o eso solo había sido la excusa y ya estaba planeado de antes? ¿Cómo tenía previsto Isabel que la rescatasen? Quizás, sin la muerte de Miguel, nunca hubieran sospechado de ninguno... Nunca lo sabrían. Odiaba tener tantas preguntas y tan pocas respuestas.

Y detestaba tener que esperar sin poder hacer nada. Esperar a que los de científica encontraran pruebas en el coche y que los informáticos hicieran lo propio con el teléfono móvil de Andrés.

Andrés..., el coche... Tenían que buscar una nueva prueba que los ayudase a demostrar que el coche había sido usado, al menos, por Andrés. Cogió su teléfono y llamó a Montse. Necesitaba las imágenes más cercanas a la casa de Beatriz. Quizás podrían ver a Andrés (Isabel no iba a ser tan tonta como para ir ella misma a buscar el coche, ¿o sí?).

—Ya están buscando en el teléfono de Andrés... Y buscando rastros en el coche de Beatriz.

Sergio había entrado en su despacho sin hacer el menor ruido. Podía llevar un buen rato ahí, observándola, y ni se habría enterado. Eso la incomodaba. Se sentía demasiado cómoda a su lado, bajaba las defensas... Se volvió hacia él. Había algo más que no le quería decir.

—¿Qué pasa?

—Nada... —Sergio sonrió con complicidad. Esa que solo se tiene con alguien que te conoce muy bien—. Una mala noticia: No han encontrado suficientes restos en los cigarrillos que encontraste en la cabina. Tampoco hay huellas.

—Así que para lo único que nos sirven es para decir que alguien que fuma los mismos cigarrillos que Isabel estuvo en esa cabina en varias ocasiones, por la cantidad de colillas.

—Ya sabes que eso es solo circunstancial. Miles de personas fuman esa marca.

—Lo sé... ¿Tenemos que quedarnos aquí o podemos irnos a tu casa a seguir con la investigación?

Se sentía frustrada. No es que tuviera muchas esperanzas con las colillas, pero siempre había un rayito habitando en su corazón... Esperaba que los resultados del coche y del teléfono de Andrés les dieran las respuestas necesarias para meter a Isabel en prisión.

—He pedido a mis diminutos las imágenes que pudiera haber de la calle de Beatriz en el día de la muerte de Miguel.

Sergio asintió con la cabeza, pensativo.

—También deberíamos volver a ver las imágenes de la casa de Isabel y Miguel. Quizás podamos demostrar que el coche de Beatriz estuvo allí...

Beatriz... Lo cierto era que ni se lo había planteado, pero... ¿por qué la habían descartado tan rápidamente como cómplice de esa locura? Era cierto que no daba el perfil, pero... en esa historia, ya nada era lo que parecía.

—¿Qué piensas, Áurea?

—Pienso en Beatriz... ¿Estamos seguros de que es inocente al cien por cien?

Sergio la miró fijamente, meditando sus palabras. Los dos la habían visto llorar, y su instinto le decía que no eran lágrimas falsas... Pero en un juicio no se podían basar en su instinto, necesitaban pruebas.

—Pediré que localicen su móvil en los momentos clave y mandaré a alguien a que le tome declaración... ¿O quieres hacerlo tú?

—No. Creo que es mejor así. De ese modo, podremos disfrazarlo como simple rutina para el expediente.

Se quedaron en silencio unos momentos. Se levantó. Tenían aún muchas cosas por hacer.

—¿Vamos a ver los vídeos?

—Vamos.

. . .

Le debía una borrachera tremenda a Montse. No habían pasado ni un par de horas desde que se lo había pedido, y un mensajero llamaba a la puerta de casa de Sergio con un sobre y una nota de su amiga: «*¿Y esta dirección? Yo creo que hay una que tiene muchas cosas que contar... El viernes no te libras de una borrachera*». No le dejó a Sergio leer la nota; se la guardó, entre risas, en el bolsillo trasero del pantalón mientras él la miraba con curiosidad.

—¿No me vas a decir quién es el que te pasa todas esas imágenes?

—No.

Sabía que Sergio no delataría a Montse, que no la metería en un marrón por echarles una mano. Pero ese era su secreto. Montse le había pedido, la primera vez que la había ayudado, que nunca se lo contara a nadie, y ella pensaba cumplir con su promesa. No solía comprometerse a muchas cosas. Odiaba no cumplir con lo que decía.

Sergio ya había pedido, por la vía legal, todas las imágenes que existían y que les habían ido dando pistas durante la investigación. Para un juicio, necesitaban que todo estuviera bien atado.

—¿Vamos?

Se sentó en el sofá e introdujo el *pen* con toda la información nueva en su ordenador, que reposaba en la mesita. Sergio fue a la cocina a por un par de cervezas. No sabían cuánto tiempo tendrían que visualizar hasta encontrar algo que les sirviera.

—¿No traes nada de comer? Qué mal anfitrión —bromeó mientras cogía la lata de cerveza y se acomodaba en el sofá para ver el vídeo que empezaba a reproducirse ante sus ojos.

Sergio la miró divertido, se acercó al mueble del salón y, de uno de sus compartimentos, sacó varias bolsas de patatas y demás *snacks* del estilo.

—Toma, tragona.

Se rio y abrió una de las bolsas mientras él se acomodaba a su lado. La primera imagen empezaba minutos antes de la hora en la que Beatriz había recibido el vídeo. Miró de reojo la línea temporal que tenían puesta en la pizarra. Nada más llegar a la casa, habían marcado esa nueva información. Cada vez que pensaba que, mientras Beatriz aparecía en el vídeo con el rostro pálido, temblándole todo el cuerpo y sin parar de mirar a su alrededor, Miguel aún estaba vivo… ¿Cómo se podía tener tanta sangre fría?

Observó los pasos de Beatriz, que parecía completamente sobrepasada por la situación. O era la mejor actriz del mundo o la pobre estaba al borde de un ataque de ansiedad por culpa del miedo.

La vieron acercarse a su coche. No podía negar que la sorprendía que no tuviera un garaje donde guardarlo. En esa zona donde vivía, sería lo habitual. Imaginaba que en el garaje descansarían los coches de sus padres. Pero esa era una información que tenían que saber los supuestos secuestradores, e investigar a los amigos de Isabel hasta ese punto le parecía excesivo. Nadie se tomaba semejantes molestias. Esa información tenía que ser conocida de antemano, ese conocimiento denotaba que Beatriz conocía a la cabeza pensante de ese barullo. Y, otra vez, todas las flechas apuntaban hacia Isabel.

—No parece una mente criminal… —Sergio verbalizaba en voz alta lo que ella pensaba—. ¿Cómo sabía el secuestrador que no tenía garaje?

Lo miró con una sonrisa cínica que él entendió

completamente, y luego se volvieron a centrar en el vídeo. Beatriz no salió inmediatamente del coche, pero en las imágenes no se podía ver qué hacía dentro del vehículo.

—¿Por qué tarda?

—Imagino que los propios miedos...

Asintió ante la afirmación de su compañero. Era lo normal. Lo habitual no era tener la sangre fría para actuar con tranquilidad en esos momentos. La vieron salir casi tropezándose y alejarse del coche a paso ligero, como si temiera que la encontraran allí, para luego pararse unos instantes y volver a mirar a su alrededor con pánico antes de perderse en su portal.

—¿Cuánto tiempo crees que tardarían en ir a buscar el coche?

No había terminado de hablar cuando Sergio le señaló con el dedo una figura al fondo de la imagen. Reconocería esa moto en cualquier sitio. Nunca se olvidaba una moto que se había visto volar por los aires.

—¿Cuánto tiempo lleva ahí?

Sergio retrocedió la imagen hasta el principio del vídeo. No se lo podían creer. La moto estaba aparcada al fondo de la calle desde el comienzo de la grabación. Eso significaba que cuando mandaron el vídeo ya estaba ahí.

—¿Quién está montado?

Avanzaron la imagen hasta que Beatriz desaparecía en el portal, atentos en todo momento al motorista. No se movió ni un instante durante todo el tiempo en que Beatriz estuvo en la calle; pero en cuanto desapareció por el portal, se bajó de la moto y se dirigió hacia el coche.

—Ese no es Andrés.

Lo había dicho en voz alta, casi sin pensar. Pero estaba completamente segura de esa afirmación. No se había quitado el casco y llevaba ropa ancha... demasiado ancha. No era suya. Era de alguien más alto y ancho...

—¿Crees que podría ser ella?

—Puede... ¿Crees que podríamos sacar su altura comparándola con la farola que está al lado del coche?

—Es fácil... Se lo pasaré al especialista. Maldito casco...

Vieron cómo entraba en el coche y cómo, a los pocos segundos, arrancaba y desaparecía calle arriba. Suspiró y se echó para atrás.

—¿Cuál es la hora de la grabación?

Sergio se acercó a la imagen para verla con detenimiento y luego cogió su cuaderno de notas para cerciorarse de lo que iba a decirle.

—Definitivamente, no es Andrés; lo tenemos a la misma hora, en otras imágenes, entrando con Miguel en la casa de este último.

—Pues ahora mismo necesitamos más que nunca comprobar la altura y esperar que encuentren algo en el coche de Beatriz...

Sabía que su voz había sonado muy desesperada... Estaba agotada. Agotada de ese caso, agotada de ir dando palos de ciego en esa investigación... Agotada de sentir que esa niñata los estaba vacilando y se estaba burlando de todas las víctimas reales... Y haciéndoles perder tiempo y dinero que podían ser utilizados para encontrar a alguna de las decenas de mujeres que desaparecían cada mes y de las que nunca se volvía a saber nada.

Se levantó de golpe. Llena de furia, llena de ira... Sergio la contempló en silencio, dejándola andar de un lado al otro de la habitación, dejando que quemara un poco todo ese cabreo que sentía y que debía emanar de cada poro de su piel.

• • •

—Tenemos que seguir.

No sabía cuánto tiempo había pasado desde que se había levantado del sofá y se había puesto a dar vueltas por el salón. Había intentado dejar la mente en blanco, recordando algunas técnicas de relajación que alguna vez, inútilmente, le habían intentado enseñar. Lo que daría en esos momentos por tener su saco de boxeo delante. Estaba convencida de que la ayudaría a relajarse.

Miró a Sergio. Extrañamente, ya se encontraba mejor, más centrada y con un poco de energía renovada para seguir. No estaba en su mejor momento, lo notaba perfectamente, pero el trabajo no esperaba y cada segundo podía contar.

Se sentó de nuevo delante del ordenador. Sergio había avanzado unas horas el vídeo. También había encendido su ordenador y había puesto las imágenes correspondientes a la casa de Miguel e Isabel.

—¿Qué buscas ahí? —señaló con la cabeza.

—El coche. Antes no lo buscábamos. Nos ha podido pasar desapercibido.

Asintió en silencio. Tenía toda la razón. Antes era un coche normal y corriente. Otro más en la concurrida ciudad de Madrid.

—¿Tú un vídeo y yo otro?

Sergio asintió. Luego se volvió hacia su ordenador y se centró en las imágenes que corrían delante de sus ojos. Ella lo miró durante unos instantes; una voz interna le gritaba que le dijera algo, pero no tenía muy claro el qué... Luego se dio la vuelta y aceleró un poco el vídeo. Revisó sus notas. Andrés había vuelto a la casa de Miguel para limpiar, y lo había hecho con su moto. Tenía que volver a por ella...

—Aquí está el coche.

Se volvió y se asomó por encima del hombro de Sergio. Había parado la imagen. No había duda, era el coche de Beatriz, pero desde esa posición no se veía quién lo conducía.

—¿No hay otra imagen mejor?

—No.

—Pues sigamos.

En ese caso se estaban pasando demasiadas horas delante de un ordenador, viendo vídeos, y ella lo odiaba. Necesitaba un poquito más de acción, más calle, más vida... Y desahogarse delante de su *punching ball* de boxeo...

Apoyó un codo encima de la mesa y dejo descansar su cabeza en su mano. Estaba agotada, le pesaban los párpados, y la monotonía empezaba a hacer mella en ella.

—¿Quieres un café?

Sergio la miraba burlón. Le mostró el dedo corazón y siguió con la vista puesta en la pantalla. Cuanto antes terminara de ver ese vídeo, antes podrían pasar al siguiente paso.

—¡Ahí está!

En la imagen se veía a Andrés bajando del coche de Beatriz a la vez que se ponía el casco. No había sido tan precavido como la persona que se lo había llevado horas antes. Definitivamente, eran personas distintas, tanto por la complexión como por la manera de andar.

Andrés salió del vehículo mientras ocultaba su rostro, dejándoles unos segundos en los que se veían claramente sus facciones, y se dirigió hacia su moto, que seguía esperándolo en el mismo lugar donde su cómplice la había aparcado. Se le notaba nervioso. Mirando a todas partes… Normal, no podían olvidar que estaban contemplando casi los primeros pasos de alguien que acababa de matar a sangre fría a la pareja de su amante…

Cerró los ojos. Vio la imagen de Andrés cuando habían ido a interrogarlo, cómo se había subido en la moto y cómo había posado la vista en ella. Una mirada llena de tristeza, y ese «lo siento» que no podía creerse que hubiera sido fruto de su imaginación…

—Tenemos que hacer un cálculo. Tenemos la hora en la que vemos cómo el coche de Beatriz pasa por la calle del piso de Isabel, alejándose del mismo... Imagino que ya con el cadáver dentro... ¿Cuánto se tardaría en llegar a la Casa de Campo a esas horas? Y luego, sabiendo la hora a la que Andrés vuelve a por su moto..., ¿le habría dado tiempo de montar todo el escenario y volver a llevar a Isabel a la fábrica, o cómo lo han hecho?

Escuchaba la voz de Sergio; tenía mucha lógica todo lo que decía, pero se encontraba realmente agotada. El dolor de cabeza no acababa de remitir, y notaba que le costaba hasta pensar.

—Deberíamos también calcular cuánto tardaron en montar el falso suicidio...

—Pues ya tenemos trabajo mientras esperamos las llamadas.

Y, como si los oyeran, el teléfono de Sergio empezó a sonar haciéndoles dar un brinco. Lo cogió en el segundo toque. Lo oyó hablar, casi con monosílabos, y su corazón empezó a latir cada vez más rápido. Sergio sujetó el teléfono con las dos manos para hablar con ella sin colgar.

—Han encontrado huellas dactilares en el coche de Beatriz que pertenecen a Isabel.

—¿Dónde?

—En el volante y la palanca de marchas.

Suspiró. ¿Podría ser esa una de las pruebas que necesitaban para atraparla? ¿Había sido tan descuidada como para coger ese coche sin guantes a la hora de ir a buscar el cadáver de Miguel? Si no era algo que hubiera planeado, y todo parecía indicar eso... Recordó la imagen del vídeo... Tenía que ser ella la que se ocultaba tras el casco y la ropa ancha... Seguramente, había calculado lo de quitarse el casco dentro del coche para que la cámara no la pillara, pero no que no podría conducir un coche con los guantes de moto... Quizás ni siquiera pensó que acabarían encontrando el coche, debió creer que no caerían, que pensarían que era otro coche robado...

—Vale, tenemos que descartar que las huellas fueran anteriores o posteriores al secuestro. —Se levantó y empezó a dar vueltas por la sala mientras hablaba en voz alta intentando centrarse.

—¿Y cómo hacemos eso?

—Fácil.

Sonrió y cogió su móvil ante la atenta mirada de Sergio. Si todas cosas fueran así de fáciles... No tardaron mucho en responderle al otro lado del teléfono.

—Hola Beatriz, soy Áurea... ¿Cómo te encuentras?

—Hola… ¿Saben algo ya? ¿Han encontrado algo en mi coche? ¿Puedo volver a hablar con Isabel?

—Tranquila… Necesito hacerte unas preguntas… ¿Isabel ha subido alguna vez en tu coche?

— ¿Isabel? No entiendo… ¿Creen que el secuestrador utilizó mi coche para transportarla?

—Es una opción… —mintió.

—No. Nunca ha montado… Dios… ¿Qué le hicieron en mi coche? Tenía que haberlos avisado… ¿Cómo pude ser tan tonta? ¿Cómo me dejé manipular así?

—Beatriz… Escúchame… Nada de esto es culpa tuya. Solo has querido ser una buena amiga y es lo que tienes que tener presente. Eres una buena chica, no lo dudes nunca. Siempre habrá gente que se quiera aprovechar de los demás, pero no dejes que te cambien.

Colgó el teléfono. Se quedó mirándolo con tristeza. Dudaba que, cuando todo eso terminara, Beatriz no fuera a cambiar. Iba a ser un golpe duro. Y a ella le dolía no poder protegerla.

—¿Qué te ha dicho?

Suspiró y se volvió hacia Sergio.

—Dice que nunca ha montado en su coche.

Sergio asintió. No había colgado el teléfono para dar la orden necesaria. El corazón le iba a mil por hora. Ya solo les quedaba la última pieza de ese rompecabezas. Esperaba que el móvil de Andrés se la diera.

—Vamos a por ese cálculo temporal.

18

—Tenemos los vídeos.

La voz de Sergio la sacó de su ensoñación. Se había quedado dormida en el sofá. No sabía a qué hora se había quedado dormida, ni siquiera cuánto había estado sumergida en los brazos de Morfeo. El cansancio había podido con ella. Sergio se había agachado frente a ella y le había sacudido levemente el brazo para despertarla.

Bostezó sin vergüenza mientras se desperezaba. Se dio cuenta de que tenía una pequeña manta por encima. Sergio sonrió mientras le tendía una taza de café que ella recibió con alegría.

—Eres todo un detallista.

Sergio se encogió de hombros, se levantó y se dirigió hacia la mesa donde estaba su ordenador portátil abierto, se preguntó si él habría descansado un poco en esas horas; aunque las ojeras que adornaban sus ojos le indicaban que no había sido así. Se calentó las manos con la taza mientras lo observaba.

Giró el rostro, recorriendo con la vista toda la sala. Posó la mirada en la pizarra. Habían conseguido calcular el tiempo que se tardaba en hacer todos los recorridos... Y sí. Había el tiempo justo para que dejara a Isabel en la fábrica y volviera a intentar limpiar todo.

—¿Vienes?

Áurea se levantó y se acercó a Sergio, que se había sentado en frente del ordenador. Se sentó a su lado. Suspiró mientras le daba un largo trago al café.

—Adelante...

Había varios vídeos. Sergio dio al *play* al primero. Tenía el corazón en un puño. Se relajó un poco cuando vio que era la grabación que ya había visto anteriormente. Pasaron al siguiente sin saber qué iban a ver. No tuvieron que esperar mucho. Parecía el mismo vídeo... Pero no... Isabel estaba casi en la misma postura...

«Beatriz, me tienen retenida... Necesito tu ayuda... No sé los motivos... Pero necesitan un coche... Por favor, déjales el tuyo. Deja el coche, con las llaves debajo del flepudo... ¿flepudo? Ya no sé ni hablar...».

Isabel empezó a reírse a carcajadas. Se temía eso... pero no se lo podía creer. Le sonaba hasta cruel denominar a ese vídeo como una toma falsa... Pero no era más que eso... Una maldita y horrible toma falsa de un vídeo que había roto por dentro a la única persona que creía en Isabel.

«Anda, tráeme un poco de agua».

«No tenemos mucho tiempo».

La segunda voz que se oía era la de Andrés. No podía retirar la mirada del rostro de Isabel. No tenía esa máscara de inocencia que tenía en el hospital; reflejaba esa imagen de frialdad, cinismo y maldad que había intuido cuando había ido a su casa.

—La tenemos...

La voz de Sergio le llegaba desde lejos. La tenían... Sabía que era verdad... Sabía que todo eso había terminado, pero no acababa de sentirse llena. No se sentía feliz. No sentía esa emoción que debía llenarle el cuerpo. Todo lo contrario... Se sentía vacía.

—¿Áurea?

La voz de Sergio la sacó de sus propios pensamientos, y se volvió hacia él. La miraba preocupado. Sonrió levemente. Sabía que no iba a engañarlo, pero tampoco quería fastidiarle el momento. Veía en sus ojos el brillo que deberían tener los suyos.

—Sí... Es que no me lo creo.

—Voy a hacer una llamada. Me acompañarás para detenerla, ¿verdad?

—Sí.

Sergio salió de la habitación mientras marcaba un número que ella no pudo ver, pero que, imaginaba, sería el de su jefe. Suspiró mientras seguía mirando el rostro de Isabel, volvió a poner el vídeo y puso los siguientes... Más malditas tomas falsas... Y esa risa cruel.

Se levantó. Cogió su móvil; ella también tenía que hacer una llamada. Raúl le contestó al segundo toque.

—Dime, preciosa...

—Raúl, ¿sigues en casa de Isabel?

—Como un clavo.

—¿Estás seguro de que no se ha movido?

—Completamente... Ni por la principal ni por la puerta de atrás.

—No quiero saber cómo lo haces... —Se rio, y Raúl

la acompañó en su risa para luego poner una voz más propia de una película de cine negro.

—Un mago nunca revela sus trucos, muñeca.

—Eres... Vamos a ir a detenerla. Quédate en la puerta de atrás, por si acaso... Pero no te expongas.

No podía olvidar que estaban trabajando fuera de las normas, que ninguno de los dos debería estar involucrado en ese asunto... No quería que se metiera en líos por echarle una mano.

—Perfecto. Has conseguido todas las pruebas... Eres la mejor.

—Gracias...

Le hubiera gustado que su voz sonara más sincera, pero no lo conseguía. Seguía habiendo un vacío en su interior... Y sabía quién era la única persona que podría solucionarlo...: Isabel. Necesitaba saber por qué...

—Vamos... —Sergio volvió a entrar en el salón—. Ya están yendo un par de patrullas para su domicilio.

—Ok... Si no te importa, voy en mi moto. —No lo miró mientras hablaba, centró su mirada en su mochila, donde empezó a meter su ordenador. Notaba los ojos de Sergio encima de ella—. Tendré que ir después a informar a mi jefe de todo…

—De acuerdo.

No, no se había creído su excusa… Pero no era el momento de solucionar sus problemas. Era el momento de terminar ese caso, de cerrarlo de una vez por todas.

—¿Vamos?

—Vamos.

· · ·

Aparcó la moto a unos metros del portal, el coche de Sergio avanzó un poco más hasta llegar al lado de dos coches patrulla que los estaban esperando. Vio, mientras guardaba el casco y los guantes, cómo Sergio les indicaba, a dos de los policías uniformados, que fueran por la parte de atrás. Cogió su móvil y le mandó un wasap a Raúl:

«Ya estamos aquí. Gracias por todo. Te debo una».

«Ya son dos. ;)».

Se guardó el móvil. Suspiró y se acercó a Sergio. El corazón le iba a mil por hora. El momento de una detención siempre era emocionante. Miró el portal de Isabel, subió la vista por la fachada. Sonrió. La vecina cotilla volvía a esconderse tras la cortina. Ya tendría más tema de conversación con sus amigas.

—¿Vamos?

Asintió con la cabeza y siguió a los dos policías y a Sergio. No podía ni hablar. Le solía pasar. Demasiadas emociones juntas. Todo lo sucedido desde que Miguel había entrado en su despacho se acumulaba en su cerebro… Decían que, cuando morías, veías toda tu vida como si fuera una película; a ella le pasaba también cuando cerraba un caso… Todo este recorría su mente como si lo estuviera viendo en una gran pantalla.

Isabel les abrió la puerta casi al instante de haber llamado a la misma y posó su mirada en ella. Como si lo estuviera esperando o, simplemente, no le extrañaba que sucediera. Sergio le soltó el discurso pertinente. Áurea casi ni lo escuchó. No separó su mirada de los ojos de Isabel, examinándola, intentando comprender qué era lo que pasaría por su cabeza en esos momentos. Isabel estaba tan tranquila. Incluso parecía satisfecha de cómo se estaban produciendo los acontecimientos…

«Está completamente loca». Sabía que era una definición muy simplista, pero no conseguía encontrar una más apropiada.

Isabel tampoco retiraba la mirada de ella, ni siquiera cuando le pusieron las esposas. Solo la retiró, y a la fuerza, cuando los policías la sacaron con delicadeza de su casa y la llevaron hasta el ascensor.

—Yo bajo andando —le dijo a Sergio al ver que no entraban todos en el ascensor.

Necesitaba quemar, brevemente, esa extraña sensación que la dominaba. «Es simplemente cansancio. Necesitas desconectar», se repetía.

Llegó al portal unos segundos después que el resto y pudo contemplar desde atrás cómo salían a la calle. Isabel giró la cabeza en varias direcciones. Buscando algo. Áurea sonrió con tristeza. Supo, rápidamente, qué era lo que esperaba... Esperaba a la prensa. Esperaba cámaras que grabaran ese momento. Seguía siendo su momento... Tan cruel, tan real. Y sintió tanto asco por ella... No podía creerse que alguien pudiera organizar algo así, simplemente, por la fama...

Se acercó a ella a paso rápido; necesitaba saberlo antes de que la metieran en el coche patrulla.

—Un segundo... —les dijo a los policías que se disponían a abrir la puerta. Estos miraron a Sergio, que asintió levemente— ¿Por qué?

—Áurea, ¿aún no lo has entendido? —respondió Isabel.

La miró fijamente. Isabel la miraba con esa sonrisa cínica que había comprobado que siempre la acompañaba cuando creía que tenía el control de la situación. Incluso en esos momentos…

—¿Qué tengo que entender?

—Hay riesgos que merecen la pena… La recompensa es mil veces mejor…

—¿La recompensa? Vas a ir a la cárcel…

—¿Y sabes cuántas editoriales se van a pelear por conseguir mi libro?

—Dos muertos, ¿por qué? ¿Por la fama?

—Yo no mate a nadie… Ni provoqué ninguna muerte…

Sabía perfectamente lo que le estaba diciendo, lo que le estaba insinuando… Pero no, no iba a dejar que la manipulara, no iba a permitirle que la hiciera sentir culpable por la muerte de Andrés.

—¿Qué hubieras hecho si Andrés no hubiera muerto? ¿Si no lo hubiera hecho Miguel?

Se encogió de hombros.

—Quizás no estaríamos ahora aquí…, quizás todo

estaba previsto... O quizás yo solo soy una pobre víctima de secuestro acusada injustamente.

Y nada más decir eso, se dio la vuelta y dejó que la metieran en el coche patrulla. Áurea no dejaba de mirarla. Realmente, no acababa de comprender el cerebro humano... Se volvió a acercar al coche y sujetó la puerta para volver a dirigirse a ella.

—¿Cómo lo hiciste? ¿Cómo convenciste a Miguel y a Andrés para que colaboraran en todo?

—¿Yo? Yo no hice nada... —Isabel volvía a poner esa maldita máscara de inocencia tras la que se vislumbraba un brillo de burla en sus ojos. Luego, volvió esa sonrisa cínica que desearía quitarle de un solo bofetón—. La gente es simple y manipulable... Solo hay que saber qué quieren, qué ansían... Y prometérselo... La gente se ciega tanto que ni siquiera se dan cuenta de que los están engañando. La gente solo escucha lo que quiere, son capaces de creerse la mayor mentira del mundo solo porque quieren escucharla...

—¿Sientes algo?

Lo dijo con todo el desprecio que pudo. Sabía que estaba a punto de cruzar la línea y que Sergio la observaba a pocos metros. Isabel se encogió de hombros, divertida. Sentía ganas de abofetearla.

—¿Ni siquiera la muerte de Andrés? Porque eso no lo tenías previsto, ¿no?

La muerte de Andrés había sido la clave de todo, lo que los había llevado a tener todas las pruebas que ella no había podido eliminar antes de que llegaran a sus manos…

—Nadie puede prever que un chico muera en una persecución con la policía… ¿Sentir la muerte? Todos tenemos que morir, antes o después… Aunque no sea como pensamos…

Isabel solo insinuaba. Pero lo dejaba todo claro… De esa locura no iban a salir ninguno de sus dos cómplices con vida.

—¿Alguna duda más?

Se burlaba de ella. Incluso en esa situación, creía tenerlo todo controlado. Y le daba un miedo atroz que fuera verdad. La miró de arriba a abajo intentando mostrar indiferencia; sabía que eso era lo que más le molestaría.

—No. No merece la pena.

Y se volvió para alejarse de ella. Oyó cómo la llamaba antes de que la metieran por fin en el coche.

—Nos volveremos a ver, Áurea.

—Seguro.

Y se dirigió hacia Sergio sin volverse, sin dedicarle ni una sola mirada más a Isabel.

. . .

Los dos coches patrulla pusieron rumbo a comisaría, llevando a Isabel en su interior. Áurea contempló el edificio, en silencio. Sergio seguía a su lado, también en silencio. Esperando que ella fuera quien rompiera ese extraño momento. Dejando que terminara de asimilar todo lo que le había dicho Isabel.

—Casos así me hacen perder la fe en el ser humano y en nuestro trabajo…

—A mí me pasa todo lo contrario.

Se volvió hacia él, sorprendida. Él sonrió como si su reflexión fuera la más lógica del mundo, aunque ella, absorbida aún por el momento anterior, no lo conseguía ver.

—Hay decenas de chicas que son arrancadas de sus familias y sus seres queridos a la fuerza; y nuestro trabajo es encontrarlas, es impedirlo… Y no dejar que gente como Isabel se aproveche de las desgracias de los demás. No dejar que las falsas desapariciones ensombrezcan la realidad… Siempre nos encontraremos gente así, que juega con los demás, que intenta sacar partido… Pero tenemos que recordar que, por muy ruidosas que sean, son minoría. Y no podemos permitir que se salgan con la suya. Sobre todo por las verdaderas víctimas.

Sonrió. Luego se volvió para mirar por donde había desaparecido el coche patrulla que se había llevado a Isabel. Sintió cómo Sergio se acercaba un poco más a ella. Suspiró. Sabía lo que tenía que hacer. Sabía que no podía demorarlo más. Aunque había algo en su interior que le gritaba y que sentía que estaba a punto de romperse en mil trocitos.

—Necesito tiempo.

Se volvió de nuevo hacia él. No iba a esconderse. Iba a mirarlo a los ojos y decirle todo lo que sentía. Aunque le costara. No estaba acostumbrada a hablar claramente de sus sentimientos; quizás, si lo hubiera hecho, su matrimonio no hubiera fracasado. O quizás sí. Tenía claro que Juan y ella no eran compatibles… ¿Y con Sergio?

—Ya te dije que te daba todo el que necesitaras.

—Lo sé… Pero no es eso…

—Ya… Lo entiendo…

Notó el desencanto en la voz de Sergio, notó cómo una parte de ella se rompía al compás del ruido del corazón roto de Sergio. Subió una mano para acariciarle levemente la mejilla. Notó un escalofrío recorriéndole el cuerpo y vio cómo él cerraba los ojos un instante, disfrutando de ese roce.

—No... No es eso... No entiendas rechazo en mis palabras, porque no es así... Sergio, has hecho que vuelva a sentirme como una adolescente, que vuelva a ilusionarme...

—Entonces...

—Ahora mismo, no podría quererte... No podría darte lo que te mereces... Necesito tiempo para mí. Para aprender a vivir conmigo, para quererme a mí misma y a mi propia soledad... Cuando rompemos una relación, tenemos que enfrentarnos a la realidad de esos pequeños momentos, de esos tontos detalles que la hacían especial... Y yo aún no lo he hecho...

Se quedaron en silencio unos instantes. Sergio había vuelto a abrir los ojos y la miraba con tanta intensidad que sentía que podría derretirse en ese mismo momento. Y sería tan fácil sumergirse en esos iris, perderse en sus brazos y dejarse llevar... Sería tan fácil... Pero ¿durante cuánto tiempo? No. Él se merecía que alguien se entregara a él al cien por cien. Y ella aún no estaba entera. Primero tenía que volver a estar completa.

—¿Y ahora?

Sabía lo que le estaba diciendo. ¿Cómo comportarse cuando estuvieran juntos?

—Voy a pillarme unos días libres...

—Te esperaré.

Sergio la cogió por la barbilla y la besó sin darle tiempo a impedirlo. Y ella se dejó llevar por ese calor que la inundaba. Fue un beso dulce, alejado de la pasión que solía rodearlos. No se abrazaron, no se acariciaron, solo se besaron... Y, en ese roce, sintió mucho más de lo que había sentido en toda su vida. Sergio dejó de besarla, y ella se quedó unos instantes con los ojos cerrados, disfrutando del momento. Notó cómo de sus labios salía un profundo suspiro, y luego volvió a mirarlo.

—Espérame.

Su voz sonó grave y profunda. Luego se mordió el labio inferior y se dio la vuelta para dirigirse a su moto. Sintió que huía. Pero no podía hacer nada más en esos momentos.

Estaba llegando a su moto cuando le empezó a sonar el móvil. Dudó si cogerlo, no se sentía con fuerzas para nada; pero cuando vio quién era, no pudo ignorar la llamada.

—Hola, Áurea, ¿ya te has cansado de jugar a los

polis y vuelves a estar disponible para tu propio trabajo?

La voz de Gómez no cuadraba con la frase irónica que le acababa de soltar. Por mucho que lo intentara, era incapaz de echarle la bronca. Tenía mucha suerte de tenerlo como jefe.

—Soy toda suya, jefe, ¿qué quiere?

—Ven a la oficina. Creo que tengo algo para ti.

—Voy.

Colgó el teléfono, se lo guardó en el bolsillo interno de la chaqueta, se colocó bien la mochila, el casco y, antes de arrancar, miró hacia el coche de Sergio. Él seguía contemplándola en silencio, notaba su mirada penetrándola con fuerza. Se mordió el labio inferior, aguantándose las ganas de ir donde estaba él. Sabía que lo que acababa de suceder entre ellos dos era lo mejor en esos momentos, aunque no tenía claro que fuera la decisión correcta. Simplemente, era lo que ella, egoístamente, necesitaba. Quizás, en un futuro, tendrían una nueva oportunidad; esta vez, lejos de las sombras del pasado.

Varias semanas después…

Se miró en el espejo. ¿Cómo narices había llegado a ese punto? Alzó su mano y se tocó el pelo. Odiaba ese color. Por todo lo que representaba en esos momentos. Si conseguía salir de esa locura, tendría que empezar a hacer caso a Gómez y tomarse unas verdaderas vacaciones. No podía dejar que los casos la afectaran de esa manera… Una cosa era implicarse, y otra…

Alguien llamó a la puerta del servicio, instándola a salir del mismo con la mayor brevedad posible. Parecía bastante nervioso. Eso sí que no era normal en ese lugar, donde solía reinar una horrible paz, una fingida tranquilidad que la ponía de los nervios.

Abrió la puerta con una sonrisa inocente. Estaba tan harta de ese gesto… Estaba convencida de que, cuando acabara todo eso, sería incapaz de volver a sonreír de esa manera.

Número 3 la contemplaba con una expresión que nunca había visto en él. Siempre tan serio, siempre tan seguro de sí mismo. Tan creído y orgulloso. Y ahora parecía tener miedo… ¿Qué estaba pasado?

—¿Qué sucede?

—Nos atacan.

«¿Nos atacan?» ¿Qué quería decir con esa frase? De pronto, oyó las sirenas que procedían de la calle. Se giró hacia el pasillo que daba hacia la entrada. Tragó saliva... ¿Qué narices hacer en esos momentos? Eso sí que no estaba en sus planes.

—No tienes que estar asustada. Número 1 nos protegerá a todos... —Asintió en silencio mientras escuchaba ese asqueroso discurso—. Aunque quizás algunos tengáis que hacer algún sacrificio...

Sabía lo que le estaba insinuando. Sonrió internamente. Quizás pudiera sacarle partido a esa situación. Bajó la cabeza, obediente.

—Haré lo que ordenéis, número 3.

—Bien... Sabía que no me fallarías... —Él levantó la mano y le acarició la piel del hombro. Sintió una arcada—. Necesitamos tiempo. Entretenlos.

—¿Cómo?

—Sabrás hacerlo.

Tenía la voz más sucia que ella había escuchado en toda su vida. Se alejó de él lo más rápido posible. No quería que volviera a tocarla ni una sola vez más.

Bajó a la planta principal. El caos lo dominaba todo. La policía había entrado sin muchos miramientos. Se preguntó qué pruebas tendrían para hacer toda esa operación.

Pero el pensamiento le duró poco. De pronto, se sintió rodeada de toda esa locura. Gente corriendo de un lado para otro. Mucho ruido. Las luces de las linternas… Miró hacia el techo. Habían cortado la electricidad. Pero no tenía claro si había sido la policía o los propios habitantes de esa horrible casa.

—Corre…

Alguien la cogió de la mano y empezó a tirar de ella. Era Irene. Y su instinto de protección la dominó. Tenía que ponerla a salvo. Pero… ¿Qué era ponerla a salvo?

No tuvo tiempo para pensar más… La sujetaron por detrás. Con fuerza, agarrándola por la cintura e impidiéndole huir. Podría deshacerse de la retención con facilidad; el chico que la amarraba, aunque lo hacía con fuerza, estaba demasiado convencido de tenerla controlada… Podría soltarse, pero su coartada se iría a la mierda y no se lo podía permitir. Soltó la mano de Irene y vio cómo se perdía entre todo el caos.

—¡Alto, pelirroja!

Se le paró el corazón al escuchar la voz del chico que

la sujetaba. ¿No podía ser otro policía? Sintió cómo él le daba la vuelta para mirarla a la cara, y vio cómo su rostro cambiaba.

—¿Áurea? ¿Qué coño haces aquí?

—Sergio... No preguntes. Detenme.

Continuará...

Dedicado a la memoria de Enrique Laso,
mentor y amigo que se fue demasiado pronto y al que
echamos de menos cada día.

AGRADECIMIENTOS

Los agradecimientos de un libro son, casi siempre, la parte menos leida de los libros. La mayoría solo la leen si sospechan (o saben) que aparecen en los mismos... Eso tiene una parte muy positiva: que nosotros, los autores, nos podemos dejar llevar un poquito más y desnudar nuestra alma (un poquito más si cabe).

A mis padres, por todo lo que me han dado y que me siguen dando cada dia. Por creer en mí, por ser mis mayores críticos, por luchar a mi lado.

A Luismi, mi peque... Porque yo no podria hacer este castillo de naipes que es ser trabajadora, madre y escritora. Porque la vida es mas increíble a su lado.

A Sara, mi ñaja. Por ser más que una hermana, por ser mi amiga... Por regalarme a mi sobrina. A Lander, aunque solo fuera por hacer feliz a mi hermanita, por sumergirse en esta pequeña familia de locos con una sonrisa.

A mis bichas, Sara y Lucía… Por llenar un hueco que nunca creí que tenía. Por inspirarme a ser mejor, por obligarme a ser su ejemplo.

A Felix, por tantas cosas… Por demostrar que la sangre no hace a la familia, por estar siempre ahí. Por ser mi primer lector cero.

A mi familia, los que me demuestran cada día que nos unen algo más que la sangre; a mi familia política, a los que quiero mucho más de lo que pueden imaginar.

A todos mis compañeros escritores que me inspiran cada día (perdonad por no nombraros, no quiero olvidarme de ninguno); a mis lectores, sin vosotros no seriamos nada. A mis "malashuanas y batman". Al club lunero, encabezado por su gran reina.

A ti, que estás aquí, leyendo este libro, ayudándome a luchar por mis sueños.

. . .

BIOGRAFÍA

Madrileña, enamorada de la ciudad que me vió nacer. Alma gallega. Vivo con eterna morriña. Medio corazón en Mozambique (una vez que cruzas el Sahara, tu piel queda impregnada de su esencia y siempre te acompañará).

Respirar y escribir... No puedo vivir sin ninguna de las dos. Quizás empecé a escribir antes que a andar y a soñar antes que a ver.

Con vocación pedagógica, amante de los deportes (#basketlover forever) y ganas de disfrutar de cada segundo.

Escritora del género romántico con toques sociales y temas de actualidad como el maltrato, el acoso, abusos sexuales, etc... Creo firmemente que la literatura tiene que servir no solo para entretener si no también para reflejar nuestra sociedad y hacernos reflexionar sobre la misma.

Soy una firme defensora de la autopublicación.

. . .

MIS REDES SOCIALES

Twitter: *@martasebastian*

– Instagram: *@marta_sebastian_*

– Facebook: *https://facebook.com/MartaSebastianP*

– Email: *martasebastianperez1981@gmail.com*

¡¡No dudes en ponerte en contacto conmigo!!

. . .

MIS OTRAS OBRAS

Remiendos del pasado
(2015)

Sueño de cristal
(2016)

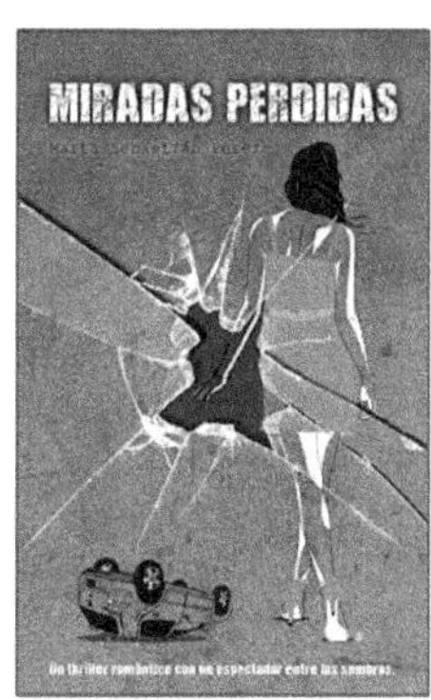

**Miradas
Perdidas**
(2017)

**El amanecer de
un sueño**
(2018)

**Secretos de
hielo**
(2018)

COLABORACIONES EN OBRAS BENÉFICAS

- *Relatos para el recuerdo: Libro solidario*

- *Antología benéfica Gritos y Pesadillas*

- *Antología Fuera de tiesto*

- *Sensaciones divinas*

www.ingramcontent.com/pod-product-compliance
Lightning Source LLC
LaVergne TN
LVHW051253200726

843510LV00010B/1106